Jean-Paul Delfino
Isla Negra

Éditions Héloïse d'Ormesson

Roman

ISBN 978-2-35087-720-4

Éditions Héloïse d'Ormesson
92 avenue de France, 75013 Paris
www.editions-heloisedormesson.com

MIXTE
Papier issu de sources responsables
FSC® C003309

L'éditeur de cet ouvrage s'engage dans une démarche
de certification FSC® qui contribue à la préservation
des forêts pour les générations futures.

Pour en savoir plus :
www.editis.com/engagement-rse/

« Nous avons compris depuis longtemps
qu'il n'était plus possible de renverser ce monde,
ni de le remodeler, ni d'arrêter sa malheureuse course en avant.
Il n'y avait qu'une seule résistance possible :
ne pas le prendre au sérieux. »

La Fête de l'insignifiance, Milan Kundera

| 1 |

Ce fut un matin de septembre que les ennuis de Jonas Jonas, plus connu dans la Province sous le surnom du Vieux, débutèrent. Toutefois, il serait inexact – ou du moins incomplet – de limiter les effets de l'épisode qui va suivre à la seule personne dudit Jonas Jonas. À la façon d'une tache d'huile, cet événement ne fut en fait que la première goutte. D'elle découleraient toutes les conséquences, heureuses ou malheureuses, qui adviendraient.

Ce matin-là, donc, deux huissiers représentant le très honorable cabinet Whale & Whales garèrent leur véhicule devant le jardinet qui bordait la demeure du Vieux. Avant d'ouvrir leurs portières, ils vérifièrent par acquit de conscience la présence du dossier justifiant leur intervention. Puis, à tour de rôle, dans le miroir du rétroviseur, ils s'assurèrent du parfait ordonnancement de leur coiffure. Après s'être jaugés l'un l'autre du regard, toujours sans prononcer la moindre parole, ils sortirent de leur SUV. D'un pas décidé, ils empruntèrent alors le petit chemin mangé d'herbes folles qui conduisait à la porte de la maison. Malgré son siècle et demi d'existence, la demeure avait encore une fière allure. Juché sur le sommet d'une dune surplombant la plage, ouvrant directement sur la mer, ce faux manoir néogothique plantait ses trois niveaux de pierres de taille dans le sable, en terrain conquis, avec orgueil et un rien de provocation. Il se disait à son sujet, dans la Province, que c'était un hobereau sans particule, originaire des landes anglaises, qui l'avait bâti. Un excentrique, un illuminé. Un qui avait fait venir du nord, et à grands frais encore, des pierres que l'on ne trouvait pas ici. Il l'avait construit, puis il était mort. Ses descendants ne l'avaient plus habité que pour les vacances. Et encore, de loin en loin. Le dernier en date, sans doute un peu moins fêlé que les autres, avait fini par le vendre. Il en avait tiré un bon prix. Affaire faite, il avait regagné ses vallées grasses, ses tourbes et ses brouillards pour ne plus jamais remettre les pieds dans ce coin. Le manoir, lui, était resté en l'état. D'un gris profond, percée de deux fenêtres encadrées par des volets d'un violent bleu de Crète au premier étage et d'un minuscule œil-de-bœuf se nichant sous le faîtage de tuiles, la maison jurait avec les douceurs rondes qui composaient le paysage et semblait un poignard de pierre sans éclat fiché dans le blanc du sable, hors du temps, solitaire.

Parvenus devant la porte d'entrée, les deux huissiers du très respecté cabinet Whale & Whales s'immobilisèrent avec un bel ensemble. Vêtus de costumes anthracite, les cols de leurs chemises blanches pris dans l'étranglement réglementaire de leurs cravates, ils se jaugèrent du regard, une dernière fois. Ils savaient par expérience que, dès que les trois coups seraient donnés contre le vantail de bois, la pièce pourrait débuter. Ils étaient des officiers qui allaient exécuter une mission d'ordre légal. Ils représentaient la Justice, *urbi et orbi*. Dans leurs dossiers et leurs sous-dossiers, tous parfaitement étiquetés, se hérissait un arsenal de sommations à payer, de commandements, de procès-verbaux et de significations de jugements.

À chaque nouvelle affaire, ils se sentaient investis de pouvoirs divins, surnaturels. Ils étaient la force. Ils étaient la loi.

Honoré Whale, en sa qualité d'aîné, frappa à la porte. Pour toute réponse, il ne reçut que le couinement douloureux d'une girouette qui, fixée sur le conduit de la cheminée, semblait agoniser dans une mèche de vent. La lèvre frémissante, les oreilles aux aguets, il laissa s'écouler quelques secondes. Comme rien ne venait, il toqua à nouveau, de manière plus impérieuse. Là encore, comme par un fait exprès, seul le coq rouillé grinça sur son axe. Alors que Dylan Whales, son jeune associé, s'apprêtait à tirer de sa serviette un avis de passage encore vierge qu'il remplirait de son officielle écriture, Honoré l'interrompit d'un seul regard. Ils étaient des huissiers, certes. Mais ils n'en étaient pas moins hommes. Une troisième tentative produirait peut-être un effet différent.

Plein de mansuétude, l'officier réarmait son index lorsqu'une voix monta de derrière le vantail. Sèche, rocailleuse, elle interrogea : « Qu'est-ce que c'est ? »

Devançant son collègue, Dylan Whales répliqua : « Huissiers Whale & Whales.

– Et alors ?

– C'est pour une notification.

– Une notification de quoi ?

– Une notification d'ordonnance.

– D'ordonnance de quoi ? »

D'autorité, ce fut à nouveau la main de l'aîné qui imposa le silence à son cadet. Rompu à ce type d'échanges qui, bien souvent, se déroulaient à travers des portes closes, il savait que la curiosité du particulier poursuivi par la justice, toujours, finissait par l'emporter. Aussi ne fut-il pas surpris le moins du monde lorsque le timbre grave s'impatienta : « Alors ? C'est une ordonnance de quoi ?

– D'expropriation, monsieur. »

Whale & Whales avaient répliqué d'une seule voix, dans la même tonalité. Effaçant au coin de ses lèvres une amorce de sourire qui aurait pu passer pour de la satisfaction, Honoré reprit : « C'est une ordonnance d'expropriation, que nous venons vous signifier. Nous sommes mandatés par monsieur le juge d'expropriation du tribunal de grande instance et nous devons vous remettre en main propre ce document qui...

– Bougez pas », coupa la voix.

Dans le cliquètement des clés qui s'activaient dans la serrure, le bougonnement reprit, tout à la fois assourdi et irrité : « Bougez pas. Enfin, bougez pas... Vous êtes venus jusqu'ici. Ce n'est pas pour déguerpir au moment où j'ouvre. »

Comme le coq rongé par le sel reprenait une ritournelle de son chant triste, la porte pivota enfin sur ses gonds. À la pleine lumière de septembre, la silhouette de Jonas Jonas apparut. Vêtu d'un jeans rapiécé, de ces vieilles frusques dont on ne se décide jamais à se défaire tant elles vous caressent à la façon d'une seconde peau, d'un tee-shirt blanc et de baskets jaune vif, il cala ses poings sur ses hanches et jaugea les nouveaux venus. Sans hâte, Honoré Whale tira de sa pochette une épaisse liasse de feuillets agrafés entre eux et couverts de tampons officiels du plus bel effet.

La voix faussement engageante, il tenta de plaisanter : « Je suppose que vous savez pourquoi nous sommes ici. Vous êtes bien monsieur Jonas, n'est-ce pas ? Monsieur Jonas Jonas ? D'ailleurs, ce n'est pas banal comme nom, ça : Jonas Jonas.

– C'est comme Whale & Whales. L'un vaut bien l'autre, non ?

– Pas vraiment, ne put s'empêcher d'intervenir Dylan, d'une petite voix de fausset. Nous, nous sommes deux personnes distinctes. De plus, l'un des deux noms se finit par un « e » et l'autre par un « s ».

– Et alors ? Ça change quoi ? Vous êtes huissiers tous les deux. Whale & Whales ou Jonas Jonas, c'est bonnet blanc et blanc bonnet.

– Oui mais, nous, nous sommes deux. Et nous sommes différents, tout de même !

– Différents ? La belle affaire. À force de toujours vouloir être différent des autres, on finit par tous se ressembler. C'est fatal, non ? »

Du temps que les deux huissiers échangeaient un regard interloqué, le Vieux les considéra d'un air morne. Cela faisait déjà plus de deux ans que cette comédie durait et l'on en était donc là. Toutes ces lettres, tous ces courriers, ces accusés de réception, tous ces coups de téléphone pour aboutir à ça. Deux promeneurs de linge, interchangeables jusque dans leur patronyme, qui venaient gratter à sa porte pour lui signifier un avis d'expropriation. Honoré Whale lui tendit la mise en demeure à parapher, accompagnée du pli qui avait motivé leur visite. Jonas avança sa main mais, au dernier moment, il la retira.

D'un air de deux airs, il toisa l'aîné avec méfiance. Puis, il l'interrogea : « Et si je ne la prends pas, votre lettre ?

– Comment ça ?

– Si je refuse de la prendre ? Qu'est-ce qu'il se passe ? »

Dylan, le cadet, se récria soudain : « Mais vous devez la prendre, monsieur Jonas ! Car c'est très exactement pour cela que nous nous sommes déplacés et…

– Et si je ne la prends pas, qu'est-ce que vous allez me faire ? »

Sur un ton empreint de fatalisme, Honoré récita, bien plus qu'il ne répondit : « Monsieur Jonas Jonas, je suis mandaté par l'administration judiciaire pour porter à votre connaissance les éléments suivants. Votre affaire a atteint un nouveau palier puisqu'il s'agit par la présente de vous signifier le début du transfert de votre propriété répondant au nom d'Isla Negra. Comme vous ne vous êtes pas manifesté durant la phase administrative préparatoire, nous vous informons que nous sommes à dater de ce jour entrés de plain-pied dans la phase judiciaire.

– Ce qui veut dire ?

– Ce qui veut dire que ce courrier marque très officiellement le début dudit transfert de ladite propriété, dudit propriétaire – à savoir vous-même – en direction de ladite personne publique – à savoir l'État. »

Le pli toujours tendu à bout de bras, Honoré se voulut plus accommodant : « Monsieur Jonas, soyez raisonnable. Prenez donc cette lettre et signez le reçu de remise en main propre. Vous vous doutez bien que, lorsque la phase judiciaire est enclenchée, il n'y a plus rien à faire. La mairie a saisi le juge d'expropriation du TGI. Vous n'avez pas signé la réception de l'ordonnance. Ce que je vous apporte là, c'est une offre d'indemnisation. Étudiez-la avec soin. Prenez tout votre temps. Quoi que le temps commence à presser. Mais la porte des négociations est encore ouverte. Avec l'argent que l'État est prêt à vous verser, vous pourrez aisément refaire votre vie. »

Sans quitter des yeux le document qui s'était mis à trembler de façon imperceptible entre les doigts de l'huissier, Jonas marmonna pour lui-même : « Refaire ma vie… Mais je n'ai pas envie de refaire ma vie, moi.

– Que dites-vous ?

– Déjà que j'ai eu du mal à m'en faire une, je ne tiens pas à tout recommencer. Pas à mon âge. Ce ne serait pas raisonnable, pas humain.

– Allez… Un bon geste, monsieur Jonas. Un geste d'homme sensé !

– J'ai combien de temps ? Je veux dire : pour répondre ? »

Le torse enflé d'importance, le jeune Dylan Whales toussota afin d'éclaircir sa voix. Puis, il énonça, avec un plaisir évident : « Vous avez un mois pour prendre votre décision et la signifier aux autorités. Selon les principes de la loi du 8 mars 1810 qui régissent toujours la procédure d'expropriation, vous êtes en droit de…

– Un mois ?

– Un mois. Oui, monsieur. Un mois. Autant dire à peu près trente jours.

– Un mois pour savoir si je vais refaire ma vie ? »

Avec un sentiment de gêne, Honoré Whale déposa d'autorité le pli entre les mains de Jonas. Puis, il crut bon d'ajouter : « Vous savez ce que l'on dit, n'est-ce pas ? Les mauvaises nouvelles, nous ne faisons que les apporter. Ce n'est pas nous qui les écrivons. »

Les yeux fixés sur l'enveloppe réglementaire, le Vieux grinça : « Mais vous les apportez quand même. Et celle-là, c'est une belle saloperie de mauvaise nouvelle. Vous n'avez pas idée. Non, messieurs. Vous n'avez pas idée. C'est un drôle de métier que vous faites… »

La voiture des huissiers de justice Whale & Whales n'émit pas le moindre crissement de pneus lorsqu'elle repartit sur le chemin sablonneux qui desservait le faux manoir néogothique. Elle disparut sans un bruit, avalée par les dunes, et finit par se diluer dans le paysage. Le courrier officiel, lui, alla terminer sa course parmi d'autres enveloppes non décachetées qui s'entassaient sur un secrétaire de pin, disposé près de la porte d'entrée. Le soleil de septembre, poussé par des mois de juillet et août caniculaires, prenait un malin plaisir à confire chaque être et chaque chose dans sa chaleur. Plus rien ne bougeait, ni même ne frémissait. Seule, la girouette en forme de coq rouillé émit un ultime grincement. Puis, le silence se referma sur le tableau.

Et ce fut tout.

Dans le véhicule qui roulait au pas, à l'étroit dans une sente où deux voitures n'auraient pas réussi à se croiser sans se froisser les ailes, Whale & Whales demeurèrent tout d'abord silencieux. Au milieu de ce paysage composé uniquement de dunes, de tamaris et de touffes de roseaux, jetées çà et là sans ordre apparent, ils se félicitèrent en leurs fors intérieurs du cours qu'avait suivi leur intervention. Jonas Jonas, dans la Province, était connu comme le loup blanc. À tort ou à raison. En bien ou en mal. Cela importait peu.

Les mauvaises langues le disaient volontiers fou, dérangé, toqué. Dangereux, même. Il était de notoriété publique qu'il possédait un Baïkal, un fusil de chasse semi-automatique flambant neuf de calibre douze, accroché au râtelier de l'entrée. Cet homme, murmurait-on du bout des lèvres, avait un grain. Il vivait en solitaire dans cette baraque du bout du monde, perdue au milieu de nulle part. Personne n'y passait jamais. Pas plus les habitants de la petite ville que les curieux, pas plus les rares touristes égarés que les chasseurs. Même les ornithologues les plus intrépides ou les très légaux représentants du MTES* effectuaient un détour prudent, au risque de se faire avaler par un trou d'eau ou de sable, dès que se dressait devant eux la masse lourde et granitique du manoir. Quant

* Ministère de la Transition écologique et solidaire.

au Vieux, s'il ne se montrait ni ne quittait jamais Isla Negra, ce devait être pour de bonnes raisons. De ces raisons qui ne se disent pas, même à voix basse, mais qui font travailler les esprits et lâcher les brides aux imaginations les plus folles.

Honoré réduisit encore la vitesse de son SUV et entreprit, le bout de la langue passé entre les lèvres, d'éviter une ornière profonde que le vent avait sculptée dans le sable.

Jonas Jonas était cinglé, affirmaient les uns. C'était une bête malfaisante. À cela, d'autres, moins nombreux, répliquaient qu'il n'était qu'un solitaire, un original qui n'emmerdait personne. D'ailleurs, les plus anciens se souvenaient de lui, du temps de son arrivée dans la Province, lorsqu'il fréquentait le Barbotine, midi et soir. À cette époque, c'était un fameux, le Jonas ! Un fameux quoi, ils n'auraient pu le dire avec précision. Mais un de ceux qui tenaient leur place au comptoir et ne lâchaient le crachoir que fin saoul. Il avait le gosier en pente et la bouche toujours fleurie d'histoires épatantes, de celles dont on se fout qu'elles soient vraies ou pas, pourvu qu'elles fassent rire. Trente pastis, c'était sa dose. Pas quinze et quinze. Mais bien trente et trente. Trente à midi et trente le soir. Un bon compagnon, quoi. Aimable, toujours gentil. Et qui aimait la compagnie des femmes. Il n'y touchait pas, pas même du bout des doigts. Mais il avait pour elles des regards entendus qui les faisaient rougir de gêne ou de plaisir.

Une fois l'ornière évitée, Honoré Whale se redressa et appuya avec une infinie douceur sur la pédale de l'accélérateur. Au loin, la promesse d'une route départementale le fit sourire. Ça ne s'était pas si mal passé que cela, vraiment. Avec son air de jeune conscrit rentrant tout juste de ses classes, son associé avait bien failli faire tourner la sauce au vinaigre, mais la mission avait été menée à bien. La remise en main propre avait été effectuée dans les règles de l'art.

Ledit Jonas Jonas n'avait pas tant rechigné que cela, au moment de la signature, et le Baïkal était resté bien sagement accroché à son râtelier. Pour un peu, il aurait même trouvé l'homme sympathique. Mal fagoté, mal rasé, mal aimable, certes. Mais sympathique. Lui qui passait son temps à courir de porte en porte pour signifier des décisions de justice et recevoir, au moins une fois sur deux, des rebuffades ou des engueulades désespérées, il l'aurait même envié, ledit Jonas Jonas. Il vivait seul. Bien à l'abri dans sa baraque. Du sommet de sa dune, il embrassait le monde entier. Lorsqu'il partirait, on se souviendrait un temps de sa gueule burinée de marin retiré des affaires. De sa silhouette de boiteux courbé vers le sol. Puis il disparaîtrait tout à fait des mémoires.

Assis à la place du passager, Dylan Whales renifla par trois fois. C'était largement suffisant pour que le conducteur se souvienne, enfin, que son associé ne supportait pas la climatisation. Malgré sa jeunesse dans le métier, lui aussi était satisfait de leur intervention. Ledit Jonas Jonas n'avait opposé aucune résistance ni proféré le moindre juron. Et il était demeuré calme, aussi calme que possible en tout cas. L'animal s'était montré débraillé et renfrogné, sournois, embrouilleur, menteur et de mauvaise foi, certes. Mais calme. Quoique… Il pressentait que cet homme-là n'était pas franc du collier. Il avait beau être un huissier encore vert, on ne la lui faisait pas. D'ailleurs, pouvait-il en être autrement d'un administré qui ne répondait pas aux lettres avec accusé de réception émanant de l'autorité publique ? Et que dire de ses baskets, jaune canari ? Ce Jonas Jonas était un drôle d'oiseau. Débarqué d'on ne savait pas d'où. Et encore moins pourquoi. Lui, Dylan Whales, huissier de son état, n'irait pas jusqu'à colporter des bruits, cela allait sans dire. Il était officier de justice. Mais ce quidam avait une façon de vous regarder qui en disait long sur le bonhomme. Et d'abord, comment avait-il fait pour se payer la maison de l'Anglais ? Et pourquoi refusait-il avec une telle obstination d'en partir ? Qu'est-ce qu'il pouvait bien cacher derrière ces murs bâtis avec des pierres qui n'étaient même pas d'ici ? Il y avait certainement de sales raisons qui expliquaient tout ça. Et il n'aurait pas été étonné le moins du monde s'il avait appris que cette baraque possédait une cave. Et que, dans cette cave, il y avait quelque chose de pas bien propre enterré…

Dylan Whales avait tout de même tapé de ses propres mains la proposition de conciliation. Huit cent mille euros que l'État lui offrait pour qu'il déguerpisse ! Huit cent mille euros pour ce va-nu-pieds, cet ermite sans la moindre racine dans la Province ! C'était une honte. Une gabegie. Huit cent mille euros, tout de même, ça ne se trouvait pas sous le sabot d'un cheval ! Sans compter que monsieur Dutilleux, le promoteur, lui avait proposé jusqu'à cinq fois cette somme. Quatre millions d'euros. Quatre millions ! Lui, il aurait bien su quoi faire de cette manne, allez ! Mais ce Jonas avait laissé passer sa chance. Il avait refusé le geste généreux de ce bon monsieur Dutilleux. Maintenant, il n'aurait plus que huit cent mille. Et, même ça, il n'en voulait pas. Le sale cochon de fils de garce. Si ça n'avait tenu qu'à lui, il…

« Prenez à droite. Continuez sur deux virgule sept kilomètres. Puis prenez la deuxième sortie. »

La voix sans relief du GPS avait coupé Dylan Whales dans ses pensées. En écho, celle d'Honoré marmonna : « Alors, mon cher Whales ? Nous sommes prêts ? Sortez-moi le dossier suivant, celui des fruits et légumes. Nous y serons dans dix minutes.

– Parfaitement, mon cher Whale. Parfaitement. Je prépare ça. »

Sur ses pneus parfaitement gonflés, le SUV récupéra alors le ruban noir d'une route départementale goudronnée à la perfection.

À moins de quinze kilomètres de là, emmuraillé dans sa zone commerciale et ses panneaux publicitaires, se tenait un petit bourg où ils devraient signifier une injonction à payer.

| 2 |

« LES CONS… »

Avec une profonde lassitude, Jonas considéra la pile de lettres qui s'empoussiérait sur le plateau du secrétaire de l'entrée. Cela faisait deux ans que l'Administration avait commencé à s'ébrouer. Au début, cette masse spongieuse, sans queue ni tête, n'avait fait que vagir, inoffensive et lointaine. S'il avait eu le fond mauvais, Jonas en aurait même souri tant elle lui paraissait pataude et lente. Un courrier par-ci, une lettre recommandée par-là, parfois, avec un accusé de réception. Puis la Bête, constatant qu'il ne réagissait pas, se rendormait pour quelques semaines. Trois mois plus tôt, elle avait tout de même commencé à gronder. Ça n'était pas encore le grand jeu. Cela viendrait. Mais le rythme des intimidations s'était accéléré. Ces deux huissiers, Jonas le savait, n'étaient que les éclaireurs de colossaux ennuis qui allaient bientôt s'abattre sur lui. Le plus vieux des deux clampins le lui avait d'ailleurs glissé, avec l'air de ne pas y toucher. Lorsque la phase judiciaire était enclenchée, il n'y avait plus rien à faire. Après les lettres, les accusés de réception et les officiers de justice, le gros de la troupe viendrait s'en mêler. Il avait suffisamment vécu pour savoir qu'il serait alors balayé comme un fétu de paille, une simple plume. Mais Jonas avait encore un peu de temps.

Les mains dans les poches, le Vieux abandonna l'entrée, chacun de ses pas claudicants faisant chanter le plancher de chêne aux lames disjointes. Il s'arrêta dans l'encadrement de la porte donnant sur la cuisine. Face au contre-jour de la fenêtre qui donnait sur l'est, il sentit une amorce de sourire se dessiner sur son visage. Bien sûr qu'il serait réduit en miettes. Dans sa situation, que pouvait-il espérer d'autre face à la puissance aveugle de l'Administration ? En attendant, la vie continuait. Et, à cet instant précis, celle-ci se résumait à une seule chose : un ventre de terre cuite vernissée, dont l'orangé tirait sur l'ocre, et qui mijotait depuis quarante-huit heures sur le gigantesque piano aux chromes étincelants. Lentement, il s'approcha du toupin et prit le temps de l'admirer, empli d'un amour infini. Il ne s'agissait pas d'une casserole, d'une mijoteuse en inox et encore moins d'une vulgaire cocotte-minute, non. Ces instruments-là, pour Jonas, ne possédaient pas d'âme. C'était bon pour les gens pressés, ceux qui cuisinaient pour manger. Si l'on voulait mitonner un plat au long cours, il fallait du sérieux, du faitout qui a fait ses preuves et qui ne s'achète pas dans les rayons des supermarchés.

À deux mètres du piano, il s'immobilisa, les yeux plissés par la gourmandise. Sur la minuscule couronne de flammes bleutées, si faible que le moindre souffle aurait suffi à l'éteindre, le toupin respirait. Il l'entendit. Cette conque au grain épais, ronde, semblable à un potimarron, sifflait une mélopée tranquille et battait à la façon d'un cœur régulier. Depuis deux jours, elle était là, ne nécessitant aucune intervention humaine. Tout se déroulait selon les lois immuables du feu et de la terre. Le seul geste qu'il s'autorisait, toutes les quatre heures, c'était de verser, dans le couvercle prévu à cet effet, une rasade d'eau pure. Tétée par la chaleur de l'argile, cette eau prévenait toute mauvaise surprise. Grâce à elle, à l'intérieur de cette marmite, rien ne se gâterait. Le fond attacherait, deviendrait compact, brunirait sans jamais brûler. Plus l'on remonterait vers la surface, plus les bulles circuleraient en pleine liberté, drainant les sucs, les malaxant, les mariant entre eux, les magnifiant, enfin. Cette alchimie, seuls le feu et la vieille terre cuite la permettaient. Le reste ne comptait pas. Cette cuisson ne se faisait pas au goût ni à la vue. Elle se faisait à l'oreille. Ceux qui jugeaient d'un plat à son bouquet ou à son fumet n'étaient que des amateurs, des ignorants, des bas-bleus du piano. Seule, l'ouïe était capable de donner la température idéale, celle qui se traduisait par une note parfaite, tout juste murmurée. Une note qui possédait l'éclat de l'évidence.

La bouche humide, Jonas avança d'un demi-pas vers le chef-d'œuvre à naître. Le chef-d'œuvre, et non son chef-d'œuvre. Lui, il n'avait été que le mitron, le marmiton, la petite main, l'exécutant, le sans-grade. Bien entendu, il avait longuement fouetté le poulpe sur le banc de roche qui s'ennuyait dans le jardin, tout encroûté de sel. Dans des éclaboussures de mer montant au soleil, il avait fait claquer la bête jusqu'à en avoir mal à l'épaule. Il l'avait ensuite nettoyée, massée à pleines mains dans de l'eau glacée. Puis, il l'avait ciselée, nettoyée, avant de la mettre à mariner une nuit entière dans un vin rouge du Minervois. Avec patience, il avait compté les éclats de fleur de sel blanc et les grains de poivre noir, choisi thym et laurier. Au moment idoine, il avait musclé sa marinade d'un verre de blanche des Cévennes qu'un vieux bouilleur de cru clandestin, à chaque automne, venait lui fourguer. Ce grand-père ne lui rendait visite qu'à la nuit tombée, sans jamais prévenir, avec des mines de conspirateur. Une fois l'affaire conclue, sans qu'un seul mot inutile ait été échangé, il repartait d'où il était venu. Alors, même si l'on avait payé la marchandise rubis sur l'ongle, l'on ne pouvait s'empêcher de se sentir malgré tout le débiteur de cet étrange bonhomme.

Saisi par la passion d'un Cagliostro, le front humide de sueur, Jonas avait ensuite parfait le bain mystérieux avec d'autres ingrédients, selon une recette qu'il s'était juré de ne pas partager avec qui que ce soit. Les néophytes à la bouche fleurie pourraient toujours crâner en disant qu'ils reconnaissaient le lard fumé, l'ail, la tomate, voire la pointe de safran. Ces crétins infatués, toujours, passeraient à côté de l'essentiel, qui n'était pas, qui n'était jamais la simple liste des éléments nécessaires à l'élaboration de la daube de poulpe. Le cœur de la chose se situait ailleurs. Dans les épices et le temps de cuisson, l'intensité du feu, l'envie de donner. À côté de cela, toutes les lettres recommandées avec accusé de réception, même remises en main propre par une armée d'huissiers encostumés, ne valaient rien. Strictement rien. Pas même un pet de lapin.

« Les cons… »

Oui. Ceux qui croyaient que ledit Jonas Jonas allait abdiquer aux injonctions étaient des naïfs. À soixante et onze ans, il avait passé l'âge d'obéir. Malgré sa tête chenue, les faisceaux de rides qui étoilaient son visage, son dos qui avait pris la détestable manie de s'arrondir sous le poids des années, ou ses yeux qui n'étaient plus aussi perçants qu'avant, il était encore en vie. Sale gosse, têtu, libre penseur. Il avait gagné – et de haute lutte – le droit de faire ce qui lui chantait. Sa maison était à lui, qu'on se le dise ! Ce n'était pas pour rien qu'il avait acheté un semi-automatique Baïkal. Le jour où la Bête changerait de braquet et sortirait les griffes, il aurait son calibre douze sous la main et il n'hésiterait pas à s'en servir. À bon entendeur, salut !

Avec un soupir de fatigue, le Vieux tourna le dos au toupin et quitta la cuisine. Il en manquait. Pas grand-chose, certes. Mais il en manquait. Une heure et quart. Peut-être, une heure et demie. Juste ce qui séparait le délice de l'excellence.

Isla Negra était à lui. Elle était sienne, cette bicoque. Voilà plus de trente ans, il l'avait achetée, sans même en discuter le prix. C'était un drôle de pékin qui la lui avait vendue. Un Anglais. Un numéro. Du genre lord, mais uniquement des chevilles jusqu'à la base du cou. Aux pieds, il portait des boots Nevermind à quatorze trous, avec des lacets à têtes de mort. Au nez et aux oreilles, c'était toute une collection de boucles et de piercings dont la majorité représentait des doigts tendus. Sur la gorge, un tatouage figurait un sablier d'inspiration gothique, orné d'un crâne terrifiant. Entre ces deux zones mollissait un petit corps grassouillet, vêtu d'un costume trois pièces taillé dans la meilleure laine mérinos qui soit. C'était un Perkins de chez Hockerty. Peut-être trop ajusté, mais d'une élégance toute britannique.

Les deux hommes s'étaient donné rendez-vous dans l'arrière-salle du Barbotine, le nouveau bar qui venait d'ouvrir. Cinq minutes plus tard, le prix était entendu et la signature de l'acte programmée chez maître Dutilleux. Dès que Jonas avait pénétré entre les murs, grâce au trousseau de clés que l'Anglais avait tenu à lui confier avant même d'avoir reçu le règlement, il avait arraché la plaque émaillée qui ornait le portail. Le manoir, connu jusqu'alors sous le nom de *Once upon a time*, prit in petto celui d'*Isla Negra*. Et c'était cela que les Whale & Whales voulaient lui enlever, avec tout leur charabia ?

« Les cons… »

Le vieil homme alla s'asseoir dans son fauteuil club, l'un des derniers vestiges datant de la période où le manoir appartenait à un sujet de Sa Gracieuse Majesté. Face à lui, la mer s'étendait, à perte de vue. À travers la baie vitrée, entre les zones que les cristaux de sel plaqués au fil des jours par les rafales d'embruns n'avaient pas encore colonisées, Jonas pouvait embrasser l'immensité. Comme le manoir de granit se situait sur une pointe de sable, une étrave qui filait droit vers le large, il n'avait aucun voisin. Depuis le salon, à droite comme à gauche, il ne voyait que les flots, une masse étale ou bordée d'écume. Qu'il pleuve ou qu'il vente, que le soleil tape tel un étameur ou qu'il fasse jour blanc, Isla Negra se dressait. Un rocher de Gibraltar. Si les hommes en noir lui prenaient son voilier de pierre, son phare bâti sur le sable, où irait-il ? Même si la proposition de conciliation contenait tout l'or du monde, qu'en ferait-il ? Habiter dans une banlieue chic ? Pourrir dans un lotissement cossu ? Finir ses jours dans une résidence pour seniors fortunés ? Hors de question ! Il ne parviendrait jamais à se couler dans ce genre de rêves qui étreignait la majorité des gens. Il ne le pourrait pas. C'était au-dessus de ses forces. Il n'existait sans doute qu'un seul lieu au monde comme Isla Negra. Ce lieu était à lui et il n'en bougerait pas.

La cigarette aux lèvres, Jonas quitta le fauteuil club et adressa un sourire amoureux à Frida Kahlo, dont un immense autoportrait tapissait le mur séparant le salon de la cuisine. Du même pas, douloureux et obstiné, il gravit les marches qui menaient à la chambre du premier. Après avoir repris son souffle, il monta ensuite jusqu'à la minuscule pièce à œil-de-bœuf qui se cachait sous le toit. Bien qu'il habitât seul dans le manoir, celle-ci était toujours fermée à clé. Pas par crainte des voleurs, non. Il avait fait le nécessaire pour que la Province entière soit au courant de son achat d'un calibre douze. Comme les gens l'imaginaient volontiers fou, même les plus téméraires n'auraient jamais osé s'introduire chez un timbré possédant un Baïkal flambant neuf. Jonas fermait la porte de ce grenier par habitude. Une manie de vieux garçon, peut-être.

Lorsque le verrou baigné d'huile libéra le pêne dans sa gâche, il actionna la poignée, mais le vantail refusa de pivoter sur ses gonds. Avec une grimace, il tenta à nouveau d'ouvrir la porte, mais celle-ci résista. Cela faisait plusieurs semaines que le panneau ne voulait rien savoir. Le bois n'y était pour rien. Cela venait d'ailleurs. Après un coup d'épaule sec, la porte finit par céder le passage dans un grincement de douleur. Il devrait tout de même la raboter, enlever ou ajouter quelques écrous sur les gonds.

Pendant qu'il se massait le triceps, Jonas observa son nid d'aigle. Du nord, l'œil-de-bœuf laissait couler une lumière ténue au creux de la pièce à soupente, bâtie de chêne. Dans ce rai de lumière, comme pour lui faire la fête, des poussières se mirent à danser et il attendit que leur sarabande cessât avant de rejoindre son bureau. Pour qui pénétrait pour la première fois dans ce réduit, il fallait patienter quelques minutes avant de comprendre la logique qui présidait à l'agencement de ce chaos invraisemblable. Il y avait de tout. Il y en avait partout. Sur les étagères de tous styles, sur le petit divan de velours râpé, pendu aux poutres, punaisé aux murs, jonchant le sol parqueté de lamelles grossières et désunies. L'œil ne savait où se poser. Ici, c'était une pompe à essence des années 1950 en parfait état de fonctionnement. Là, une cloche de bronze vert tachée d'auréoles de guano. Tout à côté s'empilaient des azulejos lisboètes, fendus, dépareillés. Un peu plus loin, une poêle à châtaignes trouée et rouillée, la silhouette élégante d'une figurine Johnny Walker, une pipe à opium, une lampe de mineur, une ancienne affiche à la gloire de la Pan American, une Vierge Marie de bois bleu et blanc, au sourire extatique. Puis venaient des masques africains, une miniature reproduite à l'identique d'une statue de l'île de Pâques, un carton à chaussures débordant de montres arrêtées, un étui à guitare délavé par le temps, un archet de violoncelle mal coiffé, des lettres enrubannées avec soin, un fac-similé paraphé par Dubout découvrant sans pudeur la Justine de Sade, des piles de vinyles passés de mode, des cendriers aux teintes oubliées, commémoratifs ou publicitaires.

Avec précaution, Jonas avança dans cette marée dont chaque objet lui murmurait à l'oreille un souvenir, heureux ou malheureux. Du bout du pied, il déplaça un camion de pompiers à l'échelle tordue et le colla contre une paire de chaussures de football aux crampons encore incrustés de boue. Puis, il alla s'asseoir à son petit secrétaire de teck. Entre les pots de terre, où des stylos assoiffés montaient la garde en attendant de pouvoir repartir au combat, il récupéra un Zippo tout éraflé sur lequel était gravée la devise : *In a constantly changing world, I don't.* Avec le plaisir du gourmet, il ouvrit le capuchon qui avait été autrefois plaqué d'argent et activa la molette. Aussitôt, une forte odeur d'essence vint se mêler à celle de l'iode et du bois humide. Bientôt, ce fut celle du tabac blond brûlé qui emporta tout sur son passage, impérieuse.

C'était donc tout cela que ces margoulins voulaient lui faire abandonner, avec la seule force de leurs papiers timbrés et la promesse d'un chèque ? Cette absurdité arracha un sourire amer sur les lèvres du Vieux.

D'une voix grave et grumeleuse, tout en recrachant une épaisse volute de fumée, il gronda encore : « Pauvres cons… »

Jonas savait ce que l'on disait de lui, en ville. Le cadavre de sa femme, enterré à la cave. Et pourquoi pas de ses femmes, tant que l'on y était ? Toute sa cave devait en être remplie puisque l'on se répétait ce secret à voix basse, de l'éboueur au maire et du pharmacien au boulanger. D'ailleurs, en poussant le raisonnement un peu plus avant, il pouvait tout aussi bien, faute de place, en avoir entreposé quelques-unes ici, dans ce grenier. Là, par exemple. Dans cette malle de soldat de la guerre de quatorze. Solidement sanglée, portant sur ses flancs comme autant de cicatrices des dizaines d'étiquettes qui témoignaient de ses voyages autour du monde, cette cantine de fer et de bois pouvait parfaitement contenir le corps d'une femme. En plusieurs morceaux. Une Tonkinoise des rives du fleuve Rouge ou une Tatare de Kazan, une demi-pute de Buenos Aires ou une duchesse du Kent. Tout pouvait faire ventre pour l'imagination de ces imbéciles, pas même heureux. Mais ils ne l'auraient pas aussi facilement. Un papier et deux huissiers ? Une paille ! Lui, il savait bien pourquoi, un jour, il avait décidé de ne plus aller en ville. Mais ça ne regardait que lui. Il était à Isla Negra et le monde, tout autour, pouvait bien s'étriper et s'écharper, se gonfler d'importance comme un vieux crapaud. Cela ne le regardait pas. Ce n'était plus son affaire. Et il saurait bien se défendre. Toutes ces vieilles commères, hommes et femmes réunis, pouvaient baver sur son compte, il s'en moquait. Lui, il savait pourquoi il aurait préféré mourir ici plutôt que de risquer un seul pied en dehors de son manoir. Et les autres pouvaient bien inventer ce qu'ils voulaient.

Quant à se défendre contre la Bête, il n'aurait peut-être même pas besoin de le faire. À chaque jour qui passait, Isla Negra le lui répétait, toujours plus insistante. Par ses murs, ses planchers, ses portes, ses fenêtres et jusqu'avec son toit, elle le lui murmurait à l'oreille. Il n'aurait pas à lutter contre les officiers de justice, la police, les juges, les excavatrices, les pelleteuses et les bulldozers. La solution viendrait d'elle-même. Et il serait aux premières loges, prêt à l'accueillir à bras ouverts ou à la prendre en pleine gueule, cela importait peu.

Après avoir écrasé sa cigarette, tétée jusqu'à l'extrême limite du filtre afin de bien sentir que la mort délicieuse pénétrait en lui, Jonas se releva, satisfait. Avec les gestes précis que garantissent les rituels mille fois répétés, il entrebâilla le volet intérieur de la minuscule fenêtre qui, derrière le bureau, donnait plein sud. Les yeux un instant brûlés par le flot de lumière crue qui se déversait dans la pièce, il ouvrit à tâtons le tiroir du meuble et en tira avec précaution une longue-vue de cuivre qu'il déplia. D'un pan de son tee-shirt blanc, il nettoya les deux lentilles. Puis, une fois l'instrument collé à son œil, il le braqua en direction du grand large. Grâce à des ajustements minutieux, il finit par réussir la mise au point. Durant de longues minutes, il demeura alors ainsi, campé parmi ses souvenirs, à scruter la mer. Depuis la veille, rien n'avait changé. Çà et là, il repéra les mêmes rares barques de pêcheurs. Beaucoup plus loin, il vit un vraquier tout aplati qui transportait dans son ventre d'acier du blé du Maroc, des carcasses de moutons d'Australie ou de l'huile de palme d'Angola. Avec un sourire de dégoût et d'amusement mêlés, il s'aperçut aussi que le promène-couillons avait remis ça – un bateau à fond plat payé par la municipalité qui cabotait, chargé de touristes apathiques et cramoisis. Sans crainte de s'ensabler, il venait flairer les plages comme un mendiant faisant les terrasses des cafés.

Rien n'avait changé, non. Et la longue-vue n'y était pour rien. Il l'avait acquise lors d'un vide-grenier, du temps où il sortait encore et prenait un malin plaisir à voir ses congénères, au vu et au su de la multitude, brader leurs biens. Cela lui semblait d'une impudeur crasse, mais il avait jeté son dévolu sur cette pièce. Celle qui la vendait était une vieille, assise sur un pliant, la canne entre les cuisses et des lunettes à verre fumé sur les yeux. D'un air mystérieux et cependant amical, elle lui avait confié que cet instrument était une longue-vue de marine et qu'elle ne lui serait donc d'aucune utilité si l'envie lui prenait d'observer les étoiles ou les paysages. Cette grand-mère l'avait ému. Il avait acheté l'objet, et tout l'après-midi, il avait braqué le tube coulissant sur les voiliers qui, au large, faisaient fleurir sur leurs ponts des femmes nues, de tous les âges et de toutes les proportions. Lorsque la nuit était tombée et qu'un petit vent frais s'était levé du noroît, il avait tenté d'observer la Grande Ourse, Cassiopée, Andromède ou la Girafe. Malgré tous ses efforts, rien n'y avait fait. La vieille ne lui avait pas menti. Cette longue-vue était bien de marine et, comme son nom l'indiquait, elle se révélait incapable de capturer dans ses lentilles de gros verre la moindre lueur d'étoile.

En repliant les tubes de cuivre, Jonas dut se rendre à l'évidence : rien ne viendrait du large, du moins aujourd'hui. Cela n'était pas grave. Si ce n'était pas pour aujourd'hui, ce serait pour le lendemain. Ou les jours d'après. Il avait un peu de temps. Dans la cave, son grand œuvre avançait. Pas aussi vite qu'il l'aurait voulu, certes. Mais ça avançait tout de même. Avant de refermer le volet, il eut le plaisir de voir les premiers nuages de murmuration se former dans l'indigo du ciel. Nuages de murmuration. Il était rare que trois mots seulement parviennent à dire toute la magie céleste de ces oiseaux, des étourneaux sûrement, qui se rassemblaient avant d'accomplir leur migration vers le sud. Ils étaient plusieurs milliers à voler ensemble, en un nuage mouvant, changeant de direction d'un seul battement d'ailes. Ils ondulaient en vagues sombres ou plus claires, jouant avec les brises, testant leurs forces, leur résistance. Ils n'allaient pas tarder à larguer les amarres, à tout abandonner derrière eux.

« Les cons… »
Jonas, lui, ne partirait pas.

| 3 |

Au même instant, à quelques kilomètres d'Isla Negra, bien après les marais salants et la longue plage de sable laiteux qui faisait la fierté et la fortune de la ville, une scène bien différente se déroulait. Électrique, hérissée de bruits et d'éclats de voix, elle était menée bille en tête par Charles Dutilleux, l'homme le plus riche de toute la Province. Le journal du jour tendu à bout de bras, transpirant à grosses gouttes dans son costume du dernier chic et sa chemise saumonée, il faisait les cent pas. Les talons de ses John Lobb Sennen claquaient sur le marbre noir de la salle à manger et scandaient sa fièvre. Charles Dutilleux était un homme de petite taille, à la poitrine bombée par l'orgueil et à l'estomac replet sur lequel toutes les cures s'étaient cassées les dents. Roulant carrosse, le verbe haut, la flatterie facile avec les puissants, d'un habile mépris avec les faibles, il était devenu au fil des années une caricature de l'homme que, étant enfant, il rêvait d'être. Il avait réussi dans la vie, au-delà de toute espérance. Et, désormais septuagénaire, il tenait à ce que cela se voie, à ce que cela se sache.

Derrière les fines montures en titane de ses lunettes posées en équilibre sur l'arête de son nez, il tonna à nouveau : « C'est une question de mois, de semaines ou peut-être même de jours, je te dis ! La mascarade et le carnaval, c'est bientôt fini ! Aussi vrai que je m'appelle Charles Dutilleux, c'est la fin ! Terminé, tu m'entends ? Emballé, c'est pesé ! Rideau ! C'était son dernier tour de piste, à l'autre clown ! Tu as lu ça, Mémé ? Nom de Dieu, tu l'as lu ou pas ? »

Les yeux égarés dans le vide, totalement étrangère à la fureur qui avait saisi son mari, une femme de vingt-six ans tout juste cessa de souffler sur le vernis frais des ongles de sa main gauche. D'un ton absent, elle répondit :

« Tu sais bien que je ne lis pas la presse, Chichou… »

À ce dernier mot, Charles se figea sur le marbre froid. Aussitôt, il opéra une volte-face et aboya : « Je t'ai déjà dit de ne pas m'appeler Chichou ! C'est ridicule ! »

Avec le même flegme, la jeune femme lâcha : « Chichou, c'est mignon. Puis, ça vaut bien Mémé, non ?

– Tais-toi ! Comme d'habitude, tu dis n'importe quoi !

– Mais je…

– Stop ! Par pitié ! D'abord, Mémé, c'est le diminutif de Mérope, un prénom parfaitement ridicule et sorti de nulle part.

– C'est ma mère qui…

– Mérope ! A-t-on seulement idée ? Mérope !

– Elle l'a lu sur une boîte de biscuits et elle m'a dit que c'était le nom de…

– Ça suffit ! »

Sèche, sans appel, la voix venait de cingler sous les plafonds hauts, lustrés de laque blanche. Comme si elle avait reçu un uppercut au menton, la jeune femme se rencogna dans le cuir pleine fleur immaculé de son canapé Hug. Puis, boudeuse et le menton rentré, elle s'entêta à protester, d'un timbre ténu : « C'est ma mère qui l'a choisi…

– Ce qu'a pu faire ta mère ou rien du tout, c'est du pareil au même, ma pauvre fille. Mérope… Et pourquoi pas merlu, merlan ou mérou, tant qu'elle y était ? »

Afin de ne pas répliquer, l'épouse vêtue d'un bustier noir décolleté jusqu'à l'outrance se mordit la lèvre inférieure. Comme elle s'apprêtait à se lever pour quitter la pièce, Charles Dutilleux se planta devant elle. Avec une grimace autoritaire, il poursuivit : « Écoute un peu ce que le journaliste a écrit. Écoute bien : "Il y a donc fort à parier que le manoir, connu de tous dans la Province sous le nom étrange d'Isla Negra, vit aujourd'hui ses derniers instants." »

Dans un geste de mépris, il jeta le quotidien sur la table basse et répéta :

« Ses derniers instants. Tu entends ça, Mémé ? Ses derniers instants… C'est beau comme l'Antique ! »

Alors que son épouse demeurait amorphe, toujours sous le coup de la vexation, il la houspilla : « Mais regarde donc le journal, bécasse ! Intéresse-toi un peu ! Ou, au moins, fais semblant ! »

La main molle, prenant garde à ne pas gâter son vernis qui finissait de sécher, la jeune femme s'exécuta. Pendant qu'elle faisait de son mieux pour se plonger dans la lecture de l'article, Charles Dutilleux croisa ses mains dans son dos, enfla encore un peu plus son torse de vieux coq et se remit à arpenter le marbre froid de l'immense salle à manger. Ainsi, il avait réussi. D'ailleurs, dans son existence, il avait tout réussi, en dépit d'études courtes et sans clinquant. Une fois son baccalauréat général obtenu, tout s'était subitement accéléré. Il avait la bosse des affaires. Vendre, acheter, spéculer, acheter, vendre. Il ne créait rien, non. Il faisait de l'argent. Beaucoup d'argent. Au fil des années, il s'était taillé la part du lion dans l'univers impitoyable des transactions immobilières. Les mauvaises langues le disaient cruel, dénué du moindre scrupule. Mais qu'y pouvait-il s'il transformait la pierre en or? C'était un don de Dieu, voilà tout!

Parvenu face à la baie vitrée qui s'ouvrait sans pudeur sur la plage en contrebas, encore noire de monde, il maugréa: « L'autre fêlé a fini de nous emmerder, crois-moi… »

Charles Dutilleux, entrepreneur immobilier prospère, avait amassé l'essentiel de sa fortune à Paris, au début des années 1970. À l'époque, la légende disait qu'il ne possédait rien, hormis une obsession qui le dévorait à chaque heure du jour et de la nuit. Réussir dans la vie. Et peu lui importait par où il devait passer pour atteindre son rêve. Engranger des millions de francs. Brasser des capitaux colossaux. Cela seul peuplait la totalité de ses pensées.

Sa maigreur maladive et son teint hâve trahissaient ses nuits mauvaises enfiévrées, sacrifiant l'essentiel de ses revenus squelettiques à paraître en société dès que l'occasion se présentait. Dans le petit deux-pièces humide du treizième arrondissement où il vivait alors, il passait chaque matin un temps infini devant le miroir de sa salle de bains, coincé entre une baignoire sabot et des toilettes à la turque. Là, il frottait le gant contre sa peau avec rage, comme si, ce faisant, il pouvait en arracher ses habitudes de gêne. Il se haïssait.

« Eh bien, Mémé? Tu as lu? »

Sans lever les yeux du journal, la jeune femme répondit avec un ennui qu'elle ne tenta pas même de masquer: « Je suis en train, Chichou. Je suis en train… »

Les escaliers qui mènent à la richesse, Charles Dutilleux ne les avait pas gravis un à un, non. Il les avait avalés, dévorés. Il se l'était juré, sitôt débarqué à Paris. Lorsqu'il reviendrait dans la Province, ce serait en vainqueur. Il ne serait plus le fils adoptif de l'obscur notaire Jean-Gustave Dutilleux, pour lequel il n'éprouvait qu'un mépris abyssal. C'était un sagouin qui ne s'était jamais intéressé à sa charge, un jouisseur qui avait toute sa vie durant préféré tremper le fil dans l'eau, boire en ivrogne et parier aux courses plutôt que de générer du chiffre et se battre sur des dossiers juteux. L'étude, au fil des ans, était tombée en misère. Le père était mort jeune. Quant à la mère, il préférait ne pas en parler… Mais lui, le nouveau Dutilleux, Charles, il ne serait plus le bâtard. Il ne serait plus l'enfant trouvé, le fils du soûlard, le rejeton de l'ivrogne et de sa moitié. Il serait un homme respecté.

« Dis-moi, Chichou ? »

D'ailleurs, il avait réalisé la majorité de ses rêves de jeunesse. Et de quelle manière ! Il habitait la plus grande propriété de la Province, avec une vue imprenable sur la mer. Il avait fait bâtir ce bunker d'acier et de béton sur la seule colline de roche qui bordait les flots. Les fondations en étaient profondes et il ne manquait rien à cette forteresse. Des voitures ? Il en possédait une douzaine, toutes de collection, toutes acquises de haute lutte lors de ventes aux enchères dont certaines avaient défrayé la chronique. Il avait installé ses petites merveilles dans un garage climatisé au taux d'hygrométrie constant, attenant à la propriété, truffé d'alarmes et surveillé étroitement par son homme à tout faire qu'il nommait l'Africain. Chaque jour, comme s'il rendait visite à ses enfants, Charles allait leur parler, s'arrêtant devant chacune d'entre elles, les appelant à mi-voix par leurs noms. Rolls-Royce Ghost ou Phantom, Lamborghini Huracán, Porsche, Maserati, coupé Mercedes – sans oublier sa perle, son Graal, son joyau : une Mosler MT900 GTR. Avec elle, comme un sultan énamouré d'une favorite, il prenait plus de temps, la peau de chamois toujours à portée de la main, un sourire béat sur les lèvres.

Dans le silence, la voix crissante de Mérope se fit entendre : « Tu as lu tout l'article, Chichou ?

– Évidemment. Pour qui tu me prends ?

– Tu es sûr que tu as bien lu ?

– Je viens de te dire que oui ! »

Afin que le tableau soit complet, il avait aussi dû se résoudre à prendre femme. Pas vraiment par goût, non. Mais parce que c'étaient des choses qui se faisaient. Dans leur ensemble, les femmes n'inspiraient à Charles Dutilleux que méfiance et suspicion. Il ne les connaissait pas mais, de ce qu'il en savait, elles étaient souvent futiles et dépensières. Ou, au contraire, intéressées, âpres au gain, revêches et envieuses. Dans un cas comme dans l'autre, elles ne lui inspiraient que du dédain et un scepticisme de tous les instants. Aussi, afin de ne pas être trop dérangé par ce mal nécessaire, il en avait choisi une beaucoup plus jeune que lui, encore malléable. De retour dans la Province au sommet de sa carrière, il avait opté pour une gamine du cru de quarante-quatre ans sa cadette. Une brave fille, sur laquelle personne ne se retournait dans la rue. Soucieux de se faire une réputation d'homme généreux, voire de bon samaritain, il l'avait achetée à sa mère – une pécore qui avait pondu ses enfants telle une poule ses œufs. Comme il aimait à le dire en toute occasion, exagérant le trait, il l'avait tirée du ruisseau. Très vite, il l'avait couverte de bijoux et de fourrures et confiée à un ami chirurgien esthétique qui n'avait mégoté ni sur le silicone ni sur l'acide hyaluronique afin de repulper des lèvres qui n'en avaient pourtant aucun besoin. Aux yeux de cette pauvre gosse, il avait été à la fois le Père Noël et le ticket gagnant du Loto. Dans toute cette opération, elle était sortie de sa condition, et lui possédait à ce jour une épouse dont il pouvait être fier. L'affaire était bouclée.

Dans son dos, désagréable à l'oreille car trop haut perchée, la voix de Mérope s'entêta une nouvelle fois : « Dans le journal, ils disent que c'est l'étude des huissiers Whale & Whales qui a apporté à Jonas Jonas l'ordonnance d'expro...

– J'ai lu tout ça.

– Et qu'il a un mois pour faire connaître sa...

– Je sais.

– Et ils écrivent aussi que, s'il ne répond pas, c'est... »

Excédé par la lenteur et le timbre avec lesquels son épouse déchiffrait l'article, Charles Dutilleux pesta : « Je sais tout ça, je t'ai dit ! C'est mon métier, les affaires. Lâche ce journal et écoute-moi bien à présent. Je vais tout t'expliquer.

– Oui.

– Aujourd'hui, ce vieux fêlé a reçu une offre du juge d'expropriation, tu me suis ?

– Oui, Chichou.

– Cette offre correspond au prix du marché. Bercy l'a calculée sur le Patrim usagers. Il y a assez longtemps que je les tanne pour qu'ils passent aux actes, ces fainéants. Mais passons, c'est fait.

– Et le Patrim usagers, qu'est-ce que c'est ?

– Un service en ligne disponible depuis le 6 novembre 2013, appuyé par l'article 545 du Code civil. Il prévoit, pour le particulier, une "juste et préalable indemnité". Pour t'expliquer simplement les choses : ou il accepte le chèque et il s'en va gentiment, ou il refuse et il est viré. Quoi qu'il décide, son tas de boue sera rayé de la carte. Il n'a pas le choix.

– Il n'a pas le choix. Mais il a le temps. »

Comme la jeune femme se levait du canapé, déjà étrangère à la discussion, le promoteur aboya : « Qu'est-ce que tu racontes ?

Pourquoi aurait-il le temps ? Il y a des lois, et les lois, c'est fait pour être respecté ! »

Du haut de ses escarpins griffés d'un noir profond et rivetés au niveau du tendon, Mérope laissa tomber : « Ce n'est pas ce que dit l'article. Ils disent que ça peut mettre très longtemps pour que la loi soit appliquée.

– Foutaises ! La loi, c'est la loi ! Et je connais assez de monde au TGI pour te promettre que cette saloperie d'affaire va être menée à la baguette ! Ça fait des années que j'y travaille ! Des années !

– Si tu le dis… »

À pas comptés, comme une funambule avançant sur son fil tendu, Mérope se dirigea à son tour vers la baie vitrée. Dans son dos, la voix cassante de Dutilleux crachota encore, au comble de l'agacement : « Si je le dis, c'est que je le sais. Je ne parle jamais sans savoir, moi.

– Mais oui, Chichou… »

Comme elle l'avait vu mille fois sur la chaîne Fashion TV, la jeune femme s'immobilisa face à la mer, la tête exagérément penchée sur le côté, le bassin en avant, une main sur la hanche et les lèvres entrouvertes. Après quelques secondes de silence, elle reprit : « Pourquoi tu lui en veux tant, à ce Jonas Jonas ? Il a des terrains qu'il ne veut pas te vendre ?

– Des terrains ? Il est assis sur un tas de sable, oui ! Et qu'est-ce que tu voudrais que je fasse d'un tas de sable qui ne vaut pas tripette ?

– Il est bien placé.

– Ça, oui. Mais il est soumis à la loi littoral. Ce qui veut dire qu'il n'est pas constructible. Un tas de sable où l'on ne peut rien bâtir, ça ne sert à rien. À part à emmerder les honnêtes citoyens ! »

Toujours appliquée à singer les mimiques des gamines qui défilaient sur les podiums, Mérope changea de posture et murmura : « Alors, pourquoi tu te mets dans ces états ? S'il veut y rester, sur son tas de sable, comme tu dis, en quoi ça peut te... »

Plutôt que de terminer sa phrase, la jeune femme effectua avec lenteur un demi-tour et s'aperçut alors que son époux avait quitté la pièce. Elle s'abîma à nouveau dans la contemplation du paysage. En bas, dans les rues et les entrelacs des allées et des venelles, les touristes s'agglutinaient, ne formant plus qu'une masse uniforme uniquement préoccupée par la quête du soleil. Au bout de l'anse, tout au fond, les propriétés luxueuses marquaient la frontière avec la réserve naturelle protégée. Mérope se projeta en pensée pardessus les marais salants, ces trous d'eau où plus d'un s'était noyé. Elle convoqua dans ses souvenirs les repaires des échassiers et ceux des bêtes d'eau. Elle frémit avec délice en songeant à ces créatures que l'on sentait par tous les pores de sa peau, mais qui ne se montraient jamais. Elle entendit les vents qui faisaient frissonner les roseaux en bouquets serrés. Elle se rappela les feux follets des nuits d'été, les plaques de sel qui cassaient sous les pieds comme autant de débris de vitraux abandonnés par le soleil. Encore plus loin, le plus loin où étant enfant elle fût jamais allée, elle revit les petites dunes de sable blanc. La végétation disparaissait de manière insensible, au fur et à mesure de son avancée. La marche se faisait plus pénible, mais elle s'entêtait, le souffle court. Parvenue là où aucune route goudronnée n'avait jamais été tracée, se dressait la grande dune, la montagne de sable blanc. À son sommet, une étrange bicoque. Une espèce de manoir aux pierres grises, qui n'avait rien à faire dans ce paysage.

Lorsqu'elle était gamine, elle y allait parfois. En cachette. Elle s'approchait de la maison et s'asseyait dans un trou de sable qui lui brûlait les fesses, les mains et les pieds, mais elle ne bougeait pas. Elle restait là, peut-être des heures, à observer le petit volet bleu qui donnait sur la mer. De ce trou sombre sortait parfois une longue-vue dont le cuivre accrochait des éclats de soleil. En ville, on affirmait que ce manoir était habité par un illuminé répondant au nom et au prénom de Jonas. Alors, elle rêvait. Elle se demandait qui pouvait bien être ce mystérieux bonhomme qui se terrait dans ce repaire. Et, surtout, elle échafaudait mille hypothèses afin de savoir pourquoi il passait son temps à scruter le large, cet espace infini que rien, jamais, ne venait troubler.

| 4 |

CINQ SEMAINES PLUS TARD, Jonas fut tiré de son sommeil alors que le jour n'était pas encore levé. Sans préambule, une brève détonation le réveilla en sursaut, faisant aussitôt perler sur son corps une vague de sueur. Dans ce coup de feu, parti il n'aurait su dire d'où, il eut l'impression que tous ses os, d'un seul et même accord, venaient de claquer entre eux. Le temps pour lui de reprendre ses esprits et de sauter dans un pantalon pour aller décrocher le Baïkal de son râtelier, la raison lui revint. Ce ne pouvait pas être le fracas d'un tir. D'abord, aucun cambrioleur digne de ce nom ne se serait risqué jusqu'ici. Quant aux forces de l'ordre, même si leur arrivée était imminente, elles se devaient de respecter un protocole où les balles et la poudre n'avaient pas voix au chapitre. Elles viendraient, peut-être. Mais pas avant les sommations d'usage.

Les tempes bourdonnantes, la conscience encore engluée par les rêves, il se rassit sur son lit. Face à lui, malgré la faible lumière que dispensait la lune, il embrassa dans un regard le long rectangle de sa chambre à coucher. Dénuée de meubles, hormis le sommier et le matelas, sans tapis et sans tableau, sans même un livre, elle était telle qu'il l'avait désirée. Monacale. C'était un désert. Son royaume. Posée à même le sol, contre le mur du fond, il devina sa tablette qu'il avait mise à charger. C'était elle qui avait décidé de l'agencement de cette pièce. Un jour, il avait entrepris de numériser les disques classés dans les rayonnages. Il l'avait fait pour passer le temps. Il voulait savoir combien de vinyles cette petite ardoise pouvait contenir. Vingt ? Cinquante ? Cent ? Il s'était pris au jeu. Il y avait passé des jours entiers. Puis, une partie de ses nuits. La bataille avait duré longtemps et n'avait cessé que faute de combattants. Lorsque le dernier microsillon avait cessé de tourner sur son plateau, il avait poussé un soupir de soulagement. À deux reprises, il avait ensuite compté les disques qu'il avait transformés en signaux numériques. La tablette, ainsi que la petite clé qu'il y avait ajoutée, ne pouvait pas dire vrai. Et pourtant. Il y en avait bel et bien 1209. Pas un de plus, pas un de moins. Et la clé, à elle seule, pouvait en avaler encore, insatiable. Comme Jonas n'avait pas pour projet de sortir de chez lui afin de courir les magasins, il s'était fait livrer une enceinte minuscule qu'il avait raccordée à la tablette. Ainsi équipé, il possédait sur quelques centimètres carrés tous les morceaux qui avaient scandé sa vie. Tant de bonheurs, de malheurs et de frissons contenus dans un objet d'apparence si modeste lui avaient mis un coup au moral. Aussi sec, il avait pris la décision de déménager tous les disques dans son repaire, sa tanière à œil-de-bœuf. Le bureau, l'ordinateur et la platine, la lampe, la table de nuit, un tapis de Sfax, un miroir ébréché, trois vases brésiliens de Teresina ainsi que mille babioles glanées çà et là, autour du monde, avaient suivi. Un coup de blanc sur les murs et le plancher. Et il ne sut pas dire s'il se sentit plus léger, aérien, ou dépouillé d'une partie de son existence.

Au moment où Jonas hésitait entre se recoucher et se lever tout de bon, il se sentit pris de vertiges. Ce fut une impression qu'il n'avait jamais éprouvée jusqu'alors. Si, à force de trop d'alcool, il avait pu, par le passé, perdre l'équilibre, ce qu'il vécut à cet instant fut bien différent. Ce n'était pas lui qui tremblait, qui tanguait et gondolait, c'était le reste du monde. Peu à peu, les vibrations se précisèrent. Elles semblaient émaner du rez-de-chaussée, mais ces pulsations pouvaient aussi provenir du toit ou de la cave. Les sens en éveil, il commença à entendre des bruits sourds. Il s'agissait maintenant de craquements infimes qui couraient sans discontinuer le long des veines du bois de chêne qui parquetait le manoir et l'étayait. Parfois, des éclatements graves naissaient dans le cœur des pierres de granit et se répercutaient comme en écho dans l'ensemble de la demeure. Au plus fort de ces vagissements, il sentait parfois rouler la dune sur laquelle était bâtie sa bicoque. Elle se tordait, se redressait, s'affaissait et semblait supplier que l'on laissât le vent la disperser aux quatre coins du monde.

Le vent…

Le vieil homme se leva et tituba jusqu'à la fenêtre, qu'il ouvrit en grand. Il ne s'était pas trompé. Faisant appel à toutes ses forces, il parvint à accrocher les deux volets aux taquets de fer scellés dans la façade. Puis, les bras le long du corps, la bouche entrouverte par la surprise, il admira. Jonas connaissait les noms de tous les vents qui jouaient aux jeunes chiens fous sur les mers. Il savait le petit aguiéloun et le garbin venu du couchant. Il respectait le levant blanc, dont les coups d'échine et de cul pouvaient se révéler fatals aux plaisanciers mal amarinés. Il les aimait également tous, car ils étaient vivants, imprévisibles. Souvent, le soir, il se récitait leurs patronymes, pour son seul plaisir. Les syllabes coulaient alors sur sa langue, empreintes d'un goût violent fait de sel et de soleil. Orsure, marin, ponant, vent sombre, autan, grec, tramontane, seguin. Ceux-là étaient des voisins. Par la force du temps qui passe et de l'habitude, ils étaient devenus pour ainsi dire des amis qui lui rendaient visite de façon régulière. Puis, il y avait les autres. Ceux dont les appellations sonnaient comme autant d'invitations au voyage. Harmattan, levêche, chlouc, williwaw, chinook, pampero, zonda, loo, Helm, libeccio, foehn, badisad obistroz.

Vents d'ici ou vents d'ailleurs, le vent demeurait le vent, et il n'y avait que l'homme, bête et prétentieux, pour vouloir changer son nom en fonction des régions qu'il traversait. Quoi qu'il en soit, tous les vents de Jonas semblaient s'être donné rendez-vous sur la mer, là, face au manoir. À grandes gifles et en bourrasques plus sauvages encore, ces mille rafales dansaient une sarabande endiablée que rien ne semblait pouvoir jamais arrêter. Ça sautait tous azimuts, soulevant des paquets de mer et des brassées de sable, faisant gicler celui-ci dans le néant tandis que, au large, des pur-sang d'écume blanche caracolaient sous la lune.

Les paupières plissées et humides, Jonas murmura pour lui-même : « Putain que c'est beau... »

Maintenant, le vieil homme comprenait la danse de Saint-Guy qui avait saisi le manoir. Malgré ses centaines de tonnes de poutres et de pierres, la bâtisse n'était pas plus imposante qu'un bouchon de liège balancé dans les déferlantes d'une tempête. Si cela continuait, les fondations seraient arrachées. L'on pourrait tirer le rideau sur la longue histoire d'Isla Negra et de son propriétaire : « Merde de merde, que c'est beau... »

Agrippé à la rambarde, le visage fouetté par les piqûres douloureuses des grains de sable, Jonas ne pria pas. D'abord, parce qu'il ne savait pas. Pas même le commencement d'un Pater ou d'un Ave. Ensuite, parce que tout cela avait quand même une sacrée gueule. Alors, oui, il préférait crever maintenant, tout de suite, emporté par les vents, plutôt que de pourrir sur un lit comme les plantes anémiées pourrissent sur leur pied. Si l'heure devait sonner, il était prêt. De toute façon, il n'avait pas le choix. La nature décidait. Il n'était qu'un capitaine de frégate aux voiles en lambeaux, au cœur de la tempête. Son bâtiment allait et venait, bousculé, ballotté. Bientôt, de la coque au pont et jusqu'au grand mât, tout volerait en éclats. Alors, les yeux dans les étoiles et les mains en porte-voix, le Vieux gueula à gorge déployée, avec un rire tonitruant : « Souffle ! Souffle ! Fais tout péter ! Si c'est le moment, vas-y ! Ne te gêne pas ! Je n'ai plus rien à perdre, moi ! »

Quelques heures plus tard, le soleil déjà déclinant de l'automne se posa sur un bien étrange équipage qui se dirigeait vers Isla Negra par le chemin de mules, indifférent aux ornières et aux nids-de-poule. Orange pétard, une roue de rechange fixée sur le capot avant, débarrassée de son toit et couverte d'autocollants délavés par la lumière, une Méhari 26 chevaux de la fin des années 1970 avançait à son rythme, sinuant avec mollesse de dune en dune. Cette voiture était connue dans toute la Province pour appartenir à un certain Georges – que certains s'amusaient parfois à désigner sous le patronyme de Jorge, faisant rouler par plaisanterie les deux jotas jusqu'à s'en brûler la glotte.

Pour ceux de la ville, Georges était aussi l'Argentin de Carcassonne. Ou le Pouilleux. Pas besoin de discours ni d'explication, il ne servait à rien de dépenser de la salive pour un miséreux comme lui. Pourtant, le Pouilleux portait beau avec ses cheveux corbeau ayant viré au blanc d'argent, ses yeux charbonneux, sa profonde fossette en plein milieu du menton, ses bras interminables et ses mains fines d'étrangleur. Derrière sa lèvre inférieure charnue, il dissimulait un rire de gorge qu'il ne s'autorisait que dans des circonstances tout à fait exceptionnelles. Peut-être avait-il quarante ou cinquante ans ? Certains avançaient le chiffre de soixante. Peu importait. Georges promenait sans hâte son cuir tanné par le soleil. Pour qui aurait eu un peu de culture dans la Province, il se serait aperçu que ce Pouilleux-là ressemblait trait pour trait à un García Lorca à qui l'on aurait laissé le temps de vieillir.

La Méhari gravit la pente du mamelon de sable sans se plaindre, faisant s'élever sous ses roues lisses des fumerolles crayeuses. Devant la clôture du jardinet, toutefois, elle sembla rendre son dernier soupir. Lorsque Georges coupa le moteur, les pétarades et les explosions bien réglées furent aussitôt remplacées par les cliquetis d'acier du moteur en surchauffe. La cigarette aux lèvres, le conducteur prit le temps de s'étirer longuement. Dans sa face de cuivre et d'os, ses yeux demeurèrent immobiles, fixés sur la masse d'Isla Negra. Durant quelques secondes, il l'observa en connaisseur, en homme dont les mains d'or lui avaient permis autrefois de dériver de chantier en chantier afin de gagner sa croûte.

Après avoir achevé son examen, il ralluma son mégot. Puis, se tournant vers le passager, il rassembla sur sa langue quelques mots : « Cette maison est malade, petit. Mais ce vieux *cabrón* ne veut rien entendre.

– C'est grave, ce qu'elle a ?

– Est-ce qu'on ne sait jamais ce qui est grave ou ce qui ne l'est pas ? »

Jugeant qu'il en avait assez dit, le Pouilleux finit par descendre de voiture et, une nouvelle fois, s'étira dans la lumière gorgée d'orange. Pendant qu'il faisait le chat, le passager parvint à s'extraire à son tour du véhicule. Même si Georges avait pris l'habitude de l'appeler « petit », le garçon en question possédait un physique de lutteur de foire. Du haut de ses deux mètres dix et de ses cent soixante kilos, il aurait pu sans effort jouer au matamore. En réalité, il donnait la sensation gênante de subir son physique. Les épaules tombantes, les yeux éteints, sa démarche lente rappelait celle de l'ours. De plus, chacun de ses gestes était pétri d'indolence et s'engluait dans une langueur qu'il n'avait lui-même jamais tenté de s'expliquer. Dans la Province, les gens le désignaient sous le nom de l'Africain. Ni plus, ni moins. Il était l'Africain et, pour eux, cela signifiait tout. Qu'il était noir, qu'il était fainéant et, sans doute, voleur. Qu'il ne posséderait jamais guère qu'un pois chiche en guise de cerveau. Qu'il était bête à manger du foin et que, lorsqu'il apparaissait, il valait mieux garder un œil sur tout ce qui portait jupons. Quant aux scarifications qui tailladaient son visage, chacun se faisait son explication et l'on n'en parlait pas.

« Dis-moi, petit ? Tu viens me donner la main ? »

Le garçon était arrivé un jour, personne n'aurait su dire d'où. Pas par la terre, assurément. Par la mer, sans doute. Certains disaient qu'il était un migrant. D'autres, un réfugié. Les plus audacieux allaient jusqu'à supposer qu'il avait été balancé par-dessus le bord d'un navire pour des raisons dont il ne servait à rien de parler. Mais des raisons sérieuses, de ces raisons qui ont à voir avec la pègre, la police, le trafic de drogue ou celui des femmes. Allez savoir, avec les Noirs. Quoi qu'il en fût, il avait posé le pied là, dans la Province. Et il y avait planté ses racines.

« Alors ? »

Georges s'était pris de tendresse pour ce garçon. D'amitié aussi, peut-être. L'amitié mettait toujours plus de temps que la tendresse à s'installer. Il verrait à l'usage. Le Pouilleux aimait bien l'Africain. Tout comme lui, celui-ci ne parlait jamais pour ne rien dire. Et même lorsqu'il s'avérait nécessaire qu'il se prononce sur une chose ou une autre, il préférait rester muet. Georges ne lui avait jamais posé de questions sur son passé. Il avait déjà largement assez à faire avec le sien. Le colosse pouvait bien venir de Zanzibar, du paradis du bon Dieu ou des poubelles du diable, il l'aimait bien tel qu'il était. Taciturne, serviable. Secret.

« À quoi tu rêves, l'ami ? »

Parfois, cette montagne de douceur partait soudain dans des crises de fureur ou de rire. Impossible de savoir quand cela se produirait et pourquoi. Ça le prenait tout d'un coup et, durant ces parenthèses violentes, mieux valait garer ses abattis. Bien sûr, Georges y avait réfléchi. Il avait soupçonné un paludisme mal soigné. Ou une maladie venue d'ailleurs. Un traumatisme, peut-être. Qui pouvait savoir ? De toute façon, cela n'intéressait personne.

Avec indolence, l'Africain s'étira. Comme au sortir d'un rêve agréable, il considéra la Méhari, l'Argentin de Carcassonne, le manoir. Alors, il s'ouvrit d'un sourire hilare et ses dents parfaitement alignées prirent tout ce qu'il restait comme lumière au soleil. De son pas lent, il se dirigea vers l'arrière du véhicule. Puis, sans plus d'effort que s'il s'était agi de simples plumes, il empoigna les cabas des courses, les packs d'eau, les trois cubitainers de dix litres de vin rouge chacun. Sans même plier sous le poids, il poussa du pied le portail du jardinet et avança vers la porte. Georges, chargé de son seul mégot, le suivit en sifflotant un air connu de lui seul.

Sur le toit, la girouette pivota dans une caresse de vent sans émettre le moindre couinement.

« Comment ça : il n'y a jamais eu de tempête ?

– Non.

– Tu es monté jusqu'ici pour me dire froidement, les yeux dans les yeux, qu'il n'y a pas eu de tempête, cette nuit ?

– Non. Je suis monté jusqu'ici pour t'apporter tes courses de la semaine.

– Et la tempête ? Vers les quatre heures du matin ?

– Pas plus vers les quatre heures qu'à trois ou qu'à cinq. Il a fait un temps de curé toute la nuit.

– Tu te fous de moi… »

Se retournant vers la cuisine, où l'Africain s'affairait au-dessus d'un plein saladier de pois chiches aux oignons blancs, au poivre de Madagascar et au cumin, Jonas lui cria : « Il a fait du vent cette nuit, ou pas ? »

Comme seul le silence lui répondit, le vieil homme haussa les épaules et se laissa aller contre le dossier du canapé. Face à lui, dans le crépuscule de la baie vitrée ouverte en grand, Georges se balançait sur un hamac de Belém. En fond sonore, *La Resurrección del Ángel*. Les notes d'Astor Piazzolla montaient dans le silence, telles des bulles de champagne, avant de se diluer dans le néant.

À plusieurs reprises, Jonas grommela à nouveau pour lui-même : « Pas de tempête… Pas de tempête… Et puis quoi, encore ?

– Qu'est-ce que tu dis, *viejo* ?

– Et le coup de feu de cette nuit ? Et les tremblements dans toute la baraque ? Je l'ai rêvé, tout ça ? Dis-moi tout de suite que je suis fou, alors ? »

Les yeux collés à une toile d'araignée qui luisait entre deux poutres, Georges finit par répondre : « Qui serait assez fou pour dire que tu es fou ?

– Toi !

– Non, *cabrón*. J'ai juste dit qu'il n'y avait pas eu de vent, cette nuit.

– Et tous les craquements ?

– Isla Negra est comme toi. Comme moi. Elle se fait vieille. Bien vieille, même. Alors, elle craque. C'est dans l'ordre des choses. »

De sa longue main osseuse, il désigna le tableau de Frida Kahlo : « Regarde-la, cette madone. Elle n'est même plus droite. On dirait qu'elle va tomber ou qu'elle va se mettre à pleurer… »

Au mur, l'autoportrait de la peintre estropiée était en effet de guingois. Personne n'y avait touché et, pourtant, la toile penchait. Les papillons versicolores, les fleurs en forme de libellules, l'once noire hérissée, le collier d'épines, le singe songeur et jusqu'au colibri mort, que l'artiste portait en sautoir autour de son cou gracile, tout semblait tordu. En portant un peu d'attention à l'ensemble de la pièce, l'on s'apercevait aussi que la grande table de jacaranda, les trois chaises dépareillées, le canapé ainsi que mille autres choses, sur le parquet déjointé, tout cela s'inclinait en pente douce.

Avec un haussement d'épaules agacé, Jonas grogna : « Elle a bien assez pleuré comme ça, quand elle était en vie. Fous-lui un peu la paix, à la madone.

– En tout cas, elle penche.

– C'est ta cervelle qui penche.

– C'est possible. Mais si ma cervelle penche, c'est parce que c'est Isla Negra qui…

– Isla Negra va très bien, Pouilleux ! tempêta le vieil homme. Est-ce qu'on n'a pas idée de venir m'emmerder avec une histoire de tableau qui penche… »

Surpris par l'agressivité avec laquelle Jonas avait répliqué, Georges préféra se taire. Il connaissait la bête. Le meilleur des hommes, peut-être. Mais soupe au lait. Un fêlé. Un agité du bocal, comme disaient les autres, ceux d'en bas. Bercé par la musique de Piazzolla, l'Argentin de Carcassonne se mit à rouler une cigarette.

Depuis que l'Administration avait dépêché ses deux émissaires, les Whale & Whales, les choses s'étaient envenimées. Les courriers s'étaient multipliés, le téléphone sonnait maintenant en parfait furet, toujours aux aguets, sans horaire précis. Le Vieux avait fini par débrancher l'appareil et s'était replié plus que jamais dans son antre. Personne ne le ferait bouger d'Isla Negra. Il était chez lui. La veille encore, il avait vérifié le bon fonctionnement de son semi-automatique. La mélodie bien huilée des mécanismes l'avait pour un temps apaisé. Jusqu'à ce jour, il n'avait jamais fait de mal à personne, mais l'indignation et la colère le gagnaient par petites vagues successives. C'était un mal pernicieux, une douleur qui enflait sans qu'il y puisse rien. Il était chez lui.

Lorsque Georges eut fini de rouler sa cigarette, Jonas se leva, sans cesser de pester à cause de sa jambe qui, disait-il, lui faisait souffrir le martyre. Puis, saisissant d'autorité la cigarette filiforme d'entre les doigts malingres de son ami, il se moqua : « C'est bien la peine de fumer autant pour toujours rouler aussi mal… » Alors, il disparut en boitant plus bas qu'à l'ordinaire, traînant sa carcasse d'ermite aux cheveux d'argent en direction de l'escalier.

Un instant plus tard, la voix de basse de l'Africain monta : « Monsieur Georges ? Qu'est-ce qu'il a, monsieur Jonas ? »

Sans un regard pour la silhouette herculéenne qui se détachait maintenant dans l'embrasure de la porte de la cuisine, le Pouilleux rétorqua : « Arrête un peu de nous donner du monsieur, petit. Je te l'ai dit. Entre nous, ça n'a pas de sens. C'est même malpoli.

– Je sais. Mais c'est plus fort que moi. »

Après s'être dandiné sur place et avoir essuyé d'un revers de manche l'huile d'olive qui maculait ses lèvres, le colosse se risqua à nouveau : « Alors, qu'est-ce qu'il a ? Il est fâché ?

– Si on veut.

– À cause de quoi ?

– Le Vieux n'est pas content de la façon dont la Terre tourne. C'est comme les manèges, pendant l'été. Quand ils ont fini de faire la toupie, les enfants se mettent à râler. Surtout s'ils n'ont pas réussi à décrocher la queue du Mickey. Tu comprends ça, *Africano* ?

– Je crois, oui.

– Le *cabrón*, c'est tout comme. Il aimerait bien que son manège à lui continue de tourner dans le sens qu'il veut. Mais il y a un temps pour tout, vois-tu ? Un temps pour tourner, et un autre pour s'arrêter. »

Dissimulé dans l'angle mort situé au bas de la montée de l'escalier, Jonas soupira. Puis, il marmonna pour lui-même : « Con d'Espagnol… »

Après avoir soufflé sa lassitude, il entreprit de gravir les premières marches, remontant derrière lui sa patte folle en tirant sur le tissu de son pantalon. Le soleil n'allait plus tarder à se coucher pour de bon. C'était l'heure. La meilleure heure de la journée – avec celle de la petite aube – pour aller surveiller le large. La veille, avant que tous ces vents sauvages n'entament leur sabbat, il avait eu l'impression que quelque chose s'était montré. Là-bas. Tout au bout de sa lunette marine. Cela avait été fugace, mais il avait cru apercevoir une forme. Une forme de quoi ? Il aurait été bien incapable de donner une réponse à cette question. Mais il aurait mis sa main au feu qu'une silhouette s'était dessinée. Sur le coup, il en avait été ravi. Même lorsqu'elle avait disparu, ensevelie par les draps de lilas noir de la nuit. Quelque chose l'attendait depuis toujours, quelque chose se préparait pour lui, là-bas. Au large. Loin de tout. Et il serait là pour l'accueillir. Personne ne pourrait l'en empêcher.

| 5 |

« VOUS ÊTES ABSOLUMENT SÛR de ce que vous avancez?

– Pour la troisième fois: oui, monsieur.

– Vous ne reviendrez pas sur ces conclusions, même si le dossier n'en est qu'au stade de la première approche?

– Monsieur Chancel, nous ne sommes pas au café du Commerce. Je suis sachant. Expert et sachant. Nommé par le TGI pour statuer sur cette affaire. Je vous ai donc rendu mes premières conclusions en parfaite objectivité et il y a peu de chances pour que celles-ci changent du tout au tout. Maintenant, si les susdites conclusions ne vous conviennent pas, je n'y peux rien! »

Excédé, les moustaches frémissantes d'indignation, Grégoire Latour referma son dossier et s'apprêta à quitter la table. Dans la salle de réunion du conseil municipal, Pascal Chancel, le directeur général des services techniques, posa une main amicale sur l'avant-bras de son interlocuteur. L'affaire était mal engagée. L'homme était honnête.

Avec une mimique malicieuse, il tenta de désamorcer la situation: « Monsieur Latour, voyons! Nous sommes ici entre personnes raisonnables!

– On ne le dirait pas.

– Mais si, voyons. Mais si… D'ailleurs, nous allons balayer ces petits malentendus d'un simple revers de main !

– Même avec la meilleure volonté du monde, cela me semble bien mal engagé. Pour ma part, j'en viens à me demander pourquoi vous m'avez fait venir jusqu'ici.

– Mais pour vos conclusions, bien évidemment ! Je les ai parcourues. Que dis-je, je les ai parcourues ? Je les ai lues. Et avec le plus grand intérêt qui soit. C'est un travail remarquable. En tous points remarquable. »

Sentant que sa dernière phrase avait trouvé une faille dans l'armure sèche de l'expert, Pascal Chancel enfonça aussitôt le clou : « D'ailleurs, je ne me suis pas contenté de ne lire que cela, non. J'ai lu votre rapport en entier. *In extenso*. De la première à la dernière ligne. »

Ce disant, il tapota l'épais document en question, posé face à lui sur le plateau de verre de la table ovale. De trois quarts sur sa droite, l'expert se rengorgeait en silence, ravi de constater que son interlocuteur, finalement, ne le prenait pas à la légère.

Sentant Grégoire Latour dans de meilleures dispositions, Chancel renchérit : « Vous avez abattu un travail de Romain, monsieur Latour.

– Je n'ai fait que remplir ma mission.

– Non, non ! J'insiste ! En prenant connaissance de votre rapport, j'ai plus appris sur cette partie de la commune que depuis que je suis en poste. C'est bien simple : rien ne manque. Des relevés topographiques par drones jusqu'aux parcelles du cadastre et leur évolution historique, tout y est. C'est clair, c'est net, c'est limpide. »

Plus habitué au silence studieux et empesé de son bureau de la DREAL* qu'aux mousquetades oratoires, le sachant finit par se

* Direction régionale de l'Environnement, de l'Aménagement et du Logement.

rasseoir sur sa chaise de cuir tendu. Ainsi, cet homme replet, aux bajoues tombantes et au costume bleu marine peluchant au niveau des manchettes, saluait le fruit de ses efforts. Pascal Chancel n'était pas n'importe qui. La pastille cramoisie d'une Légion d'honneur perlant à sa boutonnière donnait du corps au discours. Cet élu ne pouvait être complètement mauvais, tout compte fait.

Après avoir lissé ses moustaches d'un bref mouvement de la main, Grégoire Latour précisa, la voix moins irritée : « J'ai été mandaté et j'ai répondu à cette mission le plus honnêtement du monde, monsieur. Mais il est vrai aussi que je n'y ai pas regardé au temps passé. Lorsque l'on rend des conclusions, même préliminaires et surtout dans un cas tel que celui-ci, l'on se doit d'être irréprochable. Inattaquable, n'est-ce pas ? Comprenez-moi bien, il s'agit d'une affaire de conscience professionnelle.

– J'entends bien, j'entends bien. Et vous êtes allé au-delà de ce que l'on pouvait raisonnablement attendre de vous. Toutefois...

Alors qu'il allait en revenir au point crucial des conclusions, le directeur général des services techniques changea aussitôt son fusil d'épaule. L'affaire était délicate. Surtout, ne pas confondre vitesse et précipitation. Il était encore trop tôt pour ramener le poisson sur la berge. S'il insistait, le fil finirait par casser. L'homme se braquerait. Et tout serait à recommencer. Pour l'instant, il fallait donc travailler au corps l'animal, le fatiguer. Lui donner l'impression que c'était lui qui menait la danse.

Doucereux et madré, caressant à nouveau la couverture bleu pâle du rapport avec la paume de la main, Pascal Chancel hasarda, une pointe de malice glissée dans chacun de ses mots : « Toutefois... Pourriez-vous éclairer à nouveau ma pauvre lanterne sur cette question, passionnante au demeurant, de la faune et de la flore ? Je ne pense pas avoir saisi la totalité de votre argumentation. J'espère que vous voudrez bien m'en excuser?

– Vous voulez sans doute parler du volet "Faune, flore, milieux naturels: étude d'impact environnemental"?

– C'est cela, oui. Vous insistiez sur la méthodologie et l'étude des biotopes, je crois. Pour vous, les choses sont claires. Vous êtes un homme de l'art. Moi, hélas, je ne suis qu'un béotien… »

Gonflé d'importance, Grégoire Latour enveloppa l'élu d'un regard tout à la fois magnanime et condescendant. Après s'être raclé la gorge en guise de précaution oratoire, il reprit, sur un ton docte et sentencieux de maître d'école: « C'est très simple, vous allez voir. Afin de mieux cerner les enjeux écologiques, je me suis borné à une prospection sur le terrain de trois jours seulement. En effet, si l'on veut bien comprendre la complexité et les interactions qui régissent les biotopes, ce protocole de la flore et des habitats a pour mission de répondre aux objectifs d'un état initial. Jusque-là, vous l'avouerez, rien que de très classique. Là où j'ai un peu corsé la chose, c'est que je me suis penché également sur la description des différentes communautés végétales ainsi que sur la recherche des espèces végétales patrimoniales et/ou protégées. Vous me suivez?

– Je vous précède…

– Mon expertise s'est donc essentiellement concentrée sur les recherches des odonates – ou libellules –, mais aussi des rhopalocères ou papillons de jour, si vous préférez. Ces deux espèces ne sont pas protégées, mais elles sont indicatrices de la qualité des milieux et… »

En parfait animal politique, Pascal Chancel agrafa sur son visage une expression faite d'une profonde concentration et d'une admiration sans borne. Lorsqu'il fut certain que le scientifique, pris dans ses démonstrations, n'y voyait plus que du feu, il laissa son esprit battre la campagne. La dune où était bâtie Isla Negra, ainsi que toute la parcelle attenante, allait être débarrassée du vieux fêlé. L'affaire avait été rondement menée. Charles Dutilleux avait le bras long. Il n'avait fait qu'une bouchée du maire. Même chose avec les élus de la Province. On le craignait. Son pouvoir s'étendait jusqu'à Paris où, disait-on, il jouissait d'oreilles bienveillantes au sein même de l'Élysée.

« … ainsi qu'en droit international, les conventions de Bonn, Berne, Washington et Paris, sans parler du Code de l'environnement et de son article L 411-1, ces prescriptions générales sont précisées pour chaque groupe par un arrêté ministériel fixant la… »

La dune et la parcelle. Dans quelques semaines, tout au plus, elles appartiendraient à l'État. Donc, au maire. Donc, à Dutilleux. Encore quelques mois de grenouillages – pratique que l'on désigne communément aujourd'hui sous le nom de lobbying – et, d'ici au printemps, l'impétueux homme d'affaires aurait fait sortir cette étendue de sable et de marigots de la loi littoral. Comment s'y prendrait-il ? Chancel l'ignorait et ne voulait pas le savoir. Tout cela empestait bien trop le soufre pour lui. Quand Dutilleux lui avait mis le marché en main – pas Charles Dutilleux en personne, la guêpe n'était pas si folle, mais l'une de ses multiples connaissances – il avait tout d'abord refusé de se compromettre. Il avait traîné la jambe au nom de la loi, de la morale, du bien. Puis, de petites gentillesses en promesses d'avancement, il avait cédé. Peu à peu. Il s'était laissé convaincre. La Légion d'honneur, sortie du chapeau, n'y avait pas été pour rien. Il avait fini par mettre les mains dans le pot de confiture. Sans s'y tacher les doigts. Du moins, pas encore. Pas jusqu'à ce que cet expert, ce Grégoire Latour de malheur, cette face de carême, ne fasse son apparition. Une mouche dans le lait. Une saloperie.

« Monsieur ? Monsieur Chancel ?

– Oui ?

– Est-ce que mes précisions vous permettent maintenant d'y voir plus clair ? »

En un tournemain, le directeur général des services techniques redessina sur son visage les traits d'un homme tout à la fois rassuré et affable.

« Mais oui, mon ami ! Votre exposé était limpide. »

Avec la moue trop sérieuse du fort en thème qui ne s'émeut plus de son énième vingt sur vingt, l'expert referma son document. Il avait accompli sa mission. C'est alors que la porte de la salle de réunion, ouverte quelques secondes plus tôt sans le moindre bruit, se referma avec un claquement désagréable à l'oreille. Aussitôt, les deux hommes sursautèrent. Le premier à se retourner fut Pascal Chancel. Sous la lumière acide des néons, allumés en plein jour, son visage se renfrogna. Sa lippe se mit à pendre un peu plus. Madame Gaïa venait de faire son entrée, accrochée à sa canne, le visage noyé dans un boa vaporeux venu d'un autre temps. Ses yeux globuleux se contentèrent de jeter un regard circonspect sur la salle. À sa mine butée, où le dégoût commençait à poindre, l'on comprenait immédiatement que tout, ici, ne lui inspirait que du mépris. Elle avait fait l'effort de paraître, de quitter sa zone de confort. Elle attendait, en retour, d'être accueillie comme elle pensait le mériter. Voyant que les deux hommes présents ne réagissaient pas, elle claudiqua jusqu'à contourner la large table de réunion, puis alla se planter devant eux, les deux mains bien appuyées sur le pommeau. Là, frémissante, ulcérée, faisant de son mieux afin de ne pas laisser déborder une colère qui menaçait de la submerger, elle attendit.

Avec un sourire d'avril, le directeur général des services techniques se décida à grimacer les présentations : « Monsieur Latour, expert près du TGI. Madame Tournel… »

Comme le scientifique se levait, Pascal Chancel se crut obligé d'ajouter : « Madame Gaïa Tournel est l'une de nos administrées les plus actives. D'ailleurs, elle est un peu en mairie comme chez elle, ainsi que vous pouvez le voir. Elle sait tout de notre ville. »

Alors que l'expert tendait sa main, Gaïa ne sembla pas même voir celle-ci et gratifia en retour les deux hommes d'un regard assassin. Délaissant le salut suspendu dans l'air, elle grinça : « Je ne sais pas si je sais tout de la ville, mais je sais tout de ses habitants. Une belle bande de crapules. Et je dis crapules pour ne pas dire faux-culs. Voilà ce que c'est, cette ville. Tu pourras le marquer dans ton rapport. »

Une main sur le cœur, Pascal Chancel se défendit : « Madame Gaïa ! Ce monsieur est un expert, tout de même !

– Je m'en fous.

– Mais… Mais il est mandaté par le tribunal de grande instance !

– Je t'ai dit que je m'en foutais, du tiers comme du quart. Il pourrait être mandaté par les breloques du pape que ça ne changerait rien à l'affaire. Je suis fatiguée. Donne-moi une chaise. »

Comme l'édile demeurait immobile, Gaïa cahota encore sur quelques mètres et se laissa choir dans l'un des fauteuils. Grégoire Latour, horriblement vexé d'avoir vu sa main refusée par la nouvelle venue, piquait un fard au fond de sa serviette.

Pascal Chancel déglutit avec difficulté, puis il osa : « Ma chère Gaïa. Je ne sais pas ce qui nous vaut le plaisir de votre venue, mais nous sommes en pleine…

– Tu vas le savoir, beau masque. Je ne me déplace jamais pour rien. Laisse-moi juste reprendre mon souffle.

– Mais notre réunion est d'une…

– C'est quoi cette réunion ? Et c'est qui, cet expert ? Il expertise quoi ?

– C'est un monsieur de la DREAL, de la direction de l'Environnement. C'est le protocole administratif que nous devons suivre, rien de plus.

– Protocole, mes fesses. D'ailleurs, j'emmerde le protocole. Puis, ce n'est pas pour ce pantin que je suis venue. C'est pour toi. »

Se tournant à nouveau vers le scientifique, l'élu tenta, avec une nervosité grandissante, de faire bonne figure : « Ne vous inquiétez pas, mon ami ! Madame Tournel est… Comment dire ? Une originale. Rien de bien méchant. D'ailleurs, elle va partir. N'est-ce pas, Gaïa ?

– Minute. Je vais partir, mais pas avant de t'avoir dit quelque chose. J'ai essayé de t'appeler, mais tes secrétaires font barrage. Maintenant que je suis là, tu vas m'écouter. Que ça te plaise ou non, c'est comme ça que ça va se passer. »

Vaincu, Pascal Chancel se rassit. Il connaissait le numéro. Et c'en était un fameux, encore. Si elle avouait quatre-vingt-dix ans, elle les avait enterrés depuis bien longtemps. Elle était la doyenne de la Province. Mais il ne fallait pas compter sur elle pour s'abîmer sans protester dans la sénescence. Celui qui, par le plus grand des hasards, croisait sa route pour la première fois, ne savait dire ce qui était le plus frappant chez cette femme. Sa voix, grasseyante, éraillée, crayeuse, laminée par les fêtes et l'alcool ? Ses tenues toujours invraisemblables où les robes à la Pompadour disparaissaient pour laisser place, l'heure d'après, à des fourreaux de strass ou des treillis de soldate en campagne ? Ses talons aiguilles insensés qui, à chacun de ses pas, menaçaient de briser ses chevilles comme du cristal ? Ou encore sa grande gueule, son bagou, sa parlotte, son boniment sans fin avec lequel elle s'était arrogé le droit de tutoyer tout le monde mais refusait avec horreur de l'être en retour ?

Comme elle fichait une cigarette sans filtre entre ses lèvres débordantes de rouge à lèvres, Pascal Chancel tenta de l'en dissuader : « Madame Tournel, on ne fume pas ici. C'est la loi.

– Elle aussi, je l'emmerde.

– Mais c'est interdit !

– Et avoir une gueule comme la tienne ? Ça aussi, ça devrait être interdit. Et pourtant, tu existes. Alors ?

– Monsieur Chancel ! Comment pouvez-vous supporter cela ? s'indigna le sachant.

– Il ne peut rien, justement ! coupa la vieille dame. Et quand je dis qu'il ne peut rien, je me comprends… »

Toujours soucieux de ne pas jeter de l'huile sur le feu, l'élu baragouina dans son menton humide quelques excuses. La vieille savait trop de choses sur lui, sur le maire, sur tous les notables de la ville et de la Province. Quant au respect de la fonction, c'était une valeur qui lui était totalement étrangère. Si elle se mettait à ouvrir les vannes de ses souvenirs, ce serait un flot continu de fange et de boue qui envahirait la salle de réunion et qui les noircirait tous les trois : Latour, lui, mais aussi la rosette de sa Légion d'honneur.

Après avoir essuyé du dos de la main quelques gouttes de sueur qui suintaient à son front, Pascal Chancel bredouilla : « Puisque vous êtes là, je vais donc vous recevoir, madame Gaïa. Justement, nous en avions presque fini. Je serai d'ailleurs bref.

– Eh bien, ne le dis pas. Sois-le.

– Je le serai. D'ailleurs, monsieur Latour va lui-même vous donner les conclusions de son étude. »

Après un regard entendu entre les deux hommes, le scientifique résuma le contenu du dossier à l'attention de la nouvelle venue : « On m'a demandé en haut lieu de réaliser une étude préliminaire d'impact portant sur la parcelle 77 *ter*, parcelle sise sur le cadastre de la…

– Accélère. De quelle parcelle tu parles ?

– Il s'agit de la falaise dunaire sur laquelle est construit le manoir connu sous le nom d'Isla Negra. La situation est on ne peut plus claire : celle-ci ne peut absolument pas être déclassée ni quitter, de ce fait, la zone d'environnement protégé. Selon l'article R*131-11 modifié par le décret 86-984 du 19 août 1986 et l'article 5 du… »

Avec un claquement sec de canne sur le sol, Gaïa s'emporta à nouveau : « Qu'est-ce que tu viens me jargonner ? Tu commences à me fatiguer, avec tes décrets et tes articles. Je t'ai déjà dit d'accélérer !

– Madame !

– Je suis bien une dame, mais je ne suis pas la tienne. Alors ? Qu'est-ce que ça veut dire, tout ça ? »

Les mains tendues en avant en signe d'apaisement, Pascal Chancel grommela : « Ça veut dire que, en l'état actuel des choses, rien ne pourra être construit sur Isla Negra. Le périmètre est protégé. Mais ce ne sont que les premières conclusions et…

– Ça, je m'en contrefous. Ce qui m'intéresse, c'est Jonas. Et tu le sais !

– Pour ce qui est de monsieur Jonas Jonas, l'affaire est plus délicate. Il y a tout de même un arrêté de péril imminent. Et quand la procédure judiciaire est en route, vous savez bien que l'on ne peut plus faire marche arrière…

– Garde ça pour les crétins et les ramollis qui ont voté pour toi. Ce que l'homme a fait, l'homme peut le défaire. Et la femme aussi. Dis-toi bien, une bonne fois pour toutes, que ce n'est pas de l'eau ni de la sauce blanche que j'ai entre les deux oreilles.

– Ma chère amie ! Ce n'est pas moi qui fais les lois, tout de même ! Je ne fais que les appliquer !

– Alors, tes lois sont aussi mal foutues que ta figure, crapaud de malheur !

– C'est possible. Mais Jonas, votre petit protégé, va devoir quitter les lieux dans les plus brefs délais, sans quoi nous serons dans l'obligation de… »

À ces mots, les yeux globuleux de la vieille se mirent à étinceler. L'index tendu en l'air, elle s'emporta soudain : « Que Dieu m'en soit témoin ! D'abord, Jonas n'est pas mon petit protégé ! Jonas, c'est Jonas ! Et, lui comme moi, on se fout de votre arrêté de péril imminent ! De toute façon, j'en ai assez entendu. Je sais ce que j'ai à faire.

– Que voulez-vous dire ? Qu'avez-vous assez entendu ?

– Des conneries ! À force d'écouter des cons, le risque de devenir soi-même un con grandit à chaque seconde qui passe. »

Avec une grimace, Gaïa se remit sur pied. Dans le silence, elle posa ses yeux chargés de trop de rimmel et de fard bleu électrique sur les deux hommes.

Puis, d'une voix sombre, elle énonça : « Ce que je suis venue te dire, Pascal, c'est très simple. Si la mairie fait quoi que ce soit contre Jonas, je balance tout.

– Tout ? Mais tout quoi ?

– Ne t'inquiète pas. Je ne pars jamais à la guerre sans munitions. Entre ce que je sais et ce que les journalistes vont broder, la Province aura une telle réputation que tu ne trouveras plus un pékin à la ronde pour venir faire bronzer ses fesses sur ta plage.

– Madame Gaïa, je…

– Tais-toi. Isla Negra, j'en fais une affaire personnelle.

– Mais Jonas doit partir ! Je vous ai déjà dit qu'un arrêté de péril imminent était en cours ! C'est pour son bien que nous faisons tout ça !

– C'est ça… Mais le jour où les salauds joueront du violon, c'est toi qui tiendras le premier archet. Tu n'es qu'une punaise, Chancel. Même pas, d'ailleurs. Tu n'es rien. Rien du tout. Mais n'oublie pas de le dire à ton patron, celui qui se prend pour le maire. Et à Dutilleux, aussi, l'autre roquet qui roule carrosse pour impressionner son monde. Dis-leur bien de qui ça vient. Ils comprendront. »

Raidie de toute sa fierté et de son arthrose mêlées, la vieille quitta alors la table. Avant de disparaître, elle lâcha encore, sans se retourner : « Avertis-les. Avertis-les tous. »

| 6 |

LE SOIR MÊME, Georges et l'Africain avaient convenu de se retrouver devant la maison du premier, pour un concert. À dire toute la vérité, cette phrase n'exprimait les choses que d'une manière imparfaite, bancale. À l'image du portrait de Frida Kahlo. En effet, la maison du Pouilleux, même s'il y vivait du premier jusqu'au dernier jour de l'année, n'était pas une maison. C'était un fourgon. Un reste de fourgon, si l'on voulait être rigoureusement exact. Un Type H de 1964, qui avait dû être gris. Ou vert. C'était l'une de ces boîtes de conserve de chez Citroën, avec le museau aplati, les flancs striés par de la carrosserie ondulée et des phares proéminents. Un véhicule qui, à sa grande époque, sillonnait toutes les routes de France. En jaune pour les PTT, en noir pour la police, en marron foncé pour les corbillards, en mauve et vert pour les routards du *Flower Power*. Ces fourgonnettes sentaient l'administration, le cadavre, l'herbe. Mais aussi, selon les professions de leurs propriétaires respectifs, le livarot, la macreuse et l'andouillette, le gros rouge qui éclabousse les lèvres, le pain chaud, la truie et l'agneau terrorisés.

Celui de Georges, lui, avait bien dû sentir quelque chose aussi. Mais c'était il y avait longtemps. Il ne se souvenait plus. Toujours était-il que l'Argentin de Carcassonne avait réussi – l'on se demandait encore par quel miracle – à faire arriver ce tas de tôle dans l'un des renfoncements de la plage que surplombait Isla Negra. Les roues avaient été revendues ou volées. Les vitres, elles, avaient été remplacées par des plaques d'aggloméré. Parfaitement stable sur ses quatre parpaings, le cabanon s'encroûtait ainsi dans le sable et le sel, la carcasse calamistrée mangée de rouille, les phares et les feux arrière tous également crevés.

Quant au concert, là encore, il convenait de rectifier les choses. Même les plus miséreux de tous les mendiants qui martyrisaient leurs guitares auraient refusé de jouer là. Alentour, hormis la silhouette sombre du manoir planté au-dessus de leurs têtes, il n'y avait rien ni personne. Seuls, les bouquets de joncs, les fientes acides des oiseaux de mer ou le sourire de la lune blafarde assistaient à ces concerts. Car Georges était musicien. Pas un simple amateur, non. Un véritable musicien. L'un de ceux qui, d'oreille, en savaient plus sur les phrasés, les silences, la scordatura, la monodie ou la carrée que tous les plus savants professeurs de tous les conservatoires réunis. Lorsque l'Africain apporta avec lui la lourde masse de son corps et encastra ses fesses dans un petit monticule de sable, il trouva son ami déjà à son affaire. Assis sur une glacière bleue au couvercle blanc, le dos voûté, le Pouilleux tirait de son bandonéon des sons qui n'appartenaient qu'à lui. L'instrument n'y était pour rien, ou presque. De plus, il ne s'agissait que d'un vieux double A, un *doble A*, des initiales du facteur Alfred Arnold. C'était un boudin de 152 voix, avec une caisse en poirier noirci plaqué de palissandre. Les vrais *tangueros*, ceux d'Argentine comme d'Uruguay, n'avaient que du mépris pour ce modèle. Georges, lui, s'en était fait son meilleur ami. Ses doigts secs sautaient sur les petits boutons de nacre et tiraient de ce mélange de maillechort, de galalithe, de cuir, de laiton, d'acier, de zinc, de duralumin ou de simple carton des mélodies venues de loin, toutes patinées de drames et de tragédies. Parfois, sur les six octaves de l'instrument, les mains faisaient naître des bulles teintées d'une gaieté inattendue. Elles se faufilaient entre les grandes orgues du désespoir, fugaces. Elles lançaient leurs cris, esquissaient une rapide grimace et disparaissaient aussitôt. L'on se retrouvait alors plus triste et désemparé qu'à l'instant d'avant.

L'Africain se délectait de ces parenthèses durant lesquelles plus rien ne comptait pour le musicien. Celui-ci, avec sa face de hachoir penchée vers le bas, les paupières mi-closes, les lèvres brûlées par un mégot toujours mal éteint, tanguait sans jamais s'interrompre. Les notes emportaient tout sur leur passage. La plage déserte mangée de nuit et d'étoiles prenait alors de faux airs de la plaza del Fuerte de Buenos Aires. Les ombres tutélaires d'Eduardo Arolas, le Tigre du Bandonéon, et celles d'Ortiz, Laurenz ou Maffia flottaient par-dessus le ressac qui gigotait plus bas, en pente douce, et qui conduisait jusqu'au centre de la mer. Dans la courbe crème d'une dune, les reins, les croupes et les seins énormes des danseuses de tango envahissaient l'espace, asphyxiaient le paysage. Jorge jouait, les dents serrées, entièrement absorbé par le pont léger qu'il tissait, note après note, et qui le transportait à l'extrême sud de l'Amérique latine.

Une fois seulement, le musicien s'était confié à l'Africain. Un soir où l'alcool avait fait sauter une à une toutes ses pudeurs, comme autant de dents cariées. Il avait posé l'instrument dans son étui de carton bouilli et avait dit au colosse – ou peut-être qu'il ne s'était parlé qu'à lui-même : « Je suis le petit-fils d'António Lopes de Amorim Diniz. Tu savais ça, l'Africain ? El Duque. Et les gens m'appellent le Pouilleux. Quelle misère que de nous, tout de même… Mais, moi, je suis de la même veine que le Duque. C'est toute son âme qui coule en moi. Le Duc. Il a conquis Paris. Il avait pour seule fortune le tango, dans sa malle. Pas l'argentin, non. Le brésilien. Le tango brésilien. Il était venu à Paris pour faire le dentiste. Et il a fait fleurir le tango. C'est de lui que je viens. Enfin, je crois… »

Puis, de la même voix monocorde et lointaine, il avait raconté, ne s'interrompant que pour boire de la mauvaise cachaça à même le goulot de la bouteille, à courtes gorgées. Il lui avait dit le petit Bahian sans un sou en poche. Les Apaches de Paris. L'école de danse miteuse qu'il ouvre au numéro 5 de la rue Pigalle. Les élégantes bourgeoises qui commencent à s'y presser. C'est si bon de s'encanailler chez les sauvages des lointaines Amériques. Les premiers succès au Trocadéro, au Café de Paris, au théâtre des Capucines. Les règlements de comptes dans les arrière-cours, entre Argentins et Brésiliens. La galette est bonne. Il faut défendre son territoire, par le sang. Mais le Duque, lui, vole déjà au-dessus des toits de la Ville Lumière. Il étoile jusqu'à Londres, Berlin. La danseuse et mannequin Gaby lui sert de partenaire. Un duo se forme. Le jeune dentiste de Bahia et sa demi-mondaine dansent et craquellent le plafond étouffant du siècle qui débute. Leurs pas et leurs postures sont d'une belle couleur de drame. Ils ne dansent déjà plus le tango, non. Ils sont le tango. Et leurs figures, sur les pistes de danse, s'enchaînent à l'infini de leur mélancolie.

Enlazado, bicicleta, ocho cortado, punteo, abanico.

« Plus tard, Clemenceau dira que le tango est une danse où les figures s'ennuient, mais où les derrières s'amusent. Clemenceau était français, que veux-tu… »

Gancho, enrosque, sentada, transpie, finta, aguja, lápiz.

Le Duque ne laisse pas sa part aux chiens. Avec la belle Gaby aux yeux d'or, il se produit devant Poincaré et George V. À Rome, Pie X les bénit en public. L'Europe entière devient *tanguera*. L'Europe est un bal, une fête, un bordel à ciel ouvert, l'antichambre de Buenos Aires, la buanderie de Rio de Janeiro. Pur tango argentin. Tango abâtardi de maxixe brésilien. Le Duque, petit dentiste bahian, a mis le feu à la Ville Lumière. Son brasier illumine la terre. Puis, il crève. D'un coup. Le fracas de la Grande Guerre détruit tout sur son passage.

« C'est de là que je viens, *meu filho*. De Buenos Aires ou de Bahia. Du Brésil ou d'Argentine. Je confonds les deux. Quand j'étais petit, j'ai vécu ici et j'ai vécu là. J'ai vécu ailleurs, aussi. Mais quelle importance, après tout ? Et sait-on jamais d'où l'on vient ? Je veux dire : d'où l'on vient vraiment ? Y a les papiers, tu me diras. C'est vrai. Mais les papiers, ça s'envole, ça se perd ou ça se brûle. On n'est sûr de rien. Et toi, *Negrito* ? T'en penses quoi ? »

L'Africain, cette nuit-là, ne pensait plus. Il rêvait. Les lèvres entrouvertes. Le tango n'était pas parisien, brésilien, ni même argentin. Le tango était africain. Il le savait. Mieux que quiconque. « Tango », c'était le nom du lieu où les négriers enfermaient les esclaves, avant l'embarquement. À l'arrivée, « tango » était aussi le terme pour dire l'enclos où les pièces de Guinée étaient vendues. « Tango », fils du maître mot, en langue kongo : *tambo*. L'endroit sacré où résonnaient les tambours.

Sous les étoiles, l'Africain dormait et souriait.

« Tu rêves, *hombre* ? Rêve… Rêve bien, rêve loin. Moi aussi, j'ai un rêve. Un jour, je te le dirai. Un jour. Bientôt. Tu sauras. »

Peut-être que Mérope entendit, depuis sa terrasse, les mélopées du Pouilleux. Peut-être même qu'elle perçut le souffle, lent et régulier, de l'Africain endormi. Toujours est-il qu'elle se mit à frissonner, au creux de cette nuit trop chaude pour une fin octobre. Une atmosphère moite et sucrée, jusqu'à l'écœurement, plaquait les tissus sur les peaux. Un orage devait se préparer, là-bas, au loin. Au large. Là où tant de choses naissent dans le secret des immensités, dont l'on ne perçoit que, bien plus tard, la partie émergée.

D'un geste agacé, la jeune femme reposa son verre. Le cocktail qu'elle buvait était si doux qu'il lui brûlait la langue. Mais c'était ce que dégustaient en ce moment les femmes qui savaient se tenir en société, avait décrété Charles. Dans le reflet de la baie vitrée, Mérope croisa son image. Comme à chaque fois que cela se produisait, cette apparition la fit sursauter. Ce n'était pas elle. Ça ne pouvait pas être elle. Un instant, la grosseur et la symétrie irréprochable de ses seins lui firent horreur. Le chirurgien ne s'était pas moqué du monde. Chichou en avait eu pour son argent. Avec une curiosité que le temps n'avait pas réussi à gommer, elle toucha ces deux dômes du bout de l'index, l'un après l'autre. Puis, elle soupesa chacun des deux globes. À raison de cinq cents grammes par bonnet, chaque sein devait peser ses deux kilos. Deux mille grammes de silicone et de fantasmes masculins qui lui étaient étrangers. Avant de connaître son mari, elle ne portait pas de soutien-gorge. Sa poitrine n'existait pas. Aujourd'hui, elle continuait à ne pas en mettre, mais c'était parce que sa gorge, ce corps que l'on avait importé dans sa chair, était si ferme qu'il tenait tout seul, au garde-à-vous.

Mérope fouilla dans ce reflet qui semblait la défier. Décidément, non : elle ne se reconnaissait pas. Vêtue d'une nuisette de satin vert assortie à un boxer, elle passa l'ensemble de sa physionomie en revue, tout comme elle l'aurait fait d'une inconnue. La nature avait été généreuse. Ses jambes étaient longues, interminables même. Avec des chevilles fines et des muscles fuselés. Son ventre, plat et dessiné à force de séances de pilates, mettait en valeur une taille faite au tour et des épaules étroites, aux proportions parfaites. En myope accomplie qui refuse avec obstination de porter des lunettes, elle plissa les paupières et tenta de mieux discerner encore la forme immobilisée face à elle. En veine de belle ouvrage, le chirurgien avait joué du scalpel sans retenue, lâchant la bride à ses inspirations. Le nez avait été raboté et retroussé, l'amorce des premières pattes-d'oie, tout comme la ride du lion, s'était évanouie sous la lame. Il avait recollé les oreilles de quelques millimètres. Les lèvres semblaient deux cerises d'été prêtes à éclater. Les cheveux, naturellement d'un noir bleuté de corbeau, brillaient à présent d'une teinte d'un blond vénitien où, çà et là, venaient se mêler des mèches plus claires. Quant à ses chaussures, dont la hauteur des talons n'était jamais inférieure à douze centimètres, elles la laissaient perplexe. Parfois, elle se disait avec un sourire que cela la rapprochait des étoiles. À d'autres moments, elle se sentait des allures vaguement grotesques.

Surmontant la nausée, Mérope porta à nouveau son verre à ses lèvres. Le Malibu Splash, augmenté d'une cuillerée de crème de cranberry et d'une rasade de lait concentré sucré, lui arracha un nouveau frisson, mauvais celui-là. Elle avait beau tourner et retourner dans son esprit les raisons qui lui avaient fait accepter de se marier avec Charles Dutilleux, elle ne trouvait aucune réponse recevable. En animal sauvage qui courait les sentiers de sable entre les roselières, les pieds nus et éclaboussée de soleil, elle ne l'avait pas remarqué lorsqu'il avait fait son retour triomphal en ville. Lui, en revanche, n'avait eu d'yeux que pour elle. Il l'avait suivie jusqu'à sa baraque. Là, il l'avait achetée à sa mère, une pocharde que le vin en bouteille plastique avait envoyée par le fond, peu de temps après. Fidèle à lui-même, l'homme d'affaires n'avait pas été chiche. Il l'avait acquise contre un chèque confortable, le remplacement de l'électroménager dans la cuisine, mais aussi une vingtaine de BIB* d'une vinasse acceptable qu'une fourgonnette avait déchargée devant l'entrée. Pour la première fois de toute son existence, Mérope avait vu dans les yeux de sa mère le sourire d'une enfant comblée. Alors, elle avait suivi le monsieur. Son père n'avait rien eu à redire. Il n'était pas là. Il n'y avait même jamais été. C'était, paraît-il, un émigré. Un sagneur** de passage qui faisait la saison. Sa mère avait déjà le coude et la croupe lestes, à l'époque. L'homme l'avait saoulée avec un mélange de vin et de limonade dans lequel flottaient des quartiers de fruits trop verts. Puis, sa petite affaire expédiée, il s'était volatilisé, les brailles tout juste remontées. C'était peut-être aussi pour ça, pour fuir ce fantôme, qu'elle avait quitté la HLM sordide qui puait le chou, la crasse et le tabac froid. Elle avait emboîté le pas à ce petit homme que tout le monde, dans la rue, saluait avec le respect que l'on doit à un monsieur qui a des sous.

La jeune femme esquissa une grimace dans la vitre, mais sa myopie ne la lui rendit pas. Elle haussa les épaules et, tanguant sur ses talons aiguilles, alla se pencher par-dessus la rambarde. Dans la rivière blanche des éclairages publics, les dernières voitures disparaissaient une à une. L'on enlevait les ultimes tables à la terrasse du Barbotine. Seule une femme y était encore, plantée en solitaire devant son verre. Ce devait être madame Gaïa. Depuis des années, elle faisait l'ouverture et la fermeture de l'établissement. Elle ne

* Bag-in-Box. Cubitainers de trois, cinq ou dix litres.
** Ouvrier chargé de récolter les roseaux.

lâchait jamais des yeux le bunker d'acier et de béton qui dominait la baie. Mérope ignorait les raisons de ces rendez-vous quotidiens. Elle les mettait sur le compte de l'habitude ou d'une obsession. Peu importait. Sans la connaître, elle estimait madame Gaïa. Elle lui trouvait du chien, n'était-ce que pour ses habits extravagants et sa grande gueule. Mais aussi parce que tous les hommes la craignaient. La vieille en savait assez sur suffisamment de monde pour que chacun d'eux baissât les yeux devant elle. Sans y faire attention, Mérope adressa à la silhouette lointaine un sourire complice qui se perdit dans la nuit. Puis, elle effectua un demi-tour et décida de se réfugier dans son dressing. Elle était saoule comme une grive. Il lui fallait sa lingerie. Cette vaste pièce contiguë à la chambre était son île, son oasis. Son royaume de liberté. Charles n'y mettait jamais les pieds.

Il est des nuits qui vous poussent à boire. Il en est d'autres qui vous assomment par leurs questionnements. Il n'est pas rare, d'ailleurs, qu'une nuit commence par le second cas de figure pour s'achever par le premier. Quoi qu'il en fût, Jonas assista en lointain spectateur au concert de Georges. Les vents montant du large lui en offraient une portée par-ci, un silence par-là. Pour n'importe qui d'autre, cela n'aurait été que des bruits disparates, des notes qui se télescopaient dans les bourrasques. Mais Jonas savait son Pouilleux. Il sentait que le musicien, à cet instant précis, avait touché la grâce. Il avait repris terre dans les paysages de son enfance. L'Argentine ou le Brésil. Il était retourné au pays. Il en était heureux pour lui.

Tout comme Mérope, le Vieux claudiqua jusqu'au garde-corps de bois qui dominait la plage et s'y accouda. Les yeux mi-clos, il se laissa envelopper par la brise caressante. Parfois, sans crier gare, elle tentait de le bousculer comme un jeune chien l'aurait fait avec un enfant. Là-bas, de l'autre côté du néant, quelque chose se préparait. Cela finirait bien par apparaître. Il le savait. C'était écrit. Il ne pouvait pas en être autrement. Et c'était aussi la raison pour laquelle, depuis des années, il ne quittait plus Isla Negra. Fidèle au poste. Pour être le premier à voir. De quoi aurait-il eu l'air si, au moment crucial, il avait été absent ? Autant de milliers d'heures passées à scruter l'immensité muette pour, justement, manquer le grand jour, l'heure de son rendez-vous ? C'était tout bonnement inconcevable.

Alors, oui. En ville et dans la Province entière, l'on disait de Jonas Jonas qu'il était fou. Taré. Ce dont il se fichait éperdument. D'abord, son tête-à-tête avec le large lui prenait un temps infini. Puis, la dernière fois où il avait traîné ses guêtres dans un lieu habité par quelqu'un d'autre que lui, il avait reçu un signe. L'un de ceux que l'on hésite à interpréter tant sa clarté et son évidence nous aveuglent. Il était à la terrasse du Barbotine et jouait en solitaire avec le flot de pastis qui battait dans son ventre. Il en était à cette exacte minute où l'estomac se demande s'il doit remonter dans la gorge ou si, au contraire, il doit se dilater afin de faire de la place pour la tournée suivante.

C'est là qu'elle était passée devant lui. Ça n'était qu'une gamine de quinze ou vingt ans. Il était incapable de donner un âge à ces pécores qui sentaient encore le lait de bébé tout en promenant leur sensualité en sautoir, avec l'air de ne pas y toucher. Mais cette fausse candeur masquait mal leur besoin vital de séduire. Toujours était-il qu'il n'avait vu qu'elle. En un éclat, un flot de souvenirs avait afflué dans sa mémoire. Cette marche souple, cette élégance spontanée le paralysèrent. Le dédain provoquant de ce corps qui longeait la mer. Cette masse de cheveux qui luisaient dans la lumière. Ce grain de beauté juste au-dessus de la lèvre supérieure. Tout y était. Il avait déjà étreint tout cela entre ses bras, et cette apparition, sur le front de mer, fut un bain de jouvence, un voyage en amnésie parfumé de mots tendres et de serments d'amour.

Saisi par l'émotion, Jonas avait adressé un petit signe de la main à l'apparition. Elle allait le reconnaître. Arrêter de marcher. Rougir peut-être, en se remémorant leur histoire. Elle s'approcherait dans un sourire, lui donnerait des nouvelles de tout et de rien. Du temps qui passe. Au lieu de cela, la jeune fille amorça en un réflexe un rictus d'insondable mépris sur ses lèvres. Qui était ce vieillard ? Un pervers, sans le moindre doute. Un cas d'Alzheimer, à tout le moins. Pourtant, de manière très étrange, il lui paraissait familier. Pas à la façon d'un ami, non. Plutôt comme quelqu'un qu'elle aurait pu croiser, dans une autre vie. Après avoir hésité un instant, la sylphide avait pressé le pas et relevé le menton afin de bien afficher son dédain. Avec cruauté, sans se retourner, elle avait disparu à l'angle de la première rue. Jonas, lui, avait été tiré de sa nostalgie moelleuse par le tintement acide que venait de produire sur le guéridon d'aluminium un nouveau verre de pastis, apporté par un garçon couvert de transpiration.

« Quel con… Non, mais quel con… », avait bredouillé le Vieux, flottant en solitaire au milieu de la terrasse.

Subitement, la raison froide avait repris le dessus. Cette gamine ne pouvait pas être l'une de ses premières amours. C'était impossible, voyons ! Elle était bien trop jeune. Et l'on ne faisait pas des poitrines de cet acabit, à son époque. Il l'avait reconnue, c'était un fait. Mais comment s'appelait-elle, déjà ? Émilie peut-être. Ou autre chose. Cela n'avait pas d'importance. Cela ne pouvait pas être elle. Alors qui ? Sa fille, peut-être ? Oui. La fille de celle qu'il avait aimée, au moins quelques nuits. Le monde était minuscule. Ce genre de coïncidences pouvait bien s'y produire, de temps en temps. Il se disait même que tous les êtres, sur cette terre, étaient reliés entre eux par six poignées de main. Peut-être même encore moins, depuis que les réseaux sociaux avaient soulevé le couvercle de la boîte de Pandore. Ce ne pouvait être que la fille de l'autre. Celle dont il avait oublié le prénom. Émilie, sans doute.

« Con ? Non. Connard, oui. Connard… »

Le temps que le garçon emplisse le verre et que l'alcool se trouble au contact de l'eau, et Jonas s'était retrouvé le souffle coupé. Mais non, enfin ! Elle ne pouvait pas non plus être la fille de l'autre. C'était impossible. Trop de temps avait passé. Donc, si ce n'était pas la fille, c'était… C'était impossible ! Tout de même ! Pas la petite-fille ? Et, tant qu'il y était, pourquoi pas la… Non ! Il n'était pas si vieux que ça, tout de même ! Pas déjà !

Face à l'évidence, Jonas avait éprouvé toutes les peines du monde à reprendre pied dans la réalité. À cette heure, il n'était donc même plus un homme. Un homme était capable de séduire, de troubler, d'envoûter. Or, pour lui, cette route était condamnée. Il était devenu, sans même s'en apercevoir, un croulant. Un grand-père. Un troisième âge qui lorgnait sur le quatrième. En quelques pas, cette gamine venait de le pousser au seuil de la tombe.

Alors, sans même écluser son pastis, le Vieux s'était levé. Il avait jeté sur le guéridon quelques billets froissés en boule. Puis, traînant sa patte folle derrière lui, il avait déserté le territoire des femmes et des hommes qui ne vous considèrent plus, sinon comme un meuble abandonné dont le destin prochain est de terminer sa course dans les containers anonymes d'une déchèterie en bord de route.

Pour la énième fois, dans cette nuit trop sucrée de la fin octobre, Jonas Jonas se rappela pourquoi, un jour pareil à des milliers d'autres jours, il était rentré chez lui et avait décidé de ne plus jamais en ressortir. Il avait croisé sa jeunesse enfuie. Il avait touché du doigt sa vieillesse en cours. Et il était bien trop orgueilleux pour offrir aux autres, à tous ces cons qui formaient l'humanité, le plaisir du spectacle de sa décrépitude.

| 7 |

Charles dutilleux était un bienfaiteur. Du moins, c'était ainsi qu'il aimait à se considérer lui-même. Eh quoi ? Les quarante années qu'il avait passées à Paris avaient porté de beaux fruits. Sa fortune ne se comptait pas en milliards, mais il avait réussi à accumuler sur ses comptes bancaires, à force de travail, plusieurs dizaines de millions. Durant le siècle précédent, l'immobilier payait bien. À condition de ne pas être étouffé par les scrupules. Le mètre carré, habitable ou en passe de l'être, avait été son unique obsession. Ne reculant devant rien, il avait saisi sans mollir les opportunités qui se présentaient à lui. Toutes n'avaient pas été juteuses, loin s'en était fallu. Au final, il était néanmoins fier de lui.

Lorsqu'il avait jugé avoir amassé suffisamment de richesses, l'homme d'affaires avait songé à rentrer au pays. Ce retour aux sources, dans son cas, avait nécessité plusieurs années. Au début, il avait rallié la Province en curieux, presque à reculons. Sans avoir l'air d'y toucher. Au volant de sa Mercedes dernier modèle, il avait parcouru le territoire de ses jeunes années, en cercles concentriques, se rapprochant à chaque tour de roues de l'étude paternelle. Celle-ci avait fermé depuis bien longtemps. Sa mère adoptive n'était plus de ce monde. Le pavillon, lui, était dans le même état que le reste de la ville. À l'abandon et mangé d'herbes folles. Mais il allait balayer tout cela. Pour donner du lustre à ce port endormi, sans la moindre ambition, il serait l'homme providentiel. S'il demeurait à Paris, il serait un nanti parmi d'autres nantis. Là, au bord de cette mer qui avait rythmé son enfance, il serait le seul. Les gens seraient bien obligés de l'aimer, lui et uniquement lui.

Sitôt sa décision prise, Charles Dutilleux avait commencé à multiplier les voyages dans la bourgade, logeant dans la seule chambre d'hôtes du pays. Amical et hâbleur, lorsque ses intérêts le réclamaient, il avait passé chaque instant à retisser les fils distendus qui, un jour, l'avaient attaché à cette ville. Avec patience, il avait ravivé les souvenirs chez les plus vieux, sans oublier de prendre ses habitudes au Barbotine. Toujours prompt à mettre la main à la poche pour rincer la dalle aux piliers du comptoir, il avait appris à rire de leurs plaisanteries – mais aussi à opiner du chef avec gravité lorsque les sacs à vin articulaient avec peine des vérités premières. Par leur fréquentation, il avait pénétré les secrets de la ville endormie. En quelques semaines, il savait tout, ou presque. Qui couchait avec qui. Qui grugeait les impôts. Qui rêvait de prendre la mairie. Qui avait quelque chose à se reprocher. Qui souffrait de déviances plus ou moins avouables. En silence, il retenait tout et, l'air de rien, peu à peu, il avait fini par prendre la mesure de la cité.

Lorsqu'il s'était senti suffisamment armé, il était passé à la vitesse supérieure. Cette fois, c'était le chéquier qui avait été sorti. Il devait montrer patte blanche, et les discours d'ivrognes n'avaient qu'un temps. Il avait d'abord subventionné le club omnisport, dont le toit des vestiaires s'était effondré, un jour de grand vent. Peu après, il s'était fait le champion des dotations pour les lotos de fin d'année – ceux de l'Amicale bouliste, du Cercle des chasseurs ou d'une survivance de la Goutte de lait. Puis était venu le tour des épouses de notables – du moins, celles qui tartinaient des toiles à coups de pinceau malhabiles et qui désiraient organiser un festival. Sans piper mot, mais en s'arrangeant tout de même pour que chacun fût au courant, il concrétisa dans la foulée le remplacement d'un retable de la petite église. Partout où l'on avait besoin d'aide, le nom de Charles Dutilleux s'était mis à fleurir sur les lèvres. Comme celui-ci n'avait fait aucun mystère du succès de ses affaires et de ses nombreux contacts sur Paris, l'on s'adressait à lui avant d'avoir essayé de réaliser les choses par soi-même. Le groupe scolaire risquait de fermer par manque d'élèves ? Le dernier médecin généraliste allait partir en retraite sans avoir trouvé de remplaçant ? La banque menaçait de condamner l'unique distributeur automatique de billets dans un quartier de la ville ? Dutilleux arrangerait la chose en trois coups de cuillère à pot ! Cet homme était la bonté même, la providence incarnée. Même le maire et son équipe avaient plongé comme un seul homme. Le Riche, comme ils l'appelaient entre eux, à mots couverts, était un gars du pays, non ? Du moins, il l'avait été, et c'était bien cela qui comptait. Et puis, il ne possédait aucune ambition électorale. Lors des dernières échéances, n'était-ce pas lui qui avait financé le coût de l'impression des affiches ainsi que les milliers de tracts détaillant la profession de foi du candidat ? Et son nom n'était pas mentionné, pas même entre parenthèses, pas même en tous petits caractères. C'était un signe d'honnêteté et de désintéressement flagrant, non ?

Lorsque Charles Dutilleux voulut acquérir le plus beau terrain situé sur les hauteurs de la ville, il alla de soi que personne ne s'y opposa. L'on n'allait pas scier la branche sur laquelle toute une population s'était assise ! D'ailleurs, depuis son mariage avec la petite Mémé – une fille de rien qu'il avait ramassée dans le caniveau où, sans lui, elle aurait certainement pourri jusqu'au dernier jour de son insignifiante vie –, les rares et ultimes sceptiques s'étaient rangés derrière la majorité. Un homme de son âge qui s'offrait une jeunette, cela n'était pas bien joli, certes. Mais il ne fallait pas oublier que cette jeunette-là n'était que le fruit malsain d'une pocharde confite par l'alcool. Cette mère indigne avait descendu ses culottes pour des rouliers, des étrangers besogneux et muets. Et une petite sans père, cela n'était pas bien correct non plus. En acceptant de la mettre dans son lit, le Riche avait donc, au final, ravi une innocente au diable en personne. Sans lui, Mémé aurait certainement dégringolé jusqu'au bas de l'échelle. Elle aurait fini par partir, ou bien d'une sale maladie, ou bien dans les faubourgs crasseux de la grande ville voisine où elle n'aurait pas manqué de grossir le troupeau infecté des prostituées de chantiers.

Charles Dutilleux avait donc réussi un retour gagnant. Cela ne lui avait pas suffi. Une nuit, pourtant semblable à toutes les autres nuits, une étrange lubie s'était emparée de son esprit. Montant du large, de pleines bouffées d'air iodé pénétraient dans la chambre. En sueur, les nerfs à fleur de peau, l'homme d'affaires s'était assis dans son lit, où Mérope soupirait en dormant. Il lui manquait quelque chose. Mais quoi ? Il avait tourné le dos à l'étude notariale paternelle et était sorti de sa condition. Il s'était battu comme un forcené pour faire son trou dans le Paris des affaires. Il était revenu s'installer ici en maître absolu. À ce jour, il ne plastronnait pas, mais tirait toutes les ficelles dans l'ombre. En dix ans, l'ancien petit port bien tranquille avait entamé sa mue. Des touristes fortunés y avaient acquis des résidences cossues et la plage, réaménagée, ne désemplissait pas. Mais non. Cela ne lui avait pas suffi.

Le ventre noué par un sentiment de colère qu'il ne parvenait pas à s'expliquer, Dutilleux s'était levé dans cette nuit silencieuse.

Que pouvait-il bien désirer de plus ? Il était fortuné et puissant. Admiré et craint, sinon envié, par tous. Ou presque. Il y avait Gaïa, cette vieille morue qui lui avait battu froid, dès le premier regard. À chaque fois qu'il la croisait, celle-ci détournait ses yeux globuleux tartinés de fard ou, au contraire, l'écrasait de tout son mépris. Il n'avait jamais pu échanger plus de deux mots avec elle. Dès qu'il avait tenté d'en savoir plus sur cet animal, chacun avait feint de ne rien savoir. De toute façon, sur ce sujet, la discussion était enterrée avant même d'avoir débuté. Les ivrognes du Barbotine eux-mêmes préféraient plonger leurs trognes dans leurs demis ou leurs momies de pastis plutôt que d'avoir à lâcher la moindre information. Tout au plus, à force de tancer les uns et les autres, Dutilleux avait-il fini par apprendre qu'elle savait des choses. Des choses du passé. Et qu'il était préférable qu'elles y restassent définitivement. Quelles choses ? Des pas bien propres, en tout cas. Mais, de cela, il ne fallait pas parler. À chacun son métier, les vaches seraient bien gardées. Etc.

C'était un fait. La vieille folle ne l'aimait pas. Tout comme le piqué, au sommet de sa falaise dunaire. Ce Jonas Jonas qui ne montrait plus le bout de son nez depuis des lustres. À dire vrai, il ne l'avait jamais rencontré. C'était tout juste si, à l'occasion d'une virée dans l'une de ses voitures de luxe, il avait cru distinguer sa silhouette derrière l'une des fenêtres d'Isla Negra. Dutilleux aurait très bien pu ne jamais entendre parler de ce personnage qui vivait en marge de tout si, au fil des semaines, des mois, des années, une poignée d'habitants ne s'étaient pas confiés à lui. Certains pour le plaisir de parler et de brasser du vent. D'autres pour lui vanter la situation exceptionnelle dont jouissait cette parcelle de terrain. D'autres encore pour tenter de l'amuser en lui racontant les frasques du Fêlé, au temps où il venait faire la noce. Tous lui avaient donné leur version de ce Jonas Jonas. C'était un simple d'esprit, un raté. Peut-être même un assassin qui enterrait ses épouses dans la cave. Un pauvre bougre. Sauf que ce quidam, énigmatique et ronchon, du haut de son manoir, dominait toute la Province.

Alors, cette nuit-là, à son corps défendant, Charles Dutilleux s'était définitivement laissé envahir par la jalousie. Son bunker à lui, arrimé à de la roche bien dure, surplombait la plage. Mais Isla Negra, elle, embrassait l'horizon. Il lui fallait cette propriété. Pas pour y vivre, non. Il en ferait du petit bois. Il devait l'acquérir, coûte que coûte, c'était aussi simple que ça. Et il n'allait pas lésiner sur les moyens. En ville, tous lui devaient quelque chose. Tous, sauf ce Jonas Jonas de malheur qui s'était mis en retrait de la vie publique. Par la voie officielle, puis par des biais plus divers, le Riche avait déjà fait parvenir à l'hurluberlu anachorète des offres d'achat. Mais toutes, y compris celle où il proposait jusqu'à cinq fois la valeur marchande de ce bien, lui étaient revenues en pleine face, à la façon d'un camouflet cinglant. En guise de réponse pour l'ultime proposition, son poisson-pilote mandaté pour négocier l'affaire avait même récolté un lapidaire – mais très explicite : « Que Dutilleux et tout son pognon aillent se faire foutre. Je n'ai besoin de rien. »

L'investisseur avait passé sa tête sous le robinet de la cuisine. L'eau, trop longtemps tiédie dans les tuyaux, n'avait pas produit l'effet calmant escompté et avait, bien au contraire, énervé d'autant le bonhomme. Sans même sécher son crâne dégarni, il s'était mis à arpenter pieds nus le marbre du salon, les mains nouées dans le dos. À Paris, cent fois, mille fois, des propriétaires récalcitrants les avaient renvoyés, ses offres d'achat et lui, dans leurs cases. Et en des termes encore plus fleuris. Mais c'était du business. On traitait entre gens du même bord. Avec l'argent, on finissait toujours par s'entendre. Mais Jonas Jonas ? Pour qui se prenait-il ? Comment son esprit était-il conçu pour qu'il refuse quatre millions ?

Le respectable Charles Dutilleux s'était trouvé un os à ronger. Puisque le Vieux ne voulait rien savoir, et que l'argent ne semblait pas avoir de prise sur lui, le promoteur avait résolu d'installer des chausse-trappes dans lesquelles l'ermite ne pourrait que tomber et finir broyé. Avec l'appui du maire, du préfet, des conseillers régionaux, du TGI et même du ministère, il avait fait décréter qu'Isla Negra représentait un danger pour son occupant et la population alentour. Certes, le premier voisin ne se trouvait qu'à plusieurs kilomètres de là, mais il avait estimé que la notion de péril imminent ferait bon effet auprès des juges. L'administration lui avait obéi, au doigt et à l'œil. Il n'avait pas eu à attendre bien longtemps pour que la machine se lance. Jonas Jonas finirait par déguerpir, c'était entendu. Mais Charles Dutilleux savait aussi que toutes ces procédures prendraient du temps, des mois, voire des années.

Pendant que les rouages de l'administration se mettaient en place, que la Bête commençait à sortir de sa léthargie, Dutilleux avait initié une autre solution, contre laquelle personne ne pourrait s'élever. S'il manœuvrait avec finesse, si chacun de ses coups était gagnant, toute cette entreprise ferait au surplus de lui un héros. Depuis toujours, les lents va-et-vient de la mer dévoraient les côtes, repoussaient leurs limites vers l'intérieur des terres pour, soudain, faire marche arrière. Les plages vivaient leurs vies propres. Elles créaient des étangs éphémères, allant jusqu'à menacer les habitations. Puis, sans raison apparente, elles repartaient et s'étalaient, blanches et jaunes, à leur place initiale. Ces dernières décennies, cependant, cette respiration naturelle avait pris un tour nouveau. L'avancée des eaux suivait la même régularité, mais leur retrait n'était plus aussi implacable. Les scientifiques y perdaient leur latin.

Les politiciens, eux, se gardaient bien de crier au loup. Du bout des lèvres, avec le sourire entendu de ceux à qui on ne la fait pas, ces élites concédaient que oui, effectivement, le réchauffement climatique pouvait y être pour quelque chose. Quoique tout cela restât à prouver. Et plus de glaçons auraient fondu dans les verres de pastis et de rosé avant qu'un quelconque iceberg ne fasse monter le niveau des eaux.

Hélas, le phénomène avait pris du corps plus rapidement que prévu. Charles Dutilleux, du haut de son bunker, avait assisté à son aggravation. À chaque changement de lune, les vagues se faisaient plus grosses, grignotaient le rivage. À l'heure où le tourisme donnait les premières satisfactions, où la Province s'enorgueillissait de devenir bientôt un lieu de villégiature de premier plan, ce caprice de la nature leur tombait dessus.

Un matin, Charles Dutilleux avait donc fait irruption en plein conseil municipal. La mine grave, les traits tirés d'un homme que l'angoisse lamine de l'intérieur, la voix tremblante d'émotion, il avait tenu un discours qui avait ému jusqu'aux cœurs les plus secs. S'il était revenu sur la terre de ses origines, c'était pour goûter à un repos bien mérité. Toute la Province l'avait accueilli à bras ouverts. Il était le fils prodigue. C'était une chose entendue. Mais voilà que la mer déclarait la guerre à cette petite commune qu'il chérissait entre toutes. Et, ce faisant, elle le défiait, lui ! C'était très bien. Il n'était pas homme à se défiler. Puisque le temps était venu de se battre, il serait là. Il ne se cacherait pas. Il monterait au front. Il dépenserait toute sa fortune, si cela s'avérait nécessaire, pour que la nature comprenne qui était le maître. Parfaitement ! Tout ce bel argent, acquis à la sueur de son front, il allait le déposer aux pieds de la population ! La mer ne gagnerait pas, il en faisait le serment solennel ! Non seulement il préserverait le rivage mais, de plus, il gagnerait sur les flots pour y faire pousser une ville nouvelle !

Tous les membres du conseil s'étaient levés et avaient applaudi comme un seul homme.

Charles Dutilleux tint parole. Le lendemain, il s'envola pour Paris. En quelques jours et après d'âpres négociations, il vendit au meilleur prix deux magnifiques appartements situés en plein cœur du Marais. Trois semaines plus tard, l'on vit arriver sur les bords de la plage une cohorte d'une vingtaine de camions surchargés d'enrochements et de matériels les plus divers : excavatrices, bulldozers, tractopelles, chargeurs sur pneus et autres camions citernes à béton et bitume. Sous les ordres d'un Dutilleux énergique, les poids lourds se délestèrent de leurs frets et de leurs engins et reprirent illico leur noria incessante. Durant plusieurs mois, toute la bourgade vécut sur le pied de guerre. D'un côté, la mer poursuivait son lent travail de sape. De l'autre, le Riche et ses camions installaient des brise-lames et consolidaient la jetée de la ville à coups de milliers de tonnes de roches.

Une fois. Dix fois. Vingt fois, l'homme d'affaires refit le trajet jusqu'à Paris. C'était une bataille qu'il ne pouvait se permettre de perdre. À chacun de ses voyages, il se séparait de biens pour réapprovisionner ses comptes et ne revenait dans la Province que pour clamer, sur tous les tons, qu'il était né pour « sauver un bout de France » ! Les manches relevées, les yeux furetant dans tous les sens, il houspillait les grutiers et les chauffeurs, traquait sans relâche les ingénieurs. La nuit, il se plongeait avec fièvre dans les études les plus pointues, pondues par des techniciens qui avaient fait de la lutte contre la montée des eaux leur raison de vivre et de mourir.

Pourtant, toute cette débauche d'énergie, tous ces millions engloutis – au sens propre comme au figuré – dans des travaux pharaoniques ne portèrent pas les fruits escomptés. À chaque tempête, la houle et les vagues se jetaient sur les rochers. Elles semblaient jouer avec eux comme un chat s'amuse de la mort lente d'un insecte entre ses griffes. De manière invariable, les pierres et le ciment finissaient par lâcher prise. Lorsque la mer redevenait d'huile, il fallait alors se rendre à l'évidence : le littoral avait cessé de se recroqueviller, mais tout ce qui avait été gagné sur la mer était perdu.

Le Riche ne se décourageait pourtant pas. Entre les éléments et lui, l'affaire était devenue personnelle. De plus, comme un camouflet à la face du monde entier, se détachait invariablement dans le lointain la masse trapue d'Isla Negra. Du haut de ses cent mètres d'altitude, insolente de stabilité, rien ne semblait pouvoir l'atteindre. À ses pieds, la ville était menacée de disparition. Sans les efforts insensés de Dutilleux qui s'accrochait à son « bout de France », la bourgade serait devenue un marais. Mais la falaise dunaire, surprenante de vigueur et de force tranquille, elle, ne bronchait pas. Chaque jour, le promoteur sentait dans son dos le regard de ce Jonas Jonas. Il se disait que le Fêlé devait bien rire à le voir dépenser ainsi et tenter d'emplir un tonneau percé. Oui, c'était bien cela. Le vieux fou se moquait de lui. Il n'y avait pas l'ombre d'un doute là-dessus.

Un matin, après avoir passé la totalité de la nuit à se brûler les yeux sur l'écran de son ordinateur, Charles Dutilleux finit néanmoins par s'ouvrir d'un large sourire. Il avait résolu la quadrature du cercle, le mystère de l'œuf de Christophe Colomb. Il avait mis la main sur le moyen qui lui permettrait d'épargner la plus belle plage de la Province – mais aussi de faire s'effondrer Isla Negra tel un vulgaire château de cartes. Cela lui coûterait de l'argent. Beaucoup d'argent, certes. Mais il n'en était plus à ça près. Il possédait un petit immeuble dans le sixième arrondissement parisien dont le produit de la vente couvrirait largement tous les frais occasionnés par l'opération. Sans hésiter une seconde, il prit une douche et s'engouffra dans son coupé Audi S5 afin de rallier l'aéroport, situé à une centaine de kilomètres.

Il ne croisa personne sur sa route, la ville dormait encore et lui, Charles Dutilleux, avait enfin trouvé la solution ! Cela ne se ferait pas sans mal. Des dents allaient grincer et tous les experts de la DREAL, Grégoire Latour en tête, allaient ruer dans les brancards. Mais il avait trouvé ! Et il parviendrait à avoir toutes les autorisations nécessaires à la réalisation de son vaste projet ! Quant à Jonas Jonas, il serait aux premières loges pour assister à l'écroulement d'Isla Negra. Cette bicoque pourrait même lui servir de tombeau, il s'en moquait !

Appuyée contre le montant d'une sucette publicitaire, attendant que le Barbotine veuille bien ouvrir sa gueule, la vieille Gaïa vit passer en trombe le coupé de l'homme d'affaires. Elle rassembla soigneusement dans sa bouche toute la salive qu'elle put y trouver. Puis, sans perdre de vue le bolide qui fonçait en direction de la bretelle menant à la voie rapide, elle cracha sur le sol.

| 8 |

« BONJOUR, MADAME.

– Tiens… Qu'est-ce que tu me veux, toi ?

– J'ai dit : bonjour, madame.

– Et moi, je te demande ce que tu me veux. Ma question vaut bien la tienne, non ? »

En quittant les toilettes du Barbotine, Mérope avait avisé, assise sur l'unique banquette de l'arrière-salle, la vieille Gaïa. Comme chaque jour, celle-ci venait se retrouver en tête-à-tête avec son indien, un mélange d'Orangina et de grenadine auquel elle ne touchait pas, mais dont la robe changeante ne cessait de la charmer. Un stylo à la main et une grille de sudoku ouverte sur le plateau de la table, la doyenne de la Province prit le temps d'observer par-dessus ses lunettes la nouvelle venue. Sculptée par sa robe courte de lin blanc, les cuisses bronzées, la jeune femme se dandinait d'un pied sur l'autre, mal à l'aise. Dans son sillage, elle avait apporté, depuis les lieux d'aisance, des relents d'urine et de déodorant bon marché.

En maquignonne madrée, la vieille enveloppa la poupée du regard. Elle devait bien s'avouer qu'il n'y avait rien à jeter dans cette plante. Toutes les pièces n'étaient pas d'origine, mais le résultat était bluffant.

De sa voix au désagréable timbre de racloir, Gaïa répéta : « Alors ? Qu'est-ce que tu me veux ? Tu as perdu ta langue ?

– Non, madame.

– Eh bien ? Qu'est-ce qu'il y a ?

– Je… Je ne sais pas.

– Tu ne sais pas ?

– Non.

– Alors, débarrasse le plancher. J'ai à faire. Et reviens quand tu auras quelque chose à me dire. »

Sans se retourner, toute à sa crainte, Mérope s'éloigna de la table en reculant, accompagnée par le regard mauvais de la vieille. Au moment où elle allait s'enfuir, Gaïa la rappela, d'un ton sec : « Finalement, reste. Les gens qui n'ont rien à me dire sont toujours plus intéressants que ceux qui croient avoir des choses à me raconter… Allez ! Remue ton pétard, je n'ai pas que ça à faire.

– Oui, madame.

– Et assieds-toi. De te voir en bas, ça me donne le tournis. Et déballe-moi un peu ce que tu as à me dire. Comme il n'y a rien, ça ne devrait pas prendre trop de temps. »

Quelques minutes plus tard, lassées d'être espionnées par le garçon et les piliers du comptoir qui s'étaient tus, toutes oreilles ouvertes, les deux femmes avaient quitté le Barbotine. Côte à côte, l'une s'appuyant sur sa canne et l'autre toujours juchée sur ses talons aiguilles, elles cheminaient en silence. Au bout de la jetée, des ouvriers mettaient la dernière main à une nouvelle tentative d'enrochement et les pétarades des engins de terrassement, sous le vent, ne leur parvenaient qu'assourdies. À cette période de l'année, les touristes se faisaient rares, mais le peu qu'elles croisèrent ne se gênèrent pas pour dévisager leur drôle d'équipage. D'un côté, il y avait une centenaire déplumée, trop maquillée, enfouie dans une combinaison jaune safran et surmontée d'un fichu fuchsia, qui fumait une brune fichée dans un porte-cigarette argenté. De l'autre, c'était une grande bringue aux yeux tristes qui oscillait dangereusement sur son axe et semblait désolée d'habiter un corps qui n'était pas le sien. Derrière elles, à une dizaine de mètres environ, un Africain obèse donnait l'impression de dormir en marchant.

Gaïa marmonna : « Ton ours de la savane va nous suivre longtemps, comme ça ?

– Pardon ?

– Le gros tas, derrière ? Il ne va pas nous foutre un peu la paix, à la fin ?

– Oh ! C'est Chichou qui… Enfin, c'est Charles qui insiste pour qu'il soit toujours avec moi quand lui est en voyage. Comme il est parti ce matin pour Paris, je…

– Je sais. Je l'ai vu filer comme un lapin. Mais il a peur de quoi, ton homme ? Qu'on t'enlève ? »

N'ayant de toute évidence jamais envisagé cette éventualité, Mérope écarquilla des yeux grands comme des soucoupes pour toute réponse, tandis que la vieille embrayait : « Les hommes sont tous des cons, ma petite. Et il n'y a pas d'exception à cette règle, ou presque. Tu veux une preuve ?

– Si vous voulez.

– Ils confondent toujours le verbe avoir avec le verbe aimer. Ce qu'ils veulent, par-dessus tout, c'est nous avoir. Pas nous aimer. S'ils nous aimaient, ils passeraient un peu plus de temps à nous foutre la paix et un peu moins à nous surveiller, crois-moi.

– Si vous le dites… »

Un instant, la doyenne interrompit sa marche pour reprendre son souffle. Puis, les sourcils froncés par un agacement qui ne faisait que croître, elle haussa les épaules à plusieurs reprises et finit par ajouter : « Écoute, ton singe commence à m'emmerder à nous suivre comme ça. Si tu veux qu'on parle, dis-lui de foutre le camp.

– Mais il est très...

– Ce n'est pas qu'il ait l'air mauvais. Les saloperies, je les détecte. Lui, c'est un gentil, ça se voit tout de suite. Mais il est trop noir pour moi. Et ça me déprime qu'on puisse être noir comme ça.

– Bien, madame.

– Arrête de me donner du madame à tout bout de champ et passe-moi plutôt ton bras. Comme ça, tu serviras à quelque chose. »

Comme Mérope indiquait d'un geste à l'Africain qu'il pouvait disposer, Gaïa expliqua, sur le ton de l'excuse bourrue : « Il y a des jours où la canne ne suffit plus. Tu comprendras ça plus tard, quand ton tour sera venu. Parce qu'il viendra, ne te fais pas d'illusion. »

Aussitôt, la jeune femme ôta ses talons aiguilles, perdit douze centimètres et se retrouva pieds nus sur les pavés dont les dessins s'inspiraient des vagues noires et blanches de Burle Marx. Rassurée d'avoir retrouvé sa stabilité, elle tendit alors son bras à la vieille et la gratifia d'un sourire.

Celle-ci s'y agrippa. Avec une grimace, elle grogna : « Les hommes sont tous des sales bêtes. Et je sais de quoi je parle. Mieux que personne. Quant aux femmes, elles ne valent pas mieux. Allez... Avance, carogne ! On n'est pas loin de chez moi. On y sera tranquilles pour parler. »

Sans posséder le luxe tapageur du bunker, la petite maison dans laquelle vivait Gaïa était cossue. Bâtie sur trois niveaux, se terminant par un toit-terrasse protégé du soleil par des joncs tressés, elle était semblable aux dizaines d'autres qui composaient le centre ancien. Accolée à la petite église, ses murs tremblaient des vibrations des cloches qui scandaient chaque heure envolée. Cela faisait quelques années que la doyenne ne grimpait plus dans les étages supérieurs. Ses hanches, ses articulations et jusqu'à ses os, selon les périodes, lui faisaient souffrir mille morts. Plusieurs fois, des voisins plus ou moins bien intentionnés lui avaient soufflé de faire appel aux bons soins des infirmières ou des auxiliaires de vie. D'un geste théâtral de la main, les sourcils hérissés d'indignation, l'irréductible harpie avait balayé ces éventualités. De toute son existence, elle n'avait jamais demandé l'aide de qui que ce fût. Ça n'était pas aujourd'hui, même à son âge, qu'elle allait commencer.

À bout de souffle, la vieille se laissa aller dans un fauteuil de velours installé sous la fenêtre aux volets entrebâillés. Dans la pénombre, à trois pas derrière, Mérope plissa les paupières afin de ne rien perdre de sa chance. Personne, jamais, ne mettait les pieds ici. Cela se voyait au premier coup d'œil. D'ordinaire, les pièces où l'on recevait de la visite étaient rangées, propres, accueillantes. Le salon de Gaïa, lui, se moquait du tiers comme du quart de l'impression qu'il pouvait produire sur les visiteurs – puisque des visiteurs, justement, il n'en venait jamais. Il s'étalait donc, tout à son aise, en capharnaüm lascif. Sous des poutres supportant des plafonds bas patiemment constellés de chiures de mouches, une odeur de moisi et de vieux fruits flottait, doucereuse. Débordant des armoires aux portes ouvertes, surchargeant la table principale et un secrétaire des années 1950, s'empilant éhontément sur les chaises, une bonne partie du canapé ou à même le sol, tout un fatras d'objets hétéroclites saturait l'espace jusqu'à la nausée. Aux pieds d'un Christ crucifié sur un mur lépreux, l'on trouvait ainsi des amoncellements de journaux, des courriers administratifs, des médicaments, des cendriers de toutes les tailles et de toutes les formes, des dépliants vantant les mérites de compagnies aériennes qui n'existaient plus depuis des décennies. Sur une desserte de bois noir, exposée sans vergogne dans un coffret vitré, une collection d'une dizaine d'olisbos de marbre et d'ivoire prenait la poussière, surveillée avec sévérité par des masques de cuir, des loups ouvragés à la mode vénitienne. Au sol, une bible à la tranche dorée voisinait avec des poires de caoutchouc, des matriochkas dépareillées, une laisse de chien enroulée près d'une gamelle vide.

Après avoir fait craquer une allumette, la maîtresse des lieux prit le temps d'observer sa visiteuse. Cette gamine-là ne manquait pas d'air. Mariée à l'homme se disant le plus respectable de toute la Province, elle n'avait pas hésité à accompagner Gaïa, Gaïa la folle, Gaïa l'explosive, Gaïa la tempétueuse, à lui donner le bras dans les rues de la bourgade, au vu et au su de tout le monde. Pire, elle était entrée dans son repaire, devant lequel le curé et ses ouailles ne passaient jamais sans esquisser un signe de croix ni murmurer quelques bribes de prières.

La doyenne, dont le souffle revenait peu à peu, par lentes vagues sifflantes, se racla la gorge et lança : « Alors ? Tu vas me dire pourquoi tu voulais me parler ? »

Entre les longs doigts graciles de Mérope, une carte postale d'un autre temps, qu'elle avait ramassée au milieu des papiers, semblait la fasciner. D'un côté, des Chinoises vêtues de pagnes saluaient de la main sur un fond de mer délavée. De l'autre, une écriture d'une élégance surannée racontait qu'ils étaient bien arrivés, que le temps était superbe et qu'ils espéraient que…

« Il faut que je crie pour que tu me répondes ? »

La voix grasseyante de Gaïa avait soudain fait trembler le silence. Après avoir reposé la carte postale sur un livre ouvert, la jeune femme se retourna vers le fauteuil et balbutia : « Pardon, madame. C'est tellement joli, chez vous…

– Joli ? Ce n'est pas le premier mot qui me serait venu à l'esprit, mais passons. Qu'est-ce que tu me veux ? »

La tête baissée telle une écolière face à une maîtresse sévère, Mérope nota mentalement que ses pieds nus avaient laissé des empreintes de sueur sur les tomettes du carrelage. Puis, elle s'entendit répondre : « Rien, madame. Je voulais juste parler.

– La belle affaire… Ton Nègre* ne te suffit pas ? Ton mari non plus ?

– Le premier, je n'en sais rien. Je ne le connais pas. Il ne m'a même jamais adressé la parole. Quant à l'autre, c'est une autre histoire. Puis, c'est à vous que je voulais parler.

– Pourquoi ?

– Je ne sais pas. Pour vous connaître.

– Toi ? Tu veux me connaître, moi ?

– Pourquoi pas ? »

Avec un rire de basse qui fit s'écraser la cendre de sa cigarette sur le plastron safran de sa combinaison, la vieille grommela :

* Le terme « Nègre » est ici utilisé dans son acception la plus noble, celle qui, par la suite, a donné naissance au concept de négritude : le résultat d'une culture à part entière, contrairement au terme « Noir » qui, lui, ne désigne qu'une couleur. René Maran, premier Nègre guyanais à avoir remporté le prix Goncourt en 1921, avec son roman *Batouala*, était d'ailleurs considéré par Aimé Césaire comme le père de la négritude. Et c'est à René Maran que l'on doit cette déclaration, extraite de son roman *Un homme pareil aux autres* : « D'abord, je ne suis pas noir, ce qu'on appelle noir. […] Je suis nègre. »

« Quand il saura que tu es venue ici, ton mari va te faire la danse. Les gifles vont même peut-être voler bas. Tu n'as pas peur ?

– Non. Chichou ne m'a jamais... Enfin, Charles ne m'a jamais touchée. Je veux dire : frappée.

– Ce que peut te faire ou ne pas te faire ton Chichou, comme tu le dis, je le sais. Je le sais même mieux que quiconque.

– Comment ça ?

– Ça ne te regarde pas. Pas pour l'instant, en tout cas. Ton mari, tu crois le connaître. Tout le monde croit le connaître. Mais personne ne sait rien. De toute façon, personne ne sait jamais rien sur rien. Et c'est d'ailleurs sûrement pour ça que tout le monde raconte tout sur tout. On marche sur la tête. »

Après avoir laissé le silence se reposer un instant dans la pièce, Gaïa reprit, un rictus de gourmandise sur ses lèvres passées au blush : « Un jour, tout ça finira bien par éclater.

– Tout ça, quoi ?

– Tout. Et c'est pour ça que les gens ont peur de moi, dans cette ville. Ils me saluent tous, tu peux y aller. Mais dans chacun de leurs bonjours, il y a de la trouille.

– Ils ont peur de quoi ? »

La vieille écarquilla un peu plus ses yeux globuleux dans la pénombre. Puis, après avoir tété une nouvelle bouffée de tabac, elle expliqua : « C'est la trouille qui tient tout, ma fille. C'est elle qui fait que cette ville n'éclate pas comme un pétard de 14 juillet. Pourtant, il n'en faudrait pas beaucoup pour que je repeigne tous les murs avec ce que je sais. Mais ça viendra, fais-moi confiance. Je les tiens. Ils ont beau jouer les crapauds qui se prennent pour des bœufs, je les tiens, là, dans ma main. »

Toujours debout, ses talons aiguilles pendant au bout de ses doigts, Mérope osa : « Vous les tenez ?

– Oui, ma belle. Tous. Ou presque tous. Ils tremblent comme des pucelles qui vont passer à la casserole. Même le maire ou son gros porc de Pascal Chancel mouillent leurs liquettes quand ils me voient débarquer dans leurs bureaux. Et toi aussi, tu aurais peur, si tu me voyais comme je suis vraiment !

– Vous ne me faites pas peur. Je sais que ce ne sont pas les chiens qui aboient le plus fort qui mordent le plus.

– Foutaises ! Mais c'est vrai que ce n'est pas ma grande gueule qui va t'effrayer. Tu es vaccinée. J'ai bien connu ta mère. Celle-là, comme gueularde, elle se posait là. Mais moi, je te parle d'autre chose.

– De quoi ? »

Avec agacement, la vieille finit par écraser son mégot dans un cendrier. Puis, tout en revissant une nouvelle cigarette à son tuyau d'argent, elle baragouina, bien plus qu'elle n'argumenta : « Les gens, c'est comme les oignons. Ça se découvre par couches. Ma première couche à moi, ce sont mes tenues. C'est falbalas, danse des sept voiles et compagnie. Mais c'est un trompe-l'œil. C'est pour amuser les gogos. Ça fait parler.

– Et les autres couches ?

– Après ? Il y a ma grande gueule, tu t'en doutes. Celle-là, elle les cloue sur place.

– Et ensuite ?

– Ensuite ? C'est plutôt comme les mangues. Plus on s'approche du cœur, et plus le parfum est fort. Ça commence par du sucre et du miel et ça finit par empester la térébenthine. Je sais l'âge que j'ai. J'en ai encore plus au compteur que ce que les gens veulent bien me donner. Et j'en ai vu, des choses. Tu peux me croire sur parole. Mais je n'en parle jamais, de mon âge. Ce n'est pas de la coquetterie, non. C'est juste que je ne veux pas donner à des ramasse-miettes des envies d'éternité. Ils n'ont pas la caisse pour ça. Puis, ils n'ont pas à savoir.

– À savoir quoi ? »

Afin de mieux apprécier la plastique de sa visiteuse, Gaïa chaussa ses lunettes. Après un lent examen qui fit rougir les joues de Mérope, la vieille rangea ses bésicles et finit par lâcher : « La vieillesse, ma fille. La vieillesse. Mais ne t'inquiète pas. Tu n'es pas sortie de la cuisse de Jupiter. Tu es faite de sang, de sueur et de larmes. Et elle te touchera, toi aussi. Que tu le veuilles ou non, il faudra bien que tu y passes.

– Souvent, je me demande même à quoi je ressemblerai quand je serai vieille.

– Ne sois pas pressée. Les vieux, ça ne sert à rien. Et ça pue.

– Ce n'est pas vrai !

– Si. On se met à forcer de plus en plus sur le parfum. Mais ça ne sert pas à grand-chose. Quand on pue le vieux, on pue le vieux. C'est pire qu'un tatouage. Quand ça vous a saisi, ça ne s'enlève plus. Puis, on tombe en morceaux. Pour remplacer les dents, on chausse des dentiers ou des implants. On met des perruques à la place des cheveux. On se fait renforcer les artères avec des ressorts, on se fait greffer des os en titane. Mais les couches continuent à se faire la malle. C'est pour ça que je m'habille comme ça. Un emballage tape-à-l'œil pour dissimuler un corps qui ne ressemble plus à rien. De toute façon, il y a beau temps que mon cul n'intéresse plus personne. Pas même moi. J'ai perdu la guerre. Alors, je cache les dégâts.

– Et vous n'avez jamais pensé à la chirurgie esthétique ? »

Cette fois, le soupir de Gaïa se fit réellement mauvais. Sans quitter la silhouette de Mérope du regard, elle cligna à plusieurs reprises ses paupières flasques sur ses yeux en billes de loto. Puis, elle répliqua : « C'est pour les faibles. Et les connes, aussi. Il en faut pour tout le monde, remarque. J'ai eu une copine comme ça. Elle passait son temps sur le billard. Elle avait misé toutes ses chances sur son minois de petite poule. Elle se disait que le scalpel pouvait tout arranger. Et ça a marché. Elle s'est mise à ressembler à une voiture volée. Et tu trouves toujours des cons pour racheter des voitures volées. Mais tout ça, ça n'a qu'un temps. »

Après avoir exhalé un nouveau nuage de fumée, elle ajouta : « Une nuit, ne me demande pas pourquoi, toutes les coutures ont lâché. Au matin, tout avait dégringolé. Alors, elle s'est tiré une balle dans la bouche. Elle a bien fait. Il y a des extrémités contre lesquelles on ne peut rien. Moi, ça ne m'arrivera pas. Pas si folle. Ma vieille viande, je l'emballe dans des sacs. Quant à ma gueule, je la replâtre chaque jour. Et celui qui n'est pas content, comme disait ma grand-mère, il n'a qu'à tourner son cul au vent. Maintenant, laisse-moi. Je suis fatiguée. »

Sans un mot, la jeune femme recula jusqu'à la porte d'entrée. Les yeux dans le vague, la vieille Gaïa murmura encore : « Ton Dutilleux, c'est un con. Un con magistral. Un con majuscule. Mais toi, je t'aime bien. Tu pourras revenir quand tu voudras. Je te dirai des choses.

Merci, madamc.

– Je te dirai tout, un jour. Pourquoi les gens ont peur de moi. Pourquoi il ne faut pas toucher un seul cheveu de la tête de Jonas. Et pourquoi, même quand on voyage tout autour de la terre, on éprouve toujours le besoin de revenir chez soi. Ça ne manque jamais. Les hommes sont aussi cons que les saumons, ma fille. N'oublie surtout pas ça. Aussi cons et aussi prévisibles que des saumons. »

| 9 |

Sur cette affaire, il n'y avait rien eu à dire ni à redire. Dès que les radios s'étaient mises à hurler à l'unisson que la catastrophe était imminente, Georges et l'Africain n'avaient pas plus économisé leur temps que leur sueur. Jonas, lui aussi, avait mis la main à la pâte. Mais il l'avait fait comme un vieux, par petites touches, traînant derrière lui sa jambe blessée. Il avait apporté une boîte de clous ou de vis à têtes plates ici, un verre d'eau là. De ne pas pouvoir être de la fête l'avait rendu d'une humeur massacrante. L'Argentin de Carcassonne, sous les nuages bas qui roulaient dans un ciel torturé, avait réfléchi à deux fois avant de faire appel à lui. Pour les travaux de consolidation à réaliser, il n'avait pas besoin de son aide. Mais il la lui avait demandée tout de même, afin de ne pas laisser le Vieux ruminer sa colère de se sentir inutile. Un mètre ruban ou un crayon à marquer ici, une canette de bière là. Jonas n'avait pas été dupe, mais il avait fait comme si de rien n'était.

Cependant, à chaque fois que Georges lui avait demandé quelque chose, la voix excédée de Jonas l'avait enguirlandé à la cantonade : « Quand on n'a pas de tête, on a des jambes ! Quelle feignasse tu fais, quand même. Pour jouer du piano à bretelles et parler des Amériques, y a du monde ! Alors là, oui ! Mais dès qu'il s'agit de travailler… Tiens, le voilà ton tournevis. Et ta binouze aussi, ivrogne. À croire que t'as que du jus de houblon dans ta foutue caboche… »

Une fois sa mission accomplie, le Vieux repartait. Tête basse, les épaules un peu plus voûtées qu'à l'ordinaire, il bougonnait dans ses joues mal rasées mille imprécations auxquelles lui-même n'accordait pas la moindre importance. Quant à l'Africain, il ne demandait rien. Pas si bête. Le front en sueur, le tee-shirt plaqué sur son ventre gros et gras, il soulevait sans mot dire les planches et les panneaux, les caisses à outils et les étais comme autant de ballots de paille sèche. Il faisait avec la mauvaise humeur de l'hôte, ses grosses lèvres toujours entrouvertes et son front plissé par la concentration. Il n'entendait même pas ce que le Vieux marmottait, à chaque fois qu'il passait près de lui : « Plus c'est grand, plus c'est con. C'est connu. Guimauve nègre de malheur. Si je veux que ce soit bien fait, je vais encore devoir passer derrière. Amateur, va. Amateur et dépendeur d'andouilles. Ni fait, ni à faire. Encore moi qui vais me taper les finitions, comme d'habitude… »

Mais Jonas, à dire vrai, ne se tapa rien. Il était de l'intendance, tout au plus. Pour se venger du sort, il avait passé sa rage sur la confection de sandwiches hors norme. Une baguette par tête de pipe. Avec la bonne dose de beurre salé, de jambon cru fumé de la Forêt-Noire, de cheddar vieux et de feuilles craquantes de sucrine et de rougette mêlées. Les radios l'avaient proclamé sur l'air des lampions. La fin du monde était programmée pour les prochaines heures. Il était hors de question de s'envoler pour l'au-delà avec le ventre vide ou, pire, lesté de mauvaise nourriture.

Il était vrai aussi que, pour cette alerte au tsunami, les autorités avaient sorti le grand jeu. Dès que le premier indice était apparu sur les écrans de contrôle, le CENALT* avait aussitôt déclenché l'alerte maximale. Excités par l'imminence d'une catastrophe possible, les scientifiques s'étaient précipités sur la procédure. L'avis de vague géante avait filé en droite ligne jusqu'au ministère de l'Intérieur. Le COGIC**, place Beauvau, en avait rugi de plaisir. Sans coup férir, un plan circonstancié avait été transmis aux préfets concernés et aux représentants de la Sécurité civile – sans oublier les radios et les télévisions qui, avec des voix d'outre-tombe et de brusques accès de fièvre, s'étaient chargées de relayer l'information. Dans un galimatias historico-scientifique où se télescopaient, pêle-mêle, les plaques africaines et eurasiatiques, le volcan de Santorin qui avait causé l'extinction de la civilisation minoenne vers 1650 avant J.-C., le tremblement de terre de Lisbonne en 1755, le séisme en mer ligure de février 1887, ceux du détroit de Messine ou encore de l'algérienne Boumerdès, les journalistes avaient fait les poubelles de l'Histoire sans rechigner. Les rédactions étaient sur les dents. Les écrans se couvraient d'inquiétants logos annonçant la fin d'une partie du monde. Jonas, lui, n'en aurait sans doute jamais rien su si Georges n'avait pas garé sa Méhari orange acidulé devant Isla Negra. Avec l'Africain, sans un mot superflu, ils avaient déchargé tout le matériel nécessaire à la protection du manoir et s'étaient mis au travail.

Durant trois bonnes heures, dans des rafales de vents de plus en plus mauvais, les deux compères avaient condamné avec méthode toutes les ouvertures, hormis la porte d'entrée. À chaque fois que le Pouilleux était passé devant Frida Kahlo, il lui avait trouvé une sale gueule et s'était signé, de façon instinctive. Il ne fréquentait pas les églises. En parfait agnostique des tropiques et

* Centre national d'alerte aux tsunamis.

** Centre opérationnel de gestion interministérielle des crises.

de la Terre de Feu, il avait choisi depuis bien longtemps de prier en sauvage, en pleine nature, dans les plus belles cathédrales que celle-ci avait créées. Il n'avait peur ni de Dieu, ni du diable. Mais là, en constatant à chacun de ses passages que l'énorme toile se mettait à frissonner du châssis et à geindre de toutes les baguettes qui composaient sa caisse américaine, il avait été pris d'une crainte sourde. De plus, Frida penchait d'une manière de plus en plus inquiétante. Les papillons versicolores semblaient s'être mis à vibrer. Et il aurait été prêt à jurer que l'once noire, postée sur l'épaule de la Mexicaine de Coyoacán, n'observait plus le colibri mort, porté en sautoir. Ce ne furent, bien entendu, que des impressions fugaces, des sensations qu'il mit sur le compte de la semi-obscurité qui baignait le séjour, aveuglé maintenant par les plaques de bois aggloméré. Mais l'Argentin de Carcassonne s'était tout de même signé. Cela ne mangeait pas de pain. Puis, ce petit geste ne pourrait que plaider en sa faveur au moment où il devrait rejoindre Astor Piazzolla à la droite de Dieu – ou des dieux, car le musicien n'avait jamais réussi à trancher sur le bien-fondé du monothéisme bêlant.

À dix-sept heures, alors que la lumière peinait de plus en plus à se frayer un chemin dans les nuées qui plombaient le ciel, le travail était achevé. Les fenêtres et la baie vitrée, sans oublier la lucarne et l'œil-de-bœuf, étaient claquemurées. Isla Negra était aveugle. De la voir ainsi mutilée, l'Africain en ressentit aussitôt au cœur une lourde peine. Celle-ci ne dura pas, et il dévora d'une traite son sandwich, immédiatement suivi par celui de Jonas, que ce dernier n'avait pas touché. Alors que le Vieux allait se remettre à vitupérer contre les médias – qui, disait-il en substance, dramatisaient toujours bien trop les événements et prenaient le bon peuple pour des enfants en bas âge –, le vent cassa net. À la façon d'une branche sèche qui craque sous la pression de la main. Aucun oiseau ne se fit plus entendre. La mer redevint d'huile. Les nuages se figèrent sur place. Les récriminations de Jonas se coincèrent dans sa gorge. Cela dura un instant seulement, étrange et suspendu. Les bourrasques capricieuses, le vacarme sifflant du vent dans les joncs et les roseaux, les volets claquant contre les façades, les vrombissements entêtants de la scie circulaire, tout cela s'éteignit. Plus rien. Le silence. Et la peur.

L'Africain ouvrit ses narines et huma l'air. Puis, avec une agilité que personne ne lui aurait soupçonnée, il saisit entre ses grosses pattes le Pouilleux et le Vieux, et les colla chacun sous l'un de ses bras. Avant qu'ils ne puissent esquisser la moindre forme de protestation, il les emporta avec lui et les rentra entre les murs de granit d'Isla Negra.

Après avoir donné deux tours de clé dans la serrure, le colosse les dévisagea, l'un après l'autre. Puis, sur un ton d'excuse bourrue, il lâcha : « Là, ça va secouer. Accrochez-vous où vous pourrez, monsieur Jonas. Et vous aussi, monsieur Georges. C'est maintenant que ça va commencer… »

Il ne se produisit, ce jour-là, aucun tsunami. L'on ne vit monter du grand large aucune vague géante, il ne se dressa aucun doigt de Dieu vengeur désireux de submerger les terres et de noyer les femmes, les enfants, les hommes et les vieillards. En revanche, il se déchaîna sur cette partie de la falaise dunaire l'une des plus homériques tempêtes que l'on puisse imaginer. L'Africain avait dit vrai. Lorsque l'instant suspendu avait éclaté, ça avait secoué. Et le mot avait été faible. Les vents, alourdis par l'haleine salée du grand large, s'étaient abattus sur Isla Negra avec une violence inédite des quatre points cardinaux en même temps et, peut-être aussi, des cieux et de la terre elle-même. Sur le rivage, l'écume torturée, frappée, battue, fouettée était montée en émulsion, grise et sale. Elle avait quitté la surface de la mer pour s'envoler et recouvrir d'une neige saumâtre les plages et jusqu'aux roselières. En boules floconneuses, sans taille ni épaisseur définies, ce grésil tiède avait tournoyé dans une ronde folle et avait tapissé le paysage. Afin de ne pas être en reste, le sable s'était dressé, lui aussi, mais en colonnes tourbillonnantes qui arrachaient tout sur leur passage et polissaient les roches les plus dures qui affleuraient parfois. Le ventre noir du ciel s'était mis à hurler, des cris désespérés qui vous glaçaient les sangs, qui claquaient comme des coups de feu et qui agonisaient en plaintes graves sous vos pieds, faisant trembler chaque chose avec une égale cruauté.

Bientôt, Isla Negra commença à glapir, à pousser des gémissements de douleur. Vrillée sur son axe, giflée, tordue par les rafales, étouffée par le cyclone, la bâtisse de granit sembla implorer la pitié. Sur les panneaux d'aggloméré, les vis se mirent à sauter, une à une. La poutre faîtière couina et pleurnicha à fendre l'âme. Sous les yeux des trois hommes, les murs entamèrent une danse du ventre, se gondolant, se creusant, se bombant et, dans la cuisine, toutes les étagères se détachèrent des cloisons. Sur le carrelage, les pots et les bouteilles, les assiettes, les plats et les saladiers, les verres et les bocaux, tout explosa en un feu d'artifice de verre et de porcelaine brisés tandis que, d'un bloc, le réfrigérateur se coucha sur le ventre, au centre de la pièce.

N'écoutant que son courage, l'Africain se dressa alors, au plus fort de l'ouragan, et progressa au milieu des décombres afin d'atteindre la grande baie vitrée du séjour. Si les panneaux de bois sautaient, ce serait tout le manoir qui se retrouverait ouvert aux mille vents et qui ne tarderait pas à être éparpillé sur des centaines de mètres à la ronde. Lorsque le colosse atteignit enfin les agglomérés, ceux-ci se gonflaient et se dégonflaient de façon anarchique sous les coups de boutoir de la tempête. Aussitôt, les bras grands ouverts, ce titan se plaqua contre ce cœur désordonné qui battait la chamade et menaçait d'exploser. Là, au plus près de la douleur vive d'Isla Negra, l'Africain ressentit le besoin impérieux de s'adresser au manoir comme il l'aurait fait avec un mourant. Sans cesser de peser de tout son poids d'Hercule pour répondre aux gifles qui s'abattaient de toutes parts, il lui parla. Ce qu'il lui dit resta à jamais entre eux. Lui murmura-t-il des mots d'amour et de tendresse ? Pleura-t-il pour tenter d'apaiser sa douleur ? Se hasarda-t-il dans des formules rassurantes, bienveillantes, alors que la mort rôdait et semblait sur le point d'emporter la victoire ? Personne ne le sut ni ne le saura jamais.

Voyant l'Africain ne plus faire qu'un avec le manoir, Georges fut lui aussi saisi par un besoin impérieux qu'il ne s'expliqua pas. Avançant à quatre pattes dans le séjour, il se glissa de son mieux entre les meubles renversés. Au milieu du vacarme, il parvint au pied du monumental portrait de Frida Kahlo, où il réussit au prix de mille efforts à se dresser sur ses genoux. Alors, les bras ouverts lui aussi, il plaqua ses mains d'étrangleur sur la toile qui prenait des airs de possédée, emportée dans une sarabande de Saint-Guy. Elle claquait sur le mur, le griffait, tentait d'arracher les cimaises. C'était à croire que le tableau s'était mis à vivre de sa vie propre, et le Pouilleux sut que, si la gravure s'envolait, si elle abandonnait Isla Negra, le manoir n'aurait plus de raison suffisante pour continuer à exister.

Saisi tout à la fois par l'indignation et une sainte colère, l'Argentin de Carcassonne se mit à hurler à pleins poumons, les yeux rivés sur ceux de la Mexicaine, qui semblait prendre un malin plaisir à traverser cet épisode : « Putain de saloperie ! Tu restes ici ! Tu bouges pas ! Si tu t'envoles, ce sera avec moi ! Et si tu meurs, je te tue ! »

Combien de temps les deux hommes demeurèrent-ils ainsi, crucifiés ? Après cet épisode, bien sûr, les médias et la préfecture donnèrent des chiffres. Des heures, des minutes, des secondes. Dans la bataille que l'Africain et Georges menèrent, cela fut trop. Ou trop peu. Ils n'y trouvèrent jamais leur compte. Quant à Jonas, il attendit que les vents décidassent de repartir vers le large. Lorsque le sable revint se poser sur la falaise dunaire, il observa longuement les silhouettes de ses amis agrippées à la baie vitrée et au tableau. Il y avait dans leurs postures, à la fois magnifiques et grotesques, toute la tragédie qui palpitait dans les motifs du Christ de la douleur tels que les peignaient Goya, Vélasquez ou Zurbarán. Avec mille difficultés, il se mit à son tour debout. Après avoir jeté un regard circulaire sur le séjour sens dessus dessous, il posa ses poings sur ses hanches. Puis, d'un ton où perlaient tout à la fois la gratitude et l'agacement, il grogna : « Eh alors ? Qu'est-ce que vous croyez ? Que c'est moi qui vais tout ranger ? »

La ville fut totalement épargnée par la tempête qui s'abattit sur Isla Negra. Bien sûr, les vents soufflèrent avec plus de vigueur qu'à l'ordinaire. Les serveurs du Barbotine durent replier en toute hâte les parasols qui menaçaient de s'envoler. Les rues se vidèrent, elles aussi, en moins de temps qu'il n'en fallut pour le dire. Au creux du petit port, les marins resserrèrent les drisses des barques et des voiliers. Ils doublèrent et triplèrent les défenses de caoutchouc qui bardaient les flancs des bateaux à moteur. Puis, ils attendirent avec une patience mâtinée de fatalisme que la nature jouât sa partition. Ici, l'on avait l'habitude des coups de tabac.

Charles Dutilleux, pour sa part, vécut l'épisode avec une rage que rien ne parvint à calmer. Son petit bout de France allait voir se déconstruire en quelques instants ce que des dizaines d'ouvriers et d'engins de chantier avaient mis des jours à créer. Il faudrait, encore et encore, rebâtir, s'entêter à vouloir gagner sur la mer. Toutefois, dès qu'il comprit que, en guise de tsunami, il ne s'agissait que d'une tornade – et que cette tornade avait choisi de se concentrer sur le manoir, à quelques kilomètres de son bunker –, il soupira d'aise. Afin de profiter du spectacle qui se déroulait dans le lointain, il s'installa le plus commodément du monde dans l'un des transats situés sur sa terrasse et s'offrit même le luxe d'un Cohiba Behike 56. Il détestait fumer le cigare, mais il en aimait le rituel. Sous le ciel perclus d'éclairs et boursouflé de nuages, il ne bouda pas son plaisir.

Le dernier voyage qu'il avait effectué à Paris avait été couronné de succès. La vente de son petit immeuble dans le sixième arrondissement lui avait rapporté plus d'argent que prévu. Sitôt la promesse de vente signée, il avait loué une berline et roulé jusque dans les faubourgs de Lille. Là, les négociations avec des directeurs commerciaux avaient été plus âpres. Il avait dû marchander pied à pied afin que les unités dont il avait besoin pour réaliser son plan soient disponibles au plus vite. En maquignons avisés, les responsables avaient fait monter les enchères, et Charles Dutilleux n'avait pu qu'accepter les conditions imposées par les fournisseurs. En d'autres temps, il aurait claqué la porte et les aurait laissés mariner avant de revenir à la charge. Mais il était pressé. Là-bas, au bout du cap, Isla

Negra et son Jonas de tous les diables le regardaient de haut. Il avait donc payé, rubis sur l'ongle, et il était rentré au plus vite afin de parachever son grand œuvre. Il l'avait promis devant le conseil municipal. Il tiendrait sa promesse. Dieu lui-même confortait l'homme d'affaires dans ses certitudes en choisissant cette falaise dunaire pour déchaîner ses éléments. Oui, il était du bon côté. Le Fêlé n'en avait plus pour longtemps.

Après avoir aspiré une bouffée de son Cohiba qui le porta à la lisière de la nausée, Charles Dutilleux se rengorgea. Le lendemain, les unités seraient là. Les travaux qu'il projetait – qui s'avéreraient bien plus efficaces que tous ceux entrepris jusqu'alors – mettraient à bas ce manoir qu'il détestait avec passion. Cela prendrait plusieurs semaines, mais cette attente, il en était persuadé, n'en serait que plus jouissive. Bientôt, ce serait son bunker à lui qui dominerait la Province. La falaise haïe ne serait plus qu'un simple tas de sable. Jonas en mourrait. Ça n'était pas son problème. Quant aux frais exorbitants engagés dans cette opération, ils seraient amplement remboursés. Dès que la préfecture aurait fait sortir Isla Negra de la zone de protection régentée par la loi littoral, il ferait fleurir un programme immobilier de haut standing. Les investisseurs accourraient. Le tour serait joué.

« Chichou, viens voir un peu comme c'est beau, ce cyclone ! Par l'autre fenêtre, on voit mieux ! Chichou ? Où es-tu ? Chichou ? »

Face à la fenêtre qui dominait un centre-ville déserté, Mérope haussa les épaules. Chichou ne viendrait pas. Lasse, elle décida d'abandonner son poste et de se retirer dans son dressing. Dès qu'elle le pouvait, elle s'y rendait comme en retraite. Là, dans la solitude la plus absolue, elle se sentait enfin chez elle. Les rares visiteurs qui avaient eu l'honneur d'y pénétrer avaient tous été unanimes : il ne s'agissait ni d'un dressing ni d'un vulgaire vestiaire. Sur une surface d'environ quarante mètres carrés, la pièce donnait l'impression d'être un magasin de luxe, un hall d'exposition qui regorgeait d'articles. Aux quatre murs, des étagères en bois précieux sur mesure alignaient avec une régularité implacable des niches conçues pour accueillir des paires de chaussures. Il y en avait des centaines – Mérope n'avait jamais réussi à tenir le compte. Bottes, cuissardes, ballerines légères, escarpins, mocassins, sages salomés, vernis plats, talons aiguilles menaçants, baskets ornées à sa demande, *huaraches* mexicaines, demi-pointes pour danse contemporaine, bottines, tongs, *avarcas* des îles Baléares, tropéziennes dorées et serties de pierres clinquantes. Au garde-à-vous dans leurs carrés de bois, toutes ces chaussures semblaient vous guetter, prêtes à vous sauter à la gorge.

Au creux de l'une des multiples penderies – que l'architecte avait cru bon d'équiper d'un manège électrique –, mille tenues attendaient le bon vouloir de Mérope. Cuir, soie, coton, laine, cachemire, chanvre, lin, synthétique, corde ou même métal, certaines partiellement usées, d'autres vierges de tout essayage, ces pièces faisaient la joie enfantine de la jeune femme. Lorsqu'elle était seule, elle passait des heures à se vêtir et à se dévêtir, à faire des mines dans le grand miroir rétroéclairé qu'elle avait fait poser sur l'une des cloisons. Là, toute à sa rêverie, elle pouvait quitter son personnage, oublier ses seins, ses lèvres, ses rides effacées. Elle se travestissait en Gitane de la ceinture rouge de Paris, en fée, en Shéhérazade d'opérette ou en putain des bas quartiers de la rade, le visage entièrement recouvert d'un maquillage outrancier et racoleur. Elle n'était plus Mérope, la fille de la pocharde devenue l'épouse du très respectable Charles Dutilleux. Elle était une gamine ingénue ou une femme d'affaires qui chaussait de sévères lunettes d'écaille, une héroïne de la grande Histoire, une résistante portant le béret, une combattante de l'ombre qui avait dessiné au crayon gras les coutures de bas imaginaires sur ses mollets. Elle incarnait une religieuse oubliée par Dieu, une exploratrice perdue, une actrice acclamée par le Tout-Hollywood. Elle s'inventait et se réinventait sans cesse, se saoulait au contact de tous ces vêtements, montait en amazone sur une étoile, et peu lui importait de savoir quels étaient les buts de ces voyages immobiles. Ils suffisaient à son bonheur. L'espace de quelques heures, elle était une autre.

Charles Dutilleux savait tout de ces séances. À plusieurs reprises, il avait collé son oreille contre le bois de la porte. Par bribes, il avait saisi quelques mots, quelques exclamations, quelques rires. Quelques pleurs aussi. Il en avait souri de plaisir. Mémé était une bonne fille. Pas très futée, certes. Mais c'était un bon cheval. Elle ne se plaignait jamais. Parlait peu. N'entretenait pas le moindre avis ou le gardait pour elle seule. Et elle savait battre des mains pour exprimer sa reconnaissance lorsqu'il lui rapportait des cadeaux que, du reste, elle n'utilisait pour la plupart jamais. Elle était polie et respectueuse. Cela excusait largement cette petite lubie qu'elle avait prise de jouer dans son dressing.

En revanche, ce que l'entrepreneur ignorait, c'était que Mérope possédait, dans le fin fond de l'une de ses penderies, une cachette secrète. Dans le double-fond du caisson à manège électrique, elle avait aménagé un petit renfoncement de la taille d'une boîte à chaussures, connu d'elle seule. Là, elle serrait des objets, des lettres, des papiers. Lorsque la tristesse, sans prévenir, l'accablait, elle allait retrouver son trésor. Avec des gestes empreints de gravité, elle ouvrait le double-fond et en retirait, un à un, ces éléments dénués pour tout un chacun de valeur. Pour Mérope, en revanche, ceux-ci étaient uniques. Ce jour-là, pendant que le cyclone s'abattait sur

Isla Negra, elle y déposa avec un soin cérémonieux la carte postale délavée de Tahiti qu'elle avait subtilisée chez Gaïa. Elle n'avait eu aucune raison pour commettre ce larcin. Mais les Chinoises de Tahiti, sur la photo, étaient jeunes et belles, rayonnantes de bonheur dans ce décor paradisiaque. Aujourd'hui, elles devaient être mortes ou affreusement vieilles. Plus personne ne devait se souvenir d'elles. Et cette seule pensée avait suffi à l'inciter à voler cette gravure. Si elle les oubliait, elle aussi, ces femmes seraient mortes pour tout le monde. Cela, elle ne pouvait l'accepter.

« Mémé ? Bon Dieu ! La baraque du Fêlé va s'envoler ! Viens ! Tu vas manquer le plus beau ! C'est d'ici qu'on voit le mieux ! »

Sur la terrasse, le Cohiba venait de geler sa braise éteinte dans le cendrier de cristal. La température avait subitement fraîchi de plusieurs degrés. Charles Dutilleux frissonna alors de la plus désagréable des façons. Comme il allait crier à nouveau pour faire venir à lui son épouse, il avisa tout en bas la silhouette toujours digne de Gaïa qui, appuyée sur sa canne, rejoignait le Barbotine. Dans les bourrasques, la vieille s'était immobilisée. Puis, elle s'était retournée avec lenteur en direction du bunker. Juste à temps pour apercevoir Charles Dutilleux qui tentait de se dissimuler à sa vue.

| 10 |

« ET TA CABANE À ROULETTES ? Elle est toujours là ?

– Quoi ? Mon château sur le sable ?

– Ton trou à rats, si tu préfères ?

– Les vents n'en ont pas voulu.

– Ça veut dire qu'ils ont bon goût.

– Peut-être. Je suis allé y faire un tour avec l'Africain. Tout est en place, ou presque. En revanche, Isla Negra… »

Sans vouloir en dire plus, Georges avait ôté et éteint la lampe qu'il portait au front. Puis, il avait tiré de sa poche sa blague à tabac et commencé à se rouler un tortillon de papier avec quelques pincées de blond, tout en se demandant comment il allait apprendre la nouvelle à Jonas. Dès que les vents s'étaient calmés, il était sorti et avait effectué une rapide tournée d'inspection du manoir. Celui-ci était dans un sale état. Si les bourrasques n'avaient dispersé que quelques rangées de tuiles dans les dunes environnantes, elles s'étaient en revanche acharnées sur la base de la maison. Jusque-là bien plantée dans le sable, bordée par la dune, Isla Negra avait par le passé résisté à tout. Avec cette tempête, elle avait dû rendre les armes. Désormais, le manoir donnait la sensation douloureuse de n'être plus qu'une dent déchaussée sur le point d'être arrachée à la prochaine brise. Sans grande difficulté, l'Argentin de Carcassonne avait glissé la moitié de son corps maigre sous la dalle de la cave. Le faisceau jaune de sa lampe avait balayé les fondations. Elles étaient massives et solides. Le cube de granit, conçu pour durer, tenait bon. Hélas, à cette heure, le vent pouvait jouer aux quatre coins entre les murs maîtres. Il rebondissait en sifflant de l'un à l'autre, emportant à chaque fois une poignée de sable ici, un plein seau là.

Pendant que Georges mettait le feu à sa cigarette, Jonas le relança de son habituelle voix bourrue et mal embouchée : « Quoi, Isla Negra ? Qu'est-ce que tu veux me dire ? Que ta carriole sans roues n'a rien et que ma maison, elle, elle va foutre le camp ?

– C'est une possibilité.

– Ton boui-boui est à cent mètres d'ici et tu prétends que, lui, il n'aurait rien eu et que mon manoir, en revanche, serait sur le point de partir en sucette ? T'as trop bu.

– Pas la moindre goutte.

– T'as trop bu, je te dis. Isla Negra sera encore là que, nous, on mangera depuis longtemps les pissenlits par la racine.

– Les pissenlits ou les roseaux, c'est comme tu veux. Mais je sais ce que j'ai vu.

– Tu n'as rien vu du tout et t'as trop bu, ivrogne !

– Non. Mais maintenant que t'en parles, je boirais bien quelque chose. »

Quelques minutes plus tard, les deux hommes sirotaient un verre de pineau des Charentes tiède, tiré de l'une des rares bouteilles que la tempête n'avait pas transformées en charpie. Si Jonas avait retrouvé sa place dans le canapé, jonché d'éclats et de débris divers, Georges s'était calé de son mieux contre l'un des panneaux en aggloméré de la baie qui avaient résisté au cyclone. Le premier verre fut pour la soif. Le deuxième pour dire merci au sort qui les avait épargnés. À partir du troisième nectar concocté par la vieille maison Landreau, la paix revint se poser sur Isla Negra. Les yeux baissés, l'Argentin de Carcassonne évitait de regarder autour de lui. Dans la nuit que n'éclairait qu'une chandelle qui émettait en brûlant de petits bruits de succion, le séjour semblait être passé au laminoir. Plus rien ne tenait, tout partait en quenouille. Une chatte n'y aurait pas retrouvé ses petits. Beaucoup de meubles et de bibelots finiraient à la benne. Remplacés par d'autres. Ou pas. Mais avec l'Africain, ils auraient tôt fait de remettre les choses en l'état.

Ce qui contrariait vraiment le Pouilleux se résumait à deux raisons précises. La première tenait dans le tableau de Frida Kahlo. Les efforts que Georges avait déployés n'avaient pas été vains puisqu'il était toujours en place. Constellé de taches et râpé par endroits à cause des gifles de sable, certes. Mais il était là. Sauf que les yeux de la Mexicaine semblaient s'être encore obscurcis. Dans la flamme tremblotante de la bougie, il n'était plus question de chercher à deviner l'once noire, le colibri mort, les papillons versicolores. Même le singe songeur ne s'épouillait plus, sans doute terrorisé par le vacarme qui s'était abattu sur Isla Negra. De la toile, il ne restait plus que les deux yeux tristes de l'artiste qui vous fouillaient l'âme et le cœur, à la recherche de réconfort. Quant à l'autre raison, elle n'avait rien à voir avec le paysage de désolation qui entourait Georges. Tel un animal, il sentait les choses. Et tous les pores de sa peau l'avertissaient qu'il était assis sur une illusion, un plancher qui ne tenait à l'équerre que par un miracle connu de lui seul. Le manoir vivait, selon toute vraisemblance, ses derniers jours. Au mieux, ses dernières semaines. Mais le bâtiment, que la folie d'un Anglais avait fait ériger sur la plus haute dune de sable de la

Province, était mourant. Demain, il devrait annoncer à son propriétaire que la maison avait commencé à glisser vers la plage et que rien, sinon un miracle, ne s'opposerait à cette dégringolade lente et irrémédiable.

De son côté, le Vieux semblait étranger à toute cette affaire. Près de lui, deux autres bouteilles de pineau avaient compris qu'elles ne passeraient pas la nuit. L'étiquette de l'une d'elles, décollée, lâchait parfois dans la brise quelques frissons funèbres. Puis, elle se taisait aussitôt, résignée. Sous son masque de rides, Jonas savait lui aussi qu'il était assis sur une bête agonisante. Mais il ne voulait pas y penser. Encore moins en parler. La réalité viendrait assez tôt s'imposer d'elle-même. En attendant, la baraque tenait. Et le vin était bon. Pas assez frais, mais bon.

De sa voix ébréchée, que l'alcool rendait plus grave qu'à l'accoutumée, il questionna : « Et en ville ? Y a des dégâts ?

– Si j'en crois la radio, a priori, il n'y a rien.

– Tant pis. »

Dans le séjour, les deux mots avaient mis un temps fou avant de s'évaporer complètement. Ils ne s'étaient effacés qu'à regret dans cette poche que seul troublait le ressac montant par bouffées nerveuses de la mer.

Comme cela ne lui suffisait pas, le Vieux répéta : « Tant pis…

– Pourquoi tu dis ça ?

– Pourquoi je ne le dirais pas ? Je ne suis peut-être qu'une vieille bête, mais j'ai le droit de dire tant pis. Je sais bien ce qu'ils disent de nous, en bas.

– En ville ? Qu'est-ce que ça peut te faire ? Ça les promène un peu.

– Ils disent que je suis fêlé. Que tu n'es qu'un pouilleux. Quant à l'Africain, ces peigne-culs l'appellent Bamboula.

– Et alors ?

– Alors, ça ne m'aurait pas déplu que tous ces abrutis aient les pieds dans l'eau. Ça leur aurait peut-être un peu fermé le claque-merde qui leur sert de bouche. »

Avec un soupir, Jonas emplit à nouveau les deux verres. Avant de porter le sien à ses lèvres, il poursuivit : « Ça aurait quand même eu de la gueule, non ?

– Quoi donc ?

– Qu'une grande et belle vague monte du large. Mais attention, *compadre*, je ne te parle pas d'une vaguelette. Moi, ce que je te dis, c'est la grande, l'immense. Haute comme… Tiens ! Haute comme les murailles de ton château de Carcassonne ! Un mur d'eau où les vagues se donneraient la main, de l'est à l'ouest, et qui hurlerait comme mille chevaux ! Comme un milliard de chevaux, même !

– Tu déparles… »

Tout à sa vision d'apocalypse, le Vieux essuya avec fébrilité un peu de vin sur ses lèvres. Puis, il embraya, les yeux fixés dans le vide : « Tu vois ça, dis ? Tu le vois ? Une muraille qui se serait mise en marche, toute bouillonnante de colère et d'indignation ? Elle se serait abattue là, juste ici. Dans un fracas de bombe atomique ! Elle aurait éclaté sur la plage, sur la ville et jusque loin dans les terres ! En quelques minutes, elle aurait balayé toute la saloperie humaine. Elle aurait nettoyé de la surface du globe tous les mesquins, les pisse-froid, les têtes de nœud, les rêve-petit ! Zac !

– Et après ?

– Quoi, après ? Après, il y aurait eu le ressac, la belle affaire ! La vague aurait emporté avec elle tous ces médiocres, ces empêcheurs de rêver en rond. Fini les besogneux de l'inutile, les petits escrocs du quotidien. Et terminé aussi leurs victimes, leurs souffre-douleur. Ceux-là, ce sont les pires. Ils n'ont pas d'excuse. Ils se laissent tondre l'humanité sur le dos, sans broncher. Et, comme si ça ne leur suffisait pas, ils disent merci. »

L'Argentin de Carcassonne, rompu aux monologues du Vieux, catapulta avec élégance son mégot au pied du tableau de Frida. Tout en recrachant un ultime nuage de fumée, il osa : « C'est donc ça que tu regardes avec ta longue-vue, depuis ton pigeonnier ? »

Avec un haussement d'épaules nerveux signifiant son mépris le plus profond, Jonas bougonna : « Qu'est-ce que ça peut te foutre, méchant macaque ? Ça ou autre chose, j'ai quand même bien le droit de regarder ce que je veux, non ?

– Tu as tous les droits, jeune homme. Même celui d'imaginer que la fin du monde est pour demain.

– Je n'imagine rien, monsieur. Je devine, j'entrevois, je suppose. À la limite, je désire. Nuance. »

Comme l'ankylose commençait à lui scier les jambes, le Vieux se décala sur le bord du canapé en cuir. Tout en grattant le creux de l'une de ses joues avec les ongles de sa main, il ajouta : « Mais ne te méprends pas. Je n'ai rien contre l'humanité.

– C'est pourtant bien imité.

– C'est juste que j'en ai assez de ce gâchis. J'en ai soupé. Jusqu'à la nausée. Si je regarde de l'autre côté de la ligne d'horizon, ce n'est pas pour savoir ce qu'il y a, là-bas. C'est surtout pour ne plus voir ce qu'il y a encore ici. »

Sur ces mots, Jonas réussit à se déplier. Les bras croisés sur sa poitrine, il considéra son ami avec un sourire. Puis, il lui lança : « Pour ce qui est de la ligne d'horizon, je te dirai un jour ce que j'attends. Mais, d'ici là, ne va pas t'imaginer des folies, comme les autres.

– Je n'imagine rien.

– Mais si ! Je vois bien que ça te travaille.

– Je te jure que je…

– Tu te demandes ce que j'attends et je ne te le dirai pas. Pas ce soir. Mais je suis comme les autres, ni plus ni moins. On attend tous quelque chose. On espère tous que quelque chose va se produire qui va remuer notre existence, qui va nous désennuyer un peu. Qui va nous dire enfin pourquoi on est sur cette terre. La cause. La raison, merde ! Tu vois, je n'ai rien de rare, *compadre*. J'attends. Comme toi. Comme l'Africain. Comme tous les cons de la ville qui attendent peut-être encore plus que nous. Mais, eux, ils ne savent pas encore qu'ils attendent. »

Après un profond bâillement, Jonas lâcha : « Ce soir, tu dors ici. Sur la plage, tu ne seras pas bien. Et tu irais encore te plaindre partout que je t'ai laissé dehors, espèce de Gitan à la manque.

– Le Gitan t'emmerde. Il t'emmerde voluptueusement, certes. Mais il t'emmerde. Et sache que le Gitan te remercie également pour ton hospitalité, vieux fou.

– Je te remercie et je t'emmerde aussi, ne t'inquiète pas. »

Pendant qu'il s'éloignait en tirant derrière lui sa patte morte, Georges s'amusa, dans un sourire : « Et demain, n'oublie pas de compter tes poules ! Vieux *palhaço** !

– Je le ferai ! Gentil n'a qu'un œil ! Bonne nuit à toi aussi, escroc ! »

Avant de disparaître dans l'escalier, le Vieux conclut : « Ne t'en fais pas : si aucune vague ne veut de nous, c'est nous qui irons à sa rencontre. Et je sais ce que je dis, n'oublie pas ça. Ce jour-là, je te promets une cuite ininterrompue avec les meilleurs vins du monde. On se saoulera à en crever de joie. Et on fumera des Montecristo longs comme le bras. C'est vrai que t'as le bec en zinc et que ce

* Clown.

sera comme de la confiture de rose donnée aux cochons. Mais je n'ai pas envie de boire ni de partir seul. Allez, sale bête. La bonne nuit, quand même… »

Le lendemain, le Pouilleux usa de mille stratagèmes afin de convaincre Jonas de sortir d'Isla Negra. Cela faisait des années qu'il n'avait pas franchi la porte de son jardinet, aussi les deux amis avancèrent à pas lents. Partout où ils posèrent les yeux, tout n'était que désolation. Les pierres plates figurant le chemin avaient été descellées et se chevauchaient maintenant dans des postures grotesques. Des quelques plantes halophiles qui avaient élu domicile dans le sable, il ne restait plus rien. Côté nord, les volets avaient sauté et volé à plusieurs dizaines de mètres de la bâtisse. Seul le vieux coq rouillé, planté sur le toit, avait tenu bon. Il ne tournait plus, son axe avait été tordu. Mais il restait là, stoïque, solitaire, inutile.

Dans le jour cru, le dos tourné à la mer, les deux compères se figèrent pendant de longues minutes, debout et silencieux, les mains jointes sur le ventre. Face à eux, Isla Negra ne se dressait plus que par miracle et ses fondations semblaient par endroits étrangères à la dune. Durant la nuit, le vent avait poursuivi son travail de sape. L'orifice par lequel l'Argentin de Carcassonne s'était glissé bâillait à présent et, sans trop se baisser, un homme pouvait pénétrer entre les fondations du bâtiment. Bien que de granit, de poutres de fer, de mortier et de chaux aérienne, la maison semblait frappée de maladie. À cause des ombres portées qui se mêlaient à celles, plus douces, des mamelons de sable, l'on pensait immédiatement de ce cube qu'il n'était ni plus ni moins qu'un morceau de bois flotté, un dé qui aurait traversé les mers, patiemment érodé et limé par le sel. Puis, fatigué de courir le monde, il se serait échoué là.

Alors que Georges essayait, toujours sans succès, de trouver quelques mots, une formule de réconfort qui s'entêtait à se dérober à son esprit, une voix monta soudain :

« Monsieur Jonas ? Monsieur Jonas Jonas ? »

Le Vieux s'ébroua. Avec sa gueule des mauvais jours, il planta son Pouilleux et, du plus vite qu'il le put, remonta en direction du jardinet. Sous ses pas, le sable giclait tandis que l'appel se répétait :

« Monsieur Jonas Jonas ? Vous êtes là ? Monsieur Jonas ? »

Moins d'une minute plus tard, lorsque Georges remonta à son tour, il ne put réprimer un sourire. Dans des costumes anthracite parfaitement semblables, également étranglés par des cravates sombres, les mains levées au-dessus de leurs visages incrédules, se tenaient deux hommes, dont l'un portait un dossier volumineux retenu à grand-peine par un élastique. Face à eux, le Baïkal semi-automatique serré à la hanche, le Vieux les tenait en joue. À cet instant, comme un pied de nez tragique et cocasse à la fois, le coq trouva le moyen de grincer sur ce qu'il lui restait d'axe, émettant un miaulement lugubre qui ajouta encore à la tension.

L'un des deux visiteurs, en voyant approcher le Pouilleux, s'étrangla alors :

« Monsieur, vous tombez bien ! Pourriez-vous dire à votre ami de baisser son arme, s'il vous plaît ? Ce n'est pas prudent, tout de même !

– Surtout qu'elle est limée…

– Pardon ? »

Après avoir rallumé sa cigarette, Georges prit le temps d'expliquer :

« Je dis que c'est d'autant moins prudent que le Vieux a limé la gâchette. Pour qu'elle soit plus sensible. Ça peut partir comme un rien. »

Honoré Whale, l'aîné, déglutit avec difficulté. Puis il reprit, s'adressant cette fois au propriétaire des lieux :

« Monsieur, soyez raisonnable. Nous nous connaissons, voyons ! Et nous ne sommes là que pour une notification. Il n'y a pas mort d'homme ! »

Sans quitter sa cible des yeux, Jonas répliqua :

« Pas encore.

– Pardon ?

– Il n'y a pas encore eu mort d'hommes. Mais mon ami a raison. J'ai limé la gâchette. Et, avec l'âge, je ne sens plus aussi bien mes doigts qu'avant…

– Monsieur Jonas !

– Si j'étais vous, je reprendrais ma voiture et je filerais d'ici… »

Le Vieux n'aurait pas fait de mal à une mouche. Georges le savait. Cependant, avec une jouissance sourde, il laissa les deux pantins mijoter dans leur trouille. Lorsqu'il s'aperçut que le plus jeune des deux était sur le point de tourner de l'œil, il reprit sa marche lente en direction de la porte d'entrée.

Quand il passa près de Jonas, il lui glissa, à voix basse :

« Tu aurais pu le charger. Ça aurait fait plus sérieux. »

Sur le même ton de la confidence étouffée, celui-ci répondit :

« Je sais. Mais je n'ai jamais acheté les cartouches… »

Quelques instants plus tard, les quatre hommes sirotaient un verre de rosé tiré d'un BIB rescapé de la nuit de cauchemar. Debout près de la porte, ayant recouvré tout l'aplomb nécessaire qu'imposait sa charge, Honoré Whale prit le temps nécessaire à faire rouler sur sa langue le liquide tiédasse.

Puis, en visiteur parfaitement courtois, il ponctua son examen œnologique par :

« Il n'est pas merveilleux-merveilleux. Mais il se laisse boire. »

Le fusil maintenant passé à l'épaule, Jonas haussa un sourcil et objecta :

« Vous êtes un huissier bien éduqué. Mais sans glaçons, c'est quand même de la pisse d'âne.

– Vous exagérez !

– Pas le moins du monde. De la pisse d'âne… Mais je suppose que vous n'êtes pas montés jusqu'ici pour boire un verre. Alors ? »

Subitement rappelé à son devoir, Honoré Whale effaça dans l'instant son sourire de son visage glabre. Sur le ton de l'excuse, il expliqua alors, d'une voix pateline et pourtant sincère :

« Vous savez bien ce que c'est, monsieur Jonas. Les mauvaises nouvelles, nous ne faisons que les apporter et…

– Et ce n'est pas vous qui les écrivez, le coupa aussitôt le Vieux. Vous voyez que j'ai bien retenu ma leçon. Alors ? »

Après avoir échangé un coup d'œil craintif avec son associé, l'officier de justice se lança et bredouilla :

« C'est une notification. Une notification de plus, vous allez me dire. Mais non.

– Non, quoi ?

– Celle-ci, c'est la dernière avant que…

– Avant que quoi ?

– Vous savez bien… La prochaine fois, on ne viendra pas seuls.

– Et vous viendrez avec qui ? »

Honoré Whale glissa son index entre son col de chemise et son cou. Puis, il lâcha à voix basse :

« La prochaine fois, il y aura la police.
– Et alors ?
– La police nationale, monsieur Jonas. Ils vous forceront à partir. *Manu militari*, comme précisé dans l'article…
– Non.
– Pardon ? »
Toujours de la même voix étale, Jonas reprit en main son Baïkal et répéta :
« J'ai dit non.
– Mais c'est la loi, monsieur Jonas !
– Quelle loi ?
– L'administration judiciaire vous a fait une proposition de conciliation à laquelle vous n'avez pas…
– Merde.
– Monsieur Jonas ! »
Fatigué par la tournure qu'avait pris la discussion, le Vieux posa son verre de vin sur le rebord de la fenêtre de la cuisine. Puis, il mit à nouveau en joue les huissiers et s'obstina :
« Moi vivant, personne ne me prendra Isla Negra. Vous m'avez bien compris ? »
Décollant une fesse du banc de pierre renversé où il avait pris place, Dylan Whales tenta d'intervenir. De sa voix fluette et haut perchée, il confirma les dires de son associé :
« Monsieur Jonas, la loi, c'est la loi… Et après la tempête de cette nuit, ne serait-il pas prudent que vous… »
Aussitôt, le Vieux plaqua le canon de son semi-automatique sur le front de l'huissier et grinça :
« Toi aussi, tu la fermes. Ou plutôt : toi d'abord, tu la fermes. Je suis chez moi, vous m'entendez ? Chez moi. Et au premier képi qui se promène dans le paysage, je fais un carton.

– Monsieur Jo…

– Mais nom de Dieu de nom de Dieu de pute vierge ! Vous ne pourriez pas me foutre un peu la paix, non ? »

Les mains levées au ciel, renversant au passage une bonne partie de son rosé sur l'une de ses épaules, Dylan Whales couina :

« Mais nous, on est venus vous avertir, c'est notre travail ! Je dirais même mieux : nous sommes venus vous rendre service !

– Me rendre service ? Mais quel service ? Me foutre dehors ? C'est ça que vous appelez un service ?

– La police nationale, monsieur Jonas… Ils ne sont pas d'ici, quoi. Tandis que vous, oui.

– Eh bien ?

– Quand la police nationale viendra… Il ne faudrait pas qu'elle trouve…

– Qu'elle trouve quoi ? »

L'officier de justice désigna d'un mouvement tremblant du menton le sol sur lequel reposait Isla Negra. Puis, il murmura :

« Vous savez bien… À la cave. Ce n'est un secret pour personne, dans la Province. »

Pendant qu'Honoré Whale blêmissait de la bêtise de son cadet, et que Georges s'ouvrait d'un large sourire, Jonas marqua un temps d'arrêt. Puis, les yeux écarquillés par la stupéfaction, il finit par s'exclamer :

« La cave ? Vous voulez dire… Le cadavre de ma femme ? C'est ça ?

– Oui, votre femme. Ou vos femmes. Enfin, ça dépend de ce qu'il y a là-dessous.

– Parce que vous croyez vraiment que… Vous pensez sérieusement que j'ai tué ma femme et que je l'ai enterrée là ?

– Tuée, je ne l'ai certainement pas dit. Un homme reste innocent tant que la preuve de sa culpabilité n'a pas été produite, n'est-ce pas ? Mais enterrée… Notez bien que ce que j'en dis, c'est ce que toute la Province en dit, monsieur Jonas. Moi, je n'invente rien. Je n'oserais pas.

– Et qu'est-ce qu'elle dit d'autre, la Province ? »

Malgré les regards suppliants que s'entêtait à lui lancer son aîné, Dylan Whales poursuivit, heureux d'être au centre de la discussion :

« Ma foi… Il se raconte que votre dame y est. Mais aussi toutes celles qui ont suivi. Je ne sais pas combien exactement, mais c'est ce qu'il se dit…

– Et si ça se dit, c'est que ça doit être vrai, c'est ça ?

– Dame… Vous savez, il n'y a pas de fumée sans feu. Dans notre métier, on en voit de toutes les couleurs. Des vertes et des pas mûres. C'est la profession qui veut ça. On voit de tout, je vous dis.

– Justement.

– Justement, quoi ?

– Vous êtes venus pour voir ? Alors, vous allez voir !

– Mais que… »

Lui coupant la parole d'autorité, le Vieux fit pivoter l'huissier à la voix de crécelle d'un demi-tour sur lui-même. Puis, il cala le canon de son calibre entre ses deux omoplates et brailla :

« Puisque vous voulez absolument la voir, je vais vous la présenter !

– De qui parlez-vous ?

– Mais de ma femme ! De qui d'autre ?

– Monsieur Jonas…

– Avance ! Après la tempête de cette nuit, je pense qu'on risque d'avoir des surprises. Il se pourrait même qu'on ne la retrouve que petit bout par petit bout. Mais ce sera déjà ça…

– Monsieur Jonas !

– Avance, je te dis ! Tu voulais la voir ? Tu vas être servi ! »

| 11 |

Le jour dit, conformément aux engagements de ses fournisseurs lillois, les unités tant attendues par Charles Dutilleux arrivèrent en vue du petit port de la ville. Dès qu'il fut prévenu, l'homme d'affaires abandonna séance tenante le dossier de défiscalisation immobilière sur lequel il travaillait sans entrain depuis les premières heures du matin. Il enfila sa gabardine coton et cuir, avala les escaliers, pesta contre l'Africain qui ne lui ouvrit pas assez vite les portes du garage. Afin de faire une entrée remarquée sur le port, il choisit sa Lamborghini Huracán couleur argent. Ce pur-sang de puissance et de technologie posait son homme. Il fallait bien cela pour faire honneur aux trois bateaux qui allaient transformer son cauchemar en délivrance. Charles en avait la certitude : l'opération ne mettrait pas plus de quatre à six semaines avant de porter ses fruits. Peut-être même moins, si le beau temps était de la partie et la cadence soutenue. Il faudrait compter aussi avec les courants sous-marins. Mais cela avancerait vite.

Après avoir garé son bolide en double file devant la terrasse du Barbotine, il traversa la route qui longeait le front de mer et retrouva Pascal Chancel sur la jetée, emmitouflé dans un ciré bleu marine. Sans un salut, il le dépassa, prit pied sur le pont du petit chalutier hauturier qui l'attendait et croisa les bras sur sa poitrine.

Lui emboîtant le pas et avisant la tenue élégante et soignée du promoteur, le directeur général des services techniques ne put s'empêcher de s'inquiéter : « Monsieur Dutilleux ? C'est un Burberry que vous portez là ? En cachemire ? »

Sans même le regarder, les yeux déjà fixés sur le large, Charles haussa les épaules et répliqua, avec irritation : « Qu'est-ce que ça peut vous faire ?

– Rien, monsieur Dutilleux. C'est juste qu'il ne faudrait pas que les embruns abîment votre…

– Aucune espèce d'importance, Chancel. Cap au large !

– Vous ne voulez pas que je vous trouve d'abord un caban ou une…

– Cap au large ! Vous êtes sourd ? »

Pendant que l'élu municipal rejoignait dans le cockpit le marin pêcheur et lui donnait l'ordre de cingler vers la haute mer, Charles Dutilleux se rengorgea. Dans l'odeur du mazout et de l'huile brûlés, il ne parvenait déjà plus à détacher ses yeux des trois silhouettes qui, à chaque tour d'hélice, se rapprochaient de lui. Elles étaient là, à quelques encablures à peine, ces trois unités qu'il avait louées une petite fortune. À gauche et à droite, montant la garde, deux embarcations de taille plus modeste ballottaient avec souplesse dans le bleu du ciel lavé de nuages. À leur bord, comme le lui avaient expliqué les spécialistes lillois, s'entassaient des kilomètres de tuyaux aux diamètres différents, des barges, des pieux de rechange, des pompes qui ne tarderaient pas à vrombir, des outils ainsi qu'une liste infinie d'accessoires nécessaires au bon déroulement de l'opération. La belle fête que cela allait être…

Dans le dos de Charles, la voix de Chancel finit par crier pour s'imposer dans le vacarme du diesel : « Nous allons bientôt y être, monsieur Dutilleux ! »

Agacé, celui-ci hurla en retour : « Je ne suis pas aveugle, Chancel ! Dites au capitaine d'accélérer ! Je n'ai pas toute la journée devant moi ! »

La joie de l'homme d'affaires frôlait l'extase. Évidemment, il aurait préféré avoir le *D'Artagnan*. D'abord, parce que le nom était, à lui seul, tout un programme. Le *D'Artagnan*. Ça claquait comme un coup d'épée et annonçait des victoires et des triomphes acquis avec panache aux forces du poignet et du jarret. Mais le *D'Artagnan* était trop chère – une notion difficile à comprendre pour un homme tel que lui. Les chiffres, en revanche, avaient parlé. Et Dutilleux entendait les chiffres mieux que toute autre chose, en ce monde. Face aux prétentions exorbitantes du groupe franco-belge, il avait donc dû abandonner son rêve de héros gascon. À sa place, la *Danaïs* mettait maintenant à l'ancre, en mouillage forain, avec fierté. Il s'agissait d'une drague à disque désagrégateur, un *rock cutter* d'une puissance totale de 30 000 chevaux. De la taille d'un honnête hauturier, surmonté vers la poupe d'un cockpit vitré à 360 degrés, le bâtiment présentait à sa proue, en lieu et place de la traditionnelle étrave, une fraise d'acier aux dimensions colossales. Hérissée de dents acérées, ronde et pourtant inquiétante, cette fraise avait pour principale fonction de broyer les fonds sous-marins et de transformer les roches en graviers. Ancrée sur un pieu, cette boule vrombissante désagrégeait avec autant d'efficacité que celle d'un dentiste tous les obstacles. Elle mâchait les pierres, les détruisait, les faisait exploser quelles que soient leurs résistances. Dès que la bouillie était prête, tout un système de pompes et de tuyaux recueillait celle-ci et allait la recracher ailleurs, dans un geyser tonitruant.

« Vous êtes sûr que vous ne voulez pas mon ciré, monsieur Dutilleux ? »

Ses quelques cheveux en toupet balayés par les bourrasques de mer, Charles ne lâchait plus des yeux la *Danaïs*. Avec elle, l'on ne parlerait plus de cette Isla Negra ni de ce Jonas Jonas qu'au passé. À la façon d'une motte de beurre abandonnée au plein soleil, la falaise dunaire fondrait de manière irrémédiable. Ne survivrait plus alors, dans l'inconscient collectif des populations, que le souvenir lointain d'un vieux fou qui avait rêvé de terminer ses jours dans un manoir néogothique qu'un Anglais, pour tromper l'ennui, avait eu la fantaisie de faire bâtir sur une montagne de sable.

« Alors, messieurs ? Lequel de vous deux va se décider à prendre la barre à mine, la pelle et la pioche ?

– Monsieur Jonas ! Vous n'y pensez pas !

– Mais je ne pense qu'à ça, bien au contraire !

– Je vous donne ma parole d'honneur qu'il s'agit d'un regrettable malentendu. Les mots ont dépassé la pensée de mon jeune associé et ami !

– C'est possible. Mais laissez-moi vous dire que vous choisissez bien mal, et l'un et l'autre. L'associé ne vaut pas tripette. Quant à l'ami, je vous laisse seul juge.

– J'ai fait ce que j'ai pu, monsieur Jonas. Dans la profession, on ne se bouscule pas au portillon. C'est rarement un rêve de gosse de devenir huissier. On choisit ça plutôt par défaut, vous savez… »

Le Vieux jeta un regard empli de mépris sur le petit Dylan Whales. Avec sa veste baptisée au rosé tiède et ses mains tremblantes toujours dressées au-dessus de sa tête, il avait descendu les marches qui menaient à la cave à la façon d'un condamné se rendant à l'échafaud. Dans le boyau humide, la tempête de la veille n'avait occasionné aucun dégât et la lumière avait tenu bon. En revanche, lorsque Jonas avait actionné à plusieurs reprises le commutateur de la pièce en sous-sol, rien ne s'était produit. Les plombs avaient vraisemblablement sauté et Georges avait dû remonter illico afin de mettre la main sur une lampe torche.

Pendant que, au rez-de-chaussée, l'Argentin de Carcassonne farfouillait dans le capharnaüm provoqué par le cyclone, le Vieux baissa son fusil et soupira à l'attention du plus âgé des deux huissiers : « Franchement… Votre associé est jeune. Quand on est jeune, on croit tout savoir, toujours. Ça se pardonne parfois, la bêtise. Mais vous ? Est-ce que vous me croyez capable d'avoir assassiné ma femme et de l'avoir enterrée là ? »

Dans la lumière avare de l'escalier, Honoré admit : « Bien sûr que non, monsieur Jonas. Mais, comme vous le disiez à l'instant, mon confrère a le sang chaud de la jeunesse et des idées qui galopent plus vite que sa raison. C'est de son âge de prêter foi à ce genre de fables. »

Toujours de dos, persuadé d'être encore tenu en joue, Dylan Whales bredouilla pour sa défense : « Mais c'est vous-même qui m'avez raconté cette histoire et je…

– Taisez-vous, pour l'amour de Dieu ! »

La voix exaspérée d'Honoré avait résonné entre les pierres de granit. Puis, elle reprit, partagée entre la mansuétude et la moquerie, à l'attention cette fois du propriétaire des lieux : « Il ne faut pas lui en vouloir. Il a cru à toutes ces bêtises sans penser à mal.

– Lui, je veux bien le croire. Mais vous ? Ça vous amuse de raconter des conneries pareilles ? s'étonna le Vieux.

– Dame… La vie est au final une chose bien ennuyeuse, n'est-ce pas ? Il s'y passe rarement des choses intéressantes. Alors, on parle. On invente. On extrapole et on brode. On exagère, en d'autres termes.

– Donc, vous trouvez ça normal de me faire passer pour un assassin ?

– Là n'est pas la question. D'ailleurs, qui est le plus coupable ? Celui qui raconte ou celui qui gobe ces bêtises ? Réfléchissez. Vous verrez que la réponse à cette question n'est pas aussi simple ni définitive que ce qu'il peut paraître. Les gens s'ennuient tellement qu'ils sont prêts à tout avaler, pourvu qu'ils aient à leur tour quelque chose à dire qui sorte de l'ordinaire. »

Après avoir enfoui ses mains dans les poches de son pantalon, Honoré ajouta, avec un brin de fatalisme : « Votre femme n'est pas là, monsieur Jonas. Je le sais bien. Et vous n'êtes pas plus meurtrier que moi. En plus, d'après le registre de l'état civil, vous n'avez même jamais été marié. »

Aussitôt, Jonas se raidit et répliqua : « Si vous me permettez, c'est une question de point de vue. Une nuance juridique. Je n'ai peut-être jamais été marié, mais j'ai vécu maritalement. Ça n'a pas duré bien longtemps, je vous l'accorde… »

Pendant que l'Argentin de Carcassonne annonçait son retour avec le faisceau blanc de la lampe torche qui le précédait, le Vieux replongea un instant dans ses souvenirs. Bien sûr qu'il aurait pu se marier s'il s'y était pris avec un peu plus de malice avec son amoureuse d'alors. Avec elle, il aurait pu. Entre ses bras laiteux, il avait connu le grand frisson de la passion. Mais le mot de mariage n'avait jamais franchi la barrière de ses lèvres. C'était sans doute pour cela qu'elle l'avait quitté. Pas même pour un autre, non. Seulement à cause de lui. Il s'était alors senti partir en poussière. Bien sûr, il en avait connu d'autres, des femmes. Des conquêtes sans gloire d'une nuit, de quelques jours. D'autant de coups de reins. Mais aussi des oies blanches et des épouses adultères, plus tristes, plus désespérées que lui. Il n'avait pu consommer ces chairs qu'avec un goût amer dans la bouche. Il fallait bien que le corps exultât. Celui-ci y avait trouvé son compte, parfois. Jonas, lui, avait vite compris que, en amour, la foudre ne s'abattait jamais deux fois au même endroit. Il avait eu sa chance. Il n'avait pas su la saisir.

De son côté, Honoré Whale profita lui aussi de ce laps de temps pour revenir sur sa propre existence. Il était marié. Peut-être même n'existait-il pas, dans toute la Province, d'homme aussi marié que lui. Il cirait encore les bancs de la faculté de droit lorsque le hasard avait déposé sur sa route une jeune femme qu'il avait eu la faiblesse de trouver jolie. Elle n'avait rien d'une déesse, c'était entendu. Mais c'était la première. Il aurait bien le temps d'en changer, plus tard. Puis, elle portait un beau prénom. Un prénom de musique. Barbara. Alors, pour les fiançailles, il avait dit oui. Pour le mariage, il n'avait pas pu dire non. Les enfants avaient suivi, coup sur coup. Puis, ils s'étaient envolés. Coup sur coup, là encore. Vingt-cinq ans avaient passé. Et il n'avait rien vu filer de sa propre existence. Aujourd'hui, Barbara ne l'enchantait plus. Elle n'avait jamais voulu travailler. Elle avait dépensé tout son amour à s'occuper des petits. Lorsqu'ils étaient partis, elle avait limité son territoire à leur pavillon. Elle s'était mise à le briquer, à l'astiquer du matin au soir. C'était devenu une obsession. Chaque jour, deux ou trois rouleaux d'essuie-tout disparaissaient dans une traque effrénée à la poussière inexistante. Barbara s'était muée en une Pénélope vieillissante. Lui n'avait jamais appareillé pour Ithaque. Lorsqu'il rentrait dans son pavillon, le soir, Honoré Whale avait l'impression de visiter un appartement témoin. Face à cette femme à qui il n'avait rien à dire, il se sentait parfois pris de pulsions. Partir. Ou rester. S'il partait, il passait aussitôt pour l'empereur des salauds aux yeux du brave monde. Comment pouvait-on abandonner une telle fée du logis, si méticuleuse, si fidèle, qui avait sacrifié toute son existence au bonheur d'un seul homme et de leurs enfants ? Quelle ingratitude ! Quel égoïsme ! En choisissant de rester, en revanche, il ne pouvait s'empêcher de s'imaginer en train d'assassiner sa femme, son grillon du foyer qui ne chantait plus depuis belle lurette. Puis, de l'enfouir dans le sol meuble de la cave.

« Monsieur Jonas ? Si ça ne vous dérange pas…

– Quoi ?

– Ça fait un moment que j'ai les bras en l'air. Je peux les baisser, maintenant ? »

Un bref instant, le Vieux et Honoré échangèrent un regard amusé, complice. Ce dernier répondit :

« Baissez les bras, Dylan. Baissez les bras… »

Comme en écho, la voix de Jonas confirma : « C'est ça. Baissez-les. De toute façon, on finit toujours par les baisser, non ? »

Après s'être frictionné les épaules endolories par la pause trop longtemps tenue, le petit officier de justice s'inquiéta : « On peut remonter ?

– Non.

– Pardon ?

– J'ai dit non. Vous vouliez voir ce qu'il y a dans ma cave ? Je vais vous le montrer. Comme ça, vous ne serez pas venus pour rien… »

Une fois monté à bord de la *Danaïs*, Charles Dutilleux ne tint pas en place. Avec un anglais de marchand de tapis, il ne lâcha pas les basques du capitaine, un Hollandais au crâne rasé et à la barbe de trois mois collée par mèches. Il voulut tout savoir, tout comprendre. Comment fonctionnait la fraise, quel était le débit des pompes, comment s'abouchaient les tuyaux les uns aux autres, la raison d'être des barges, les besoins en matériel et en hommes pour traiter la bouillie que recracheraient les conduites sur le rivage. Une question en appelait une autre. L'impatience le faisait bouillir. Le capitaine, lui, fumait sans discontinuer de longues cigarettes blondes. Il répondait par des chiffres, des monosyllabes et, parfois, une phrase complète. Le client était roi. Son équipage et lui n'étaient que les exécutants de cette mission pour laquelle ils seraient grassement payés. Sous les yeux de ses matelots, amorphes et étrangers à tout ce chambard, la discussion s'étira sur deux longues heures. À quelques encablures de là, Isla Negra se tenait toujours au sommet de sa falaise. Par un effet de contre-plongée, la dune masquait entièrement les dégâts occasionnés par la tempête. Le manoir, sombre sur le blanc du sable, illuminé de soleil, rayonnait même davantage qu'à son habitude.

Lorsque Dutilleux et Chancel rejoignirent la terre ferme, ils constatèrent que des groupes de badauds s'étaient formés sur la promenade. Par grappes de trois ou quatre, certains ayant vissé à leurs yeux une paire de jumelles, ils tentaient de savoir pourquoi un tel bateau avait décidé d'opérer un mouillage forain devant leur ville. Quelques-uns, reconnaissant Charles, le saluèrent avec déférence et osèrent l'interroger. Un sourire énigmatique sur les lèvres, le promoteur, gonflé d'importance, se fendit seulement de quelques paroles mystérieuses.

« Vous allez voir, mes amis ! La mer aura bientôt fini de nous ennuyer. Vous allez voir ce que vous allez voir ! »

Alors qu'il allait prendre place dans sa Lamborghini, et que Chancel jubilait à l'idée de poser ses fesses dans ce bolide, Charles Dutilleux s'interrompit brusquement, la main sur la poignée de la portière. Devant le capot d'argent, vêtue à la façon d'un sergent Pepper au féminin avec tout ce qu'il fallait d'épaulettes, de glands dorés, de cordes tressées – sans oublier d'imposantes chaussures jaunes à hauts talons compensés –, Gaïa venait d'apparaître, le foudroyant du regard. Aussitôt, l'homme d'affaires baissa la tête. Lui, que rien ni personne ne semblait pouvoir jamais effrayer, il piqua du nez. Ce fut plus fort que lui. Son front s'empourpra, il se couvrit d'une sueur poisseuse et ses mains se mirent à trembler.

Avant que la portière ne se referme sur lui dans un souffle moelleux, il eut le temps d'entendre la voix cassée de la vieille qui grommelait : « Il ne faut pas toucher à Jonas… »

Quelques instants plus tard, la voiture de sport vrombissait de ses six cents chevaux sur la voie rapide menant à la grande ville. Dans l'habitacle qui sentait le cuir neuf, les deux hommes n'avaient pas échangé une seule parole. Charles Dutilleux, maxillaires serrés, conduisait avec nervosité. À ses côtés, sanglé dans son siège, Pascal Chancel savait qu'il était préférable de se taire. Pourtant, il ne put s'empêcher de demander : « Monsieur Dutilleux ? Tout est réglé, avec la préfecture ?

– Comment ça : tout ? »

Après avoir avalé sa salive avec difficulté, le directeur général des services techniques trouva le courage de répondre : « Pour les autorisations, je veux dire. Vous n'avez pas peur que…

– Peur de quoi ?

– Que les… Enfin, vous n'êtes pas inquiet pour les…

– C'est agaçant tout de même cette manie que vous avez de ne jamais terminer vos phrases !

– C'est que... Un bateau comme ça..., on n'en a jamais encore vu de pareil, par chez nous... Les gens s'inquiètent.

– Et alors ? C'est pour leur bien que je fais ça, non ? Quand ils sauront, ils comprendront. Cessez de vous inquiéter pour tout et pour rien.

– Mais ça va faire beaucoup de dégâts, non ? Vous ne croyez pas que les associations de défense de l'environnement vont... »

À ces mots, Charles Dutilleux stoppa dans un crissement de pneus et un nuage de gomme brûlée son véhicule sur la bande d'arrêt d'urgence. Se tournant vers Chancel, il gronda : « Écoutez-moi bien. Je me fous des associations, des Verts, des écolos et compagnie. On ne joue pas dans les mêmes bacs à sable, c'est bien clair ?

– Cela va sans dire, monsieur. Mais...

– Ici, j'ai les pleins pouvoirs. Je fais ce que je veux. Vous m'avez bien compris ?

– Oui, monsieur Dutilleux. »

Le conducteur réenclencha la première avec rage. Pourtant, l'élu municipal insista. Les yeux collés à ses chaussures encore humides de la traversée, il bougonna bien plus qu'il n'objecta : « Tout de même... Décider tout ça sans l'EIE*, c'est... »

À nouveau, Dutilleux planta dans un grand coup de freins sa Lamborghini sur le bas-côté et s'emporta : « Vous parlez sans savoir, Chancel ! Comme d'habitude ! Est-ce que vous me croyez vraiment assez bête pour m'embarquer dans une opération pareille sans biscuit ? Vous me prenez pour un enfant de chœur ? C'est ça ?

– Non, monsieur Dutilleux...

* Étude d'impact sur l'environnement.

– Je l'ai, cette foutue autorisation ! Ou c'est tout comme. Et c'est la DREAL qui l'a rédigée !

– La DREAL ?

– C'est Latour qui s'y est collé.

– Latour ? Grégoire Latour ?

– Pourquoi ? Vous en connaissez un autre ?

– Mais c'est un enragé de la cause écologique ! Il n'a pas pu rédiger cette…

– Si vous ne me croyez pas, regardez sur la banquette arrière. Le dossier orange. Tout y est. Écrit, paraphé et tamponné.

– Mais je vous crois, monsieur !

– On est dans la légalité, Chancel. Dans la légalité jusqu'au cou. Et même encore un peu plus, si cela est possible. Et dites-vous bien que, contre la légalité, toutes vos associations ne peuvent rien. »

Jusqu'à la préfecture, pas un mot supplémentaire ne fut prononcé dans l'habitacle. C'était pour cela que Chancel admirait Charles Dutilleux. Si Latour avait accepté de donner un avis favorable à l'intervention de la *Danaïs*, cela n'avait pas dû être sans mal. Le promoteur l'avait certainement acheté. Ou pire. Depuis son retour en ville, Dutilleux avait patiemment monté des dossiers sur chaque habitant. Il avait le chic pour appuyer à l'endroit exact où ça faisait mal. Il connaissait les travers de chacune et de chacun. Les fantômes que l'on entasse dans les placards. La poussière que l'on glisse sous le tapis. L'expert n'échappait sans doute pas à la règle. Son talon d'Achille existait, et l'homme d'affaires l'avait trouvé et torturé à souhait.

Lorsque Georges, muni d'une lampe torche, réenclencha le disjoncteur et que la lumière, soudain, s'alluma dans la cave d'Isla Negra, les deux huissiers en restèrent tout d'abord comme deux ronds de flan. Dans l'atmosphère âcre due à l'humidité et à son cortège de pourritures, Honoré Whale dut d'ailleurs se frotter les yeux afin de se persuader qu'il ne rêvait pas. Occupant la quasi-totalité de l'espace, posé sur des tréteaux d'acier et retenu au plafond par des cordes et des sangles, prisonnier de tout un jeu méticuleux de courroies et de liens, un squelette se trouvait face à lui, écartelé, raide.

Fasciné, l'officier de justice ne put tout d'abord murmurer que trois mots : « Ben merde, alors... »

Sans se soucier le moins du monde de ce que pourraient lui dire Jonas et son semi-automatique, il s'approcha à pas lents. Durant de longues secondes, ses mains touchèrent et caressèrent cette ossature, appréciant leur texture, l'incroyable précision des jointures. Peu à peu, un sourire admiratif se dessina sur les lèvres de l'huissier, qui balbutia : « Monsieur Jonas, vous ne l'avez pas loupé. C'est de la belle ouvrage. Et je peux me flatter de dire que je m'y connais !

– Vous savez... Pour arriver à ce résultat, c'est surtout de temps qu'on a besoin.

– Ne soyez pas si modeste ! Vous êtes un artiste !

– Vous me gênez...

– Un artiste. Et je pèse mes mots ! »

Avec un soupçon d'orgueil, le Vieux traîna sa jambe invalide vers les deux projecteurs qu'il avait installés sur des trépieds de chantier. Dès qu'ils furent allumés, ces deux yeux électriques sublimèrent le spectacle. Afin de se donner une contenance, le propriétaire des lieux cueillit un mégot éteint sur les lèvres de l'Argentin de Carcassonne. Puis, pendant qu'il le rallumait, il expliqua, entre deux bouffées : « Vous voyez que vous n'êtes pas venus pour rien. Ils ont raison, en ville. Il y a bien un cadavre, dans la cave d'Isla Negra. Au risque de vous décevoir, c'est hélas le seul que j'aie à vous proposer.

– Mais nous n'en demandions pas tant, mon cher monsieur ! Il est dans un état de conservation exceptionnel !

– Il n'est pas aussi ancien qu'il en a l'air. Faut dire qu'on n'a pas compté notre huile de coude, avec Georges et l'Africain, pour arriver à ce résultat. Mais ça valait la peine. Enfin, c'est mon avis. »

Arrimé sur les tréteaux, dans toute l'impudeur de sa blondeur et de sa nudité, le squelette d'un bateau de bois reposait. D'une longueur de huit mètres, encore sans pont ni étrave, laissant voir dans la lumière crue ses lignes effilées et le trou béant qui devrait, plus tard, accueillir son mât unique, le bâtiment écorché ravissait l'amoureux de la navigation qui se cachait derrière le digne huissier Honoré Whale.

Pendant que celui-ci le caressait et le caressait encore du plat de la main, comme il l'aurait fait d'un étalon ou d'un chien de race, Jonas raconta : « Figurez-vous que je l'ai trouvé sur Internet, cet oiseau-là. Une association s'était mise en tête de le restaurer, mais ils ont eu des ennuis d'argent ou je ne sais quoi. Bref. Il m'a plu, je leur ai acheté, et ils me l'ont livré. En plusieurs morceaux. Mais tout y est. Y a plus qu'à, comme on dit.

– C'est un cotre, non ?

– Vous brûlez. C'est un cotre à hunier, pour être tout à fait précis.

– Au-dessus de la grand-voile, vous allez mettre une voile carrée ou deux ?

– Deux. Quand on aime, on ne compte pas.

– Alors, un hunier et un perroquet ?

– Tout juste.

– Ça fait longtemps que vous travaillez dessus ?

– Je veux, oui ! On passe notre temps à ça. Enfin, surtout moi. Parce que, si je dois compter sur ce Gitan voleur de poules et sur l'autre Nègre qui est fainéant comme une couleuvre, le *Phœnix* serait encore sur Internet. »

Sortant de son mutisme, Dylan Whales fit entendre sa petite voix haut perchée : « C'est bien joli, votre barque. Mais il y a comme un problème, non ? »

Agacé, son associé le rabroua aussitôt : « Taisez-vous. Vous n'y connaissez rien. Une barque ? Et puis quoi, encore ? C'est une pièce de collection que vous avez devant vous, espèce de béotien. C'est une pièce historique. Ce valeureux bâtiment a au moins un siècle, si je ne me trompe pas. »

Avec un sourire indulgent, Jonas rectifia : « Presque. Je veux dire qu'il a presqu'un siècle. Mais vous pouvez y aller, c'est du solide. C'est tenons, mortaises et compagnie. C'est du ni clou, ni vis.

– Vous entendez, Dylan ? Presqu'un siècle. Ni clou, ni vis. Tenons, mortaises et compagnie…

– C'est bien possible. Mais votre barque, vous ne m'enlèverez pas de la tête qu'elle a quand même un problème. Et de taille !

– De quoi parlez-vous ? »

Le jeune homme désigna alors d'un geste amusé la porte de la cave. Puis, sur le ton de l'évidence absolue, il lâcha : « Ça ne passera jamais.

– Quoi donc ?

– Votre canot. On vous l'a livré en pièces détachées. Ça, ça va. Mais, une fois qu'il sera remonté, comment est-ce que vous allez faire pour le sortir ? Même avec la meilleure volonté du monde, ça ne passera jamais, je vous le dis. »

Alors que le Vieux et Honoré échangeaient entre eux des œillades embarrassées, le Gitan de Carcassonne leur vint en aide. Appuyé contre un mur où des dizaines et des dizaines d'outils se tenaient en faction dans leurs gabarits respectifs dessinés à la craie, il grommela : « Ne vous en faites pas pour ça. Tout est prévu.

– Tout est prévu ?

– Dans les moindres détails. »

Alors qu'il s'apprêtait à expliquer par quel miracle le cotre à hunier reconstitué allait se retrouver en plein soleil, la silhouette massive de l'Africain se planta soudain au bas des marches. Prudent, Dylan Whales se recula aussitôt de quelques pas pendant que le géant, hors d'haleine et en sueur, se mit à gronder de sa voix de basse : « En ville... En ville, ils sont devenus fous. Monsieur Jonas... Monsieur Georges... Il faut absolument que vous voyiez ça. C'est grave... »

Reprenant son calibre douze à pleines mains, le Vieux s'inquiéta : « Qu'est-ce qu'il t'arrive, bourrique ? On dirait que tu as vu le diable.

– Peut-être, monsieur Jonas. Peut-être bien. Mais il ne faut pas rire avec ces choses-là. C'est *haram*...

– Qu'est-ce que tu me racontes ? »

Les yeux exorbités, le colosse indiqua dans un mouvement ample la direction du large qui s'étendait derrière les murs de la cave.

« Mon patron... Il a fait venir un bateau du diable. C'est un bateau... Un bateau qui mange la mer.

– Quoi ?

– C’est comme je vous le dis. Un bateau qui mange la mer, qui mange le sable et qui mange les rochers. Je le jure sur tout ce que j’ai de plus cher au monde. Si le diable a un bateau, alors c’est bien celui-là… »

| 12 |

« TU ES REVENUE, TOI ? Qu'est-ce que tu fais là?

– Rien, madame. Je m'inquiétais.

– Ce n'est pas de ton âge.

– Il n'y a pas d'âge pour s'inquiéter.

– Débarrasse le plancher. Et va plutôt balancer ton pétard ailleurs que sous mon nez. Ça me donne la nostalgie du passé. Et ce n'est pas bon pour ce que j'ai. D'ailleurs, pourquoi tu t'inquiètes?

– Ça fait une semaine qu'on ne vous a plus vue, au Barbotine.

– La belle affaire! C'est pour ça que tu viens me déranger?

– Je m'inquiétais, je vous dis.

– Tu m'ennuies. Du balai. »

Ce matin-là, une fine pluie, poisseuse et collante, s'était mise à tomber sur la Province. Dans la maison de Gaïa, les murs sentaient fort le salpêtre. Il flottait dans l'air un parfum de solitude et la poussière humide formait un film qui se plaquait sur chaque chose, étouffant les bruits et les pas. Mérope n'écouta pas la vieille et franchit le seuil, juchée sur des talons toujours plus déraisonnables. Dans le contre-jour blafard de la porte, il lui fallut un certain temps pour que ses yeux s'habituassent à la pénombre.

Dans cette pièce du rez-de-chaussée, rien n'avait bougé depuis sa dernière visite. Les odeurs de fruits pourris et de médicaments avaient, peut-être, pris plus d'ampleur. Mais c'était tout. Dans son fauteuil de velours râpé, la vieille ne bougeait pas. Posée ainsi, elle faisait songer à ces poupées anciennes que le temps a rendues ivoirines et dont les teintes vives des costumes se sont fanées à force de lumière.

Vêtue d'une djellaba de lin grossier, une toque de fourrure en équilibre sur le crâne, Gaïa aboya : « Tu ne veux pas me foutre la paix ? C'est plus fort que toi. Tu n'as rien de mieux à faire que venir ici ?

– Non.

– Non ? Alors, je te plains.

– Vous pouvez me plaindre, si vous voulez. Mais je ne partirai pas sans être sûre que vous allez bien. »

La voix de la vieille, partagée entre l'irritation et une profonde lassitude, trouva pourtant la force de rebondir dans la pièce : « Comment veux-tu que je sois bien ? À mon âge, tout part en miettes. Le corps, l'esprit. Les souvenirs, non. C'est peut-être ça le plus terrible, remarque.

– Pourquoi ?

– Je me souviens mieux de la robe d'organdi qu'on m'a offerte pour mes douze ans que de ce que j'ai bien pu faire ce matin. Ça encore, c'est un bon souvenir. De la mousseline légère, des rubans, des faveurs. Je l'aimais bien, cette robe. C'était voilà quatre-vingt-huit ou quatre-vingt-dix-huit ans. Mais te dire ce que j'ai fait, ce matin, j'en serais bien incapable… »

Après avoir laissé échapper un gémissement en tentant de se redresser, Gaïa ajouta, sur un ton où se mêlaient la nostalgie et l'amertume : « Les souvenirs… Quand ils sont bons, on fait avec.

Quand ils sont mauvais, ils ne vous quittent plus. Ils sont pires que des morpions. Et tu peux me croire quand je te dis que j'en ai à revendre. Je parle des mauvais souvenirs, bien entendu. »

Avisant la longue silhouette de Mérope, cintrée dans un loden noir que les gouttelettes de pluie faisaient briller, la vieille reprit : « Ça m'ennuie que tu sois là. Mais bon. Puisque tu y es, finis d'entrer. Et ferme-moi cette porte. Il fait un froid à attraper la mort.

– Vous êtes sûre ?

– Entre, avant que je ne change d'avis. Grande asperge… »

Quelques minutes plus tard, Gaïa et Mérope sirotaient un café que la jeune femme avait préparé. Lorsqu'elle avait pénétré dans la cuisine attenante au séjour, elle avait failli faire demi-tour. Sa propre mère l'avait pourtant habituée à la crasse. Mais celle qui maculait la cuisine de la vieille dépassait l'entendement. Dans l'évier, des casseroles et des assiettes, des verres et des plats avaient été abandonnés depuis Dieu seul savait combien de temps. À la surface de certains d'entre eux, une mousse blanchâtre débordait en grappes floconneuses. Partout, des auréoles et des taches tatouaient l'émail. Quant au sol, l'on y trouvait des miettes et des bouteilles vides, des pelures recroquevillées, des cadavres de cafards, des papiers froissés et des moutons, des peluches, des poussières volatiles ou incrustées en bandes noires dans les joints.

Le café de Mérope, pourtant trop clair, eut cependant le don de faire réapparaître quelques couleurs sur les joues parcheminées de Gaïa. Après avoir allumé une cigarette, celle-ci finit par grogner, dans le silence que découpait la marche entêtante d'une trotteuse dans une pendule bon marché plaquée au mur : « C'est vrai que tu n'es pas une mauvaise fille. Ton café est infect. Mais ça ne fait pas de toi une mauvaise fille, non.

– Merci, madame.

– Je t'ai déjà dit de ne pas m'appeler madame. Ça me vieillit. Donne-moi du Gaïa tout court, ça vaudra mieux. »

Sans se soucier le moins du monde de la cendre qui venait de s'écraser sur le devant de sa djellaba, elle poursuivit : « Alors ? Pourquoi t'inquiètes-tu ?

– Au bar, ils disent que ça fait une semaine que vous n'êtes pas venue.

– Qu'est-ce que ça peut bien leur foutre ? Puis, ça ne fait pas une semaine. Ça fera neuf jours, demain. Exactement neuf jours.

– Que ça fasse une semaine ou neuf jours, ils parlent.

– Laisse-les parler et fais-moi confiance : quand on parle, on parle toujours trop. »

Se rencognant dans son fauteuil, la vieille expliqua alors, d'un ton mauvais : « Je les vois de là, toute cette bande de... Cette bande de...

– De cons ?

– Non. Ce serait leur faire trop d'honneur. Un con, ça bouge. Ça fait des choses. Ça s'agite, quoi. Ça fait du vent. Eux, ce sont des sacs d'enclumes. Ils ne font rien de leurs dix doigts. Ils passent leurs vies à descendre des apéritifs et à parler des autres. Dans mon cas, je sais bien ce qu'ils bavent. »

Pendant que Mérope reposait avec un rictus de dégoût sa tasse près du coffret contenant la collection d'olisbos, Gaïa marmonna : « Oh que oui, je le sais. Ils se demandent si je suis crevée ou pas. C'est tout ce qui les intéresse, ces corniauds. Être le premier à savoir si la vieille a cassé sa pipe. Tout ça pour pouvoir aller apporter la bonne nouvelle à la ville et à la Province entière. Je les vois déjà, avec des fleurs plein la bouche et des sourires mauvais, à n'en plus finir.

– La bonne nouvelle ?

– Bien sûr. Qu'est-ce que tu crois ? Quand je serai dans le sac, j'en connais plus d'un qui va se mettre à respirer. Mais, moi, il me reste encore quatre bouffées d'air. Et je ne compte pas casser ma pipe de sitôt. Ça ne tardera plus, bien sûr. Mais ils n'ont pas fini de trembler, cette bande de pisse-vinaigre !

– Madame Gaïa !

– Quoi ? Tu ne vas pas me jouer les mères la pudeur, quand même ? Pas à ton âge. Et n'oublie pas que j'en sais aussi beaucoup sur toi. »

Avec un sourire las, Mérope remonta sur son front une mèche égarée. Les yeux dans le vague, elle répliqua : « Peut-être que vous faites peur aux autres. Mais pas à moi.

– Tiens donc !

– Pour avoir peur, il faut avoir fait quelque chose de mal. Moi, j'ai beau chercher, je ne trouve rien à me reprocher.

– La belle affaire. On a tous quelque chose à se reprocher. Toi comme les autres, ma fille. Je sais ce que je dis. »

Dans la scansion de l'aiguille que rien ne semblait pouvoir jamais interrompre, la jeune femme enveloppa son hôtesse de son regard ingénu et murmura : « Qu'est-ce que vous pourriez dire sur moi que personne ne connaît encore ?

– Des choses.

– Lesquelles ? Que ma mère buvait ? Que, sur la fin, elle acceptait de faire tout ce que ces salauds du Barbotine voulaient d'elle, contre une bière ou un rhum ? Que mon père était un salaud qui nous a abandonnés ?

– C'est un début.

– C'est un mauvais début. Tout le monde le sait. Alors, quoi ? Que j'ai épousé une fortune plutôt qu'un homme ? Que je me suis vendue comme une fille de rien contre de l'argent, des voitures et une belle maison ? Et alors ? J'ai fait les choses au grand jour. J'ai choisi, moi. Je ne me suis pas couchée dans la boue comme ma mère. Je n'ai pas non plus joué la comédie de l'amour à mon mari. Certaines le font. Presque toutes. Pas moi. Dès le début, il a su pourquoi j'allais l'épouser.

– Ce n'est pas à ça que je pense... »

Allumant une autre cigarette, Gaïa prit le temps de détailler sa visiteuse. Assise sur une chaise face à elle, ses jambes interminables et bronzées croisées l'une sur l'autre, les yeux grands ouverts dans la pénombre, elle lui trouva des airs de madone. Dans l'esprit sévère et retors de la vieille, Mérope était une sainte. Un peu voyante, certes. Mais une sainte. Et elle dut se mordre les lèvres pour ne pas tout déballer dans cette poche d'ombre froide. Ne rien lui dire de ce que la femme de ménage des Dutilleux s'était empressée de venir lui répéter. Que le couple ne se touchait plus depuis des années – à supposer qu'il se soit jamais étreint. Que Mérope, d'après la pipelette, avait les yeux de Chimène pour l'Africain – lequel perdait son peu de moyens et devenait même complètement abruti dès qu'elle lui adressait la parole. Que peut-être, tous les deux, dans le dressing... Car elle passait un temps fou dans cette pièce ! Et que pouvait-elle donc y faire ? Quant au passé de Dutilleux – de Chichou, comme cette grande bringue s'entêtait à l'appeler –, elle n'en dirait rien non plus. Il était encore trop tôt.

D'une voix ténue, la visiteuse reprit : « Vous voyez, madame Gaïa ? Vous n'avez rien sur moi. Je suis aussi blanche que la robe que je porte.

– Ou aussi noire que l'imperméable qui la recouvre, ma fille. »

La tension monta d'un cran. Ratatinée dans son fauteuil, la vieille fit de son mieux pour demeurer impassible. De quel droit pouvait-elle se permettre de démolir l'équilibre fragile dans lequel Mérope s'était réfugiée ? La gamine avait gâché sa vie, c'était un fait. Une plante comme elle, c'était fait pour vivre de soleil et d'amour. C'était fait pour marcher les pieds nus dans le sable, pour embrasser à pleine bouche, pour rugir comme une lionne comblée au moment de la jouissance – rugissements rapidement remplacés par des phrases bêtes, des niaiseries d'enfant. C'était fait pour éclater de rire à la gueule du monde, sans jamais se soucier de la médiocrité des autres. Mérope était un animal sauvage. Afin d'échapper à la misère, elle avait accepté sans hésiter que Dutilleux lui passe le licou. Elle avait posé un mouchoir de plomb sur ses désirs d'aimer et d'être aimée en retour. Elle avait enterré sa vie d'adolescente, sa vie de femme. De plus, elle ne serait sans doute jamais mère. Au final, elle était plus à plaindre qu'à blâmer.

« Pourquoi les gens ont peur de vous ? »

À plaindre, oui. Dans ce pays, l'argent avait plus de valeur que l'amour. La petite s'était imaginé des choses. Que Dutilleux la sortirait de la crasse pour le plaisir de l'acte noble avec, quand même dans un coin de son esprit, l'espoir qu'elle l'aimerait en retour. Mais l'homme d'affaires n'avait rien fait d'autre que de la façonner à sa main. Il avait payé. Il possédait sur Mérope tous les droits. Si seulement elle, Gaïa, ne s'était pas aveuglée d'illusions, elle aurait fait interdire cette comédie, ce drame d'une banalité affligeante. Elle en avait eu les moyens. Elle les avait toujours.

Alors que la pluie – cette fois, il s'agissait de véritables gouttes, lourdes, épaisses, qui claquaient contre le bitume empoussiéré de la rue – se mettait à tomber, la voix acidulée de la visiteuse insista : « Pourquoi ont-ils peur ? »

La vieille aurait dû empêcher ce mariage. Elle n'avait rien fait. Elle dirait toute la vérité à la petite, plus tard. Peut-être, oui.

Peut-être que, plus tard, elle trouverait la force de le faire. De lui expliquer pourquoi, dans un réflexe imbécile, elle ne s'était pas élevée contre cette union absurde. Il était encore trop tôt, mais le temps viendrait où elle devrait avouer sa lâcheté. La sienne, et celle de tous les mâles du pays. Celle des mâles, et aussi des femelles. Qui ne dit mot consent. Leur silence avait été étourdissant. Coupables. Ils étaient tous coupables. Elle aussi. Pourtant, contrairement aux autres, ça n'était pas le pouvoir de l'argent qui avait éteint sur ses lèvres son envie de hurler. Il s'agissait d'autre chose.

« Puisque vous ne parlez plus, je vais vous laisser… »

En guise de réponse, la vieille dessina de son mieux un sourire d'amertume gênée sur son visage. Elle ferma les yeux et se mit à respirer plus fort, comme quelqu'un qui est sur le point de s'endormir. Mérope se leva sans bruit. Avec douceur, elle retira le mégot qui, entre l'index et le majeur de Gaïa, s'était éteint. Après l'avoir abandonné dans un cendrier, elle prit sur l'accoudoir du fauteuil un plaid qu'elle étendit sur son hôtesse. Lorsqu'elle voulut redresser un peu la toque de fourrure sur la tête de la dormeuse, elle s'aperçut dans le mouvement que le crâne de la vieille était lisse comme un œuf, sans le moindre cheveu. Elle en éprouva de la tristesse. Elle devait être la seule à connaître le secret de cette virago qui, à cet instant précis, s'était abandonnée, inoffensive. Alors, sur la pointe des pieds, elle éteignit le plafonnier et quitta la pièce.

Dès que Mérope ferma la porte derrière elle, avec un luxe infini de précautions, Gaïa écarquilla ses yeux aux paupières incendiées de fard. Immédiatement, elle récupéra son mégot dans le cendrier et le ralluma. Décidément, non. Elle ne pouvait pas tout dire à cette gamine trop vite montée en graine. Pas tout. Pas tout d'un coup.

Pourquoi les gens avaient-ils peur d'elle ? La raison en était pourtant excellente. La meilleure qui soit.

Bien avant que la petite ne vint au monde, elle avait tenu le Colibri. La seule maison de plaisir de toute la Province. Et chacun avait défilé chez elle. Les grands bourgeois comme les ouvriers, les incultes comme les forts en thème, les timides comme les fanfarons de bazar. Ils avaient tous, sans exception, fini par se risquer entre les flancs de son claque. Ils y avaient laissé pour certains, outre leur vertu, des fortunes considérables. Il fallait dire que Gaïa avait le chic pour dénicher des filles venues des horizons les plus divers. Chez elle, l'on trouvait toutes les couleurs de peau, toutes les mensurations, toutes les spécialités. La vieille, qui avait à l'époque la cuisse légère et désirable, ne chômait pas. Elle faisait l'accueil, veillait sur ses ouailles, possédait la seule clé de la caisse enregistreuse, se procurait les meilleures bouteilles. Lorsqu'il y avait foule et que tous ces mâles s'impatientaient, le front bas pour certains et le verbe haut pour d'autres, elle donnait aussi de sa personne. À défaut de ventre plat et de seins fermes, son expérience faisait merveille. Pour ajouter encore du piment à ce lieu de débauche et d'interdits, chaque chambre s'ouvrait sur des univers que la morale réprouvait sous le soleil, mais que les corps et les esprits des clients réclamaient avec avidité dans le murmure discret des bougies.

Après s'être abîmée dans une quinte de toux sèche et sifflante qui la fit ahaner, Gaïa renifla et s'essuya les narines d'un revers de manche de sa djellaba. Dans son esprit repassaient les vieilles images des riches heures du Colibri. Aujourd'hui, chacun faisait comme si rien, jamais, n'avait existé. Personne n'en soufflait mot. Chaque dimanche matin, femmes et hommes se rendaient à la messe. Ils processionnaient pour s'agenouiller là, juste là, dans la petite église située de l'autre côté du mur mitoyen de la maison de Gaïa. S'ils avaient dû payer en prières tous les péchés de chair qu'ils avaient commis, l'eau de la Sourde, la rivière qui partageait la ville en deux, n'aurait pas suffi à étancher leur soif. Avec leurs costumes sombres et leurs mines graves toutes flétries de componction, ils pouvaient bien feindre d'avoir oublié. Elle, Gaïa, se souvenait avec exactitude des vices de chacun d'eux. D'ailleurs, pressentant sans doute que le vent finirait bien un jour par tourner, elle avait noté, consigné, daté les habitudes de tous ses clients. Il ne manquait aucun détail. C'était dans un grand carnet de comptabilité, comme l'on en faisait à l'époque, avec des colonnes pour noter la nature des opérations, les débits et les crédits, que la vieille s'était confectionné un pense-bête. Nom, prénom, date de la visite, somme payée. Et en rouge, dans la colonne de droite, le nom de la fille et la spécialité. Pour certains clients, cela n'offrait qu'un intérêt limité. Il n'y avait même rien de répréhensible. Sauf que tous ces affreux étaient mariés. Pour d'autres, en revanche, le bouillon était bien gras. Longtemps avant qu'il ne soit interdit d'interdire, le Colibri avait été ce creuset du stupre où chacun avait laissé libre cours à ses fantasmes. Même les plus inconcevables.

Une nouvelle quinte de toux plia cette fois la centenaire en deux. En tremblant, elle tira un mouchoir qu'elle avait glissé dans l'une des manches de sa tunique. Puis, elle y déposa avec dégoût une glaire que du sang avait teintée de filaments vermillon.

Les avocats, les magistrats, les huissiers, les commerçants, les fonctionnaires, les policiers, les professeurs et tous les autres. Sans oublier les politiciens. Tous étaient venus assouvir leurs vices au Colibri. Leur affaire faite, ils quittaient les lieux l'esprit et le corps plus légers. Des pratiques sadomasochistes à l'homosexualité, des fontaines dorées aux jeux de rôle les plus inattendus, elle avait tout pointé. Elle avait même fait mieux. Beaucoup mieux. Sachant que son carnet de comptabilité ne valait pas grand-chose, que ses gribouillis ne constituaient pas une preuve, elle avait très vite imaginé un autre moyen de tenir tous ces faux-culs en laisse. Elle n'avait pas eu à chercher bien longtemps. En femme avisée, elle avait fait installer dans chacune des chambres de son établissement des œilletons indécelables, même par les filles. Plusieurs fois dans la soirée, la patronne s'absentait quelques minutes du grand salon, où jouait sans discontinuer une chaîne stéréo, le temps de faire quelques photos. En noir et blanc, d'abord. Puis, en couleur. Aujourd'hui, le Colibri avait fermé ses portes. Mais elle possédait une collection de plusieurs centaines de clichés où l'on pouvait reconnaître tout un chacun, sans que le doute pût trouver le moindre interstice où se faufiler.

À tâtons, la vieille chercha sur le sol sa bouteille de whisky. Dès qu'elle la trouva, plus froide encore que ses doigts glacés, elle l'ouvrit et en avala une rasade à même le goulot. Après quoi, son esprit alla se poser de lui-même sur le coffret contenant les olisbos. Supportant ces verges d'ivoire, d'os ou d'ambre, la desserte de bois noir s'empoussiérait. Sous le plateau, deux vastes tiroirs fermés à clé. Ils n'avaient pas été ouverts depuis des années. Ils contenaient entre leurs planches des boîtes de carton bourrées jusqu'à la gueule de clichés dûment classés par ordre alphabétique. Le jour où elle déciderait d'envoyer des copies de ces photos dans la nature, toute la Province s'enflammerait. Les plus anciens pourraient s'y reconnaître. Les fils identifieraient leurs pères ou leurs grands-pères. Ce serait un torrent de péchés qui submergerait tout.

Le gosier réchauffé par l'alcool, Gaïa se fendit d'un sourire inquiétant dans la nuit qui tombait. Puis, elle maugréa : « Et la petite me demande pourquoi je fais peur à tous ces chiens galeux. Si elle savait… »

Mérope, elle, avançait dans les rues d'un pas mal assuré. Ses talons aiguilles, sur le bitume mouillé ou les pavés, menaçaient de déraper à chacune de ses enjambées. Afin de ne pas marcher les bras en croix, à la façon d'un somnambule, elle avait emprisonné ses mains dans les poches de son loden. Elle interrompit sa claudication pour allumer une cigarette. Lorsque le briquet s'éteignit, elle tenta d'apercevoir le but de son voyage et tourna la tête vers le ciel. Là-haut, tout là-haut, se tenait la masse sombre du bunker. Bien qu'éclairé a giorno, les brouillards marins l'avaient submergé, et elle eut beau écarquiller les yeux dans la nuit, elle ne vit rien du bloc de béton et d'acier planté au sommet de la deuxième plus haute colline de la Province. Au mieux, un halo moins sombre dans la brume que martyrisait un vent mauvais. Mais c'était tout.

En empruntant la sente qui s'élevait vers cette poche de nuages, Mérope sentit sa poitrine se serrer. Comme à chaque fois, elle éprouva l'envie de fuir, de prendre ses jambes à son cou, de tout abandonner derrière elle. Comme à chaque fois, pourtant, elle baissa la tête et entama l'ascension. Dans la poche droite de son loden, elle reconnut la caresse tiède que procure le papier épais et non pelliculé. Elle plaqua un peu plus ses doigts sur le document. Il s'agissait d'une nouvelle carte postale qu'elle venait de dérober chez Gaïa. Toute maculée de graisse, elle traînait sous la table de la cuisine. Pendant que le café passait, la jeune femme avait patiemment nettoyé la photo. Elle avait alors découvert une incroyable enfilade d'arbres tropicaux qui aboutissait devant ce qui semblait être un hôtel ou une demeure coloniale bourgeoise. En légende, l'imprimeur avait fait graver ces mots : *Allée des palmiers royaux. Jardin botanique. Rio de Janeiro. Brésil.* Mérope n'avait pas pu résister. Elle avait fait disparaître la carte postale dans sa poche.

Maintenant, il lui tardait de pousser la lourde porte blindée du bunker. Chichou n'était pas encore rentré. Ses affaires de drague marine et d'autorisations qu'il lui restait encore à obtenir lui prenaient tout son temps et allumaient dans ses yeux, lorsqu'il en parlait, des éclairs de folie. Elle s'en moquait. Après le séjour, il y avait la chambre. Après la chambre, c'était le dressing. Là, elle aurait bien le temps de déchiffrer les pattes de mouche que l'expéditeur avait griffonnées au dos de la carte postale. Ensuite, l'allée des palmiers royaux rejoindrait les Chinoises de Tahiti. Et tous ses trésors.

Un jour peut-être, un jour sans doute, elle dirait son secret à la vieille. Elle lui parlerait de l'Africain, aussi. Le temps viendrait. Ou il ne viendrait pas. La seule urgence était de mettre à l'abri sa nouvelle carte postale.

| 13 |

DURANT LES SEMAINES qui suivirent, la ville et bientôt la Province tout entière ne vécut plus qu'au rythme des travaux entamés par Charles Dutilleux. Avant que le chantier ne débute, une séance extraordinaire du conseil municipal fut convoquée, et l'homme d'affaires, avec son énergie habituelle, fit flèche de tout bois. L'on était avec lui ou contre lui. Il fallait choisir son camp. D'un côté, une falaise dunaire, surmontée par un manoir dont la silhouette néogothique, affirmait-il avec dégoût, faisait tache dans le paysage. Dans cette baraque, un vieux fou, un aliéné qui était armé jusqu'aux dents et qui ne répondait pas même aux injonctions que lui adressait la République. De l'autre, un investisseur avisé et porteur d'un véritable projet. Mieux : un homme d'affaires, riche d'une vision. Mieux encore : un enfant du pays animé par une mission sacrée, celle de rendre sa terre natale prospère, en dépit des hommes, de la nature et de ses éléments.

Les tempes en feu, le front bouillant, Charles Dutilleux n'y était pas allé de main morte, finissant son plaidoyer la cravate desserrée et en bras de chemise. Dardant son regard inflexible sur chacun des membres composant le conseil, il n'avait pas lésiné sur les effets de manche et les bons mots, alternant avec maestria le solennel et la plaisanterie, la hâblerie et le tragique. En orateur de talent, il s'était lancé dans l'arène tel un taureau de Camargue. À chacune de ses phrases, ses auditeurs avaient approuvé avec gravité. L'homme avait les gros sous. Il connaissait du beau monde, jusque dans la capitale. Il parlait bien.

Lorsque Dutilleux sentit que son assistance avait succombé à son charme, il martela les derniers clous de sa démonstration : « Cette colline de sable est là. Mais rien ne nous prouve que, au gré des accidents climatiques qui nous frappent de plus en plus souvent, elle sera encore là demain. »

Comme l'un des conseillers municipaux dodelinait de la tête et s'apprêtait à objecter que cette butte avait toujours existé, le tribun embraya aussitôt : « Non, messieurs ! Rien ne peut nous le prouver, aujourd'hui. D'ailleurs, Grégoire Latour, un homme de l'art et un expert qui travaille au bien des populations comme à celui de l'environnement au sein de la DREAL, me l'a encore confié, ce matin. Rien ne dit que, ce soir ou demain, le mois prochain ou dans les années à venir, cette colline sera encore là. Voilà très exactement la teneur de ses propos.

– Cette falaise dunaire ne nous gêne en rien, ne put s'empêcher d'intervenir Alain Chébec, à l'autre bout de la table. Et je ne comprends pas votre empressement à vouloir l'éliminer à tout prix du paysage…

– Tiens donc ! Et que faudrait-il faire alors ?? Répondez-moi, monsieur Chébec ! Rester immobile et espérer que les éléments feront preuve de mansuétude avec notre commune ? Ou bien prendre notre destin en main et agir pour le bien de tous ? Je vous pose la question. »

Avant que l'élu, embarrassé, ne puisse répliquer, Dutilleux martela avec une fougue renouvelée : « Je vais vous le dire. Vous me connaissez tous, ici. Vous savez que je ne suis pas homme à me laisser dicter ma conduite par qui que ce soit. Lorsque je rencontre un problème, je l'analyse et je le résous. D'une façon ou d'une autre, je le résous.

– Mais je…

– Ce tas de sable, messieurs, est un danger pour l'avenir de notre ville. Et je dis qu'il est inacceptable de vivre ainsi, avec une épée de Damoclès suspendue au-dessus de nos têtes, alors que nous pouvons – alors que nous devons ! – prévenir cette catastrophe !

– Mais de quelle catastrophe parlez-vous, à la fin ? Et comment, en toute honnêteté, pouvez-vous affirmer que… »

Sans pitié, l'homme d'affaires coupa Alain Chébec derechef : « Notre mission est limpide, messieurs. Évidente. La colline d'Isla Negra, à cause des courants marins, ensable le port de notre ville. En faisant grossir ce manteau chaque jour un peu plus, les vagues grignotent notre front de mer. Bientôt, nous ne pourrons plus nous déplacer qu'en barque dans notre cité. Certains trouveront charmant ce petit côté Venise, je n'en doute pas. Mais je suis français, moi. Tout comme vous, messieurs. Et il nous appartient de défendre ce qui est à nous. Nous devons sauver un bout de France, un bout de la France. Un bout de notre France. »

Profitant du murmure approbateur qui venait de saluer cette dernière phrase, il poursuivit : « Depuis des années, j'ai dépensé sans compter, à mon humble niveau, pour être digne de cette mission. J'ai vendu mes biens, j'ai vidé mes comptes. Et tout cela pourquoi ? Pour empêcher la mer de dévorer notre belle côte et notre port. Voilà pourquoi j'ai accompli tout cela. Pour que notre cité ne soit pas bientôt, tout simplement, rayée de la carte. Et non pour me livrer à je ne sais quels enrichissements personnels dont me soupçonnent certains, ici présents… »

Aussitôt, dans la grande salle du conseil municipal, les murmures s'éteignirent. Chacun se borna à fixer les papiers qu'il avait sous les yeux. Dans le silence, l'homme d'affaires insista, sur le ton de la fausse ironie : « Ma maison à moi ? Je ne suis pas inquiet. Elle est bâtie sur du dur, sur du roc, sur du solide. Je pourrais tout à fait me contenter de ce que j'ai et regarder notre belle cité se faire avaler, jour après jour, par les vagues. Mais je n'ai pas été élevé ainsi. Mon père m'a transmis des valeurs, dont la solidarité et le respect de mes concitoyens, dans les bons comme dans les mauvais moments. Ma ville, la ville de mon enfance, est-elle en danger ? Je réponds oui. Est-ce que je peux faire quelque chose pour l'aider ? Je réponds oui. Est-ce que j'ai déjà prouvé, par le passé, que j'étais un homme d'action ? Je réponds, encore et toujours, oui. Mille fois oui ! »

De façon très solennelle, Charles Dutilleux tira alors de sa serviette de cuir une pochette au carton orange vif, marquée au sceau de la DREAL. Après l'avoir montrée à l'assistance, il la déposa avec cérémonie devant lui et enchaîna : « Pour ceux qui douteraient de ma probité, tous les papiers sont en règle. En compagnie de Pascal Chancel, un enfant du pays lui aussi, j'ai multiplié les démarches auprès des collectivités locales et territoriales, et jusqu'au plus haut sommet de l'État. Le projet que je caresse pour notre cité a été accepté, validé, officialisé. Il est là. Approuvez-le par votre vote, et notre bonne ville sortira de sa léthargie. Elle opposera de véritables murailles aux flots qui nous menacent, et elle deviendra aussi, enfin, un paradis pour tous les amoureux de la nature domestiquée. Grâce à ce projet, le sable sera dompté et la richesse ne tardera pas à affluer. Nous n'aurons qu'à nous baisser pour en profiter et en faire profiter nos enfants. En revanche, si vous refusez de voter ce projet, je vous jure sur tout ce que j'ai de plus sacré en ce monde que je quitterai la ville sur-le-champ. »

Comme les plus fervents de ses partisans menaçaient déjà de se lancer dans des jérémiades sans fin, l'homme d'affaires conclut, le regard lourd de sous-entendus et les deux poings fermés sur le plateau de la table : « Oui, messieurs. Sur-le-champ. Vous n'entendrez plus parler de moi, pas plus que de ce projet que je vous présente ce soir. Mais lorsque la colline de sable s'effondrera sur elle-même, ne venez pas vous plaindre. Vous aurez laissé passer votre chance. Je ne pourrai plus rien pour vous, car c'est maintenant qu'il nous faut agir. Maintenant ! »

Sur ce dernier mot, il se rassit en soufflant pendant que, déjà, sa garde rapprochée faisait crépiter des applaudissements enthousiastes. Alors, le conseil municipal se leva comme un seul homme. Chacun voulut être le premier à féliciter l'orateur, à l'assurer de son soutien – mais aussi à promettre de parapher le document permettant l'entame légale des travaux. Dans le même temps, le traiteur donna le départ à la valse de ses quatre serveuses. Le champagne se mit à couler à flots, les plateaux chargés de petits fours et autres mignardises circulèrent dans l'assistance, et seul Pascal Chancel demeura à l'écart de cette euphorie. Il se sentait empli d'une admiration sans bornes pour Charles Dutilleux. Certes, celui-ci pouvait se montrer dur, arrogant, sans pitié, autoritaire. À plusieurs reprises, le directeur général des services techniques qu'il était l'avait accompagné à Paris. Là, à l'occasion des multiples rendez-vous qu'ils avaient enchaînés, il avait saisi des bouts de phrases, des allusions. Le passé de l'homme d'affaires n'était sans doute pas aussi propre que ce qu'il voulait bien laisser croire. Mais quoi ? Tout le monde possédait sa collection de fantômes dans ses armoires, non ? Et l'on ne pouvait pas atteindre une telle réussite, ni gérer une fortune aussi coquette, sans écraser quelques têtes. Où était le mal ?

Pendant que les poignées de main et les accolades se multipliaient à l'envi, que les flûtes à champagne lançaient leurs premiers carillons dans l'air surchauffé, Pascal Chancel croisa les bras sur sa poitrine et se réjouit du spectacle. Charles Dutilleux venait de remporter une bataille essentielle. Le vote, qui interviendrait plus tard dans la soirée, ne serait qu'une formalité. Isla Negra allait dégringoler. La *Danaïs*, la drague à disque désagrégateur, remplirait son office. Jonas Jonas, ce fêlé sans Dieu ni maître, serait expulsé. La vieille Gaïa pourrait bien faire ce qu'elle voudrait. La vox populi l'avait emporté. Et haut la main, encore ! Les prétendues photos que possédait l'ancienne mère maquerelle n'existaient d'ailleurs peut-être même pas. Et, le cas échéant, si elles apparaissaient, que pourrait-il bien se produire de si terrible, après tout ? Une information chassait l'autre. Des affaires datant de plusieurs décennies, cela n'amuserait que les imbéciles. Et l'on passerait rapidement à autre chose.

Quant à lui, Pascal Chancel, il n'aurait qu'à suivre Dutilleux. Le patron. Le boss. Pour services rendus au promoteur immobilier, il encaisserait une somme rondelette, dès que les premiers immeubles sortiraient du sol. D'autres enveloppes suivraient. Son avenir était tout tracé. Sa fortune était faite.

Les bras maintenant grands ouverts, le directeur général des services techniques de la ville fendit la foule et s'approcha du promoteur. Ce faisant, il bouscula sans le faire exprès le maire, un petit pot à tabac qui ne disait jamais un mot et se contentait de sourire en toutes circonstances. Il ne briguerait pas un nouveau mandat, c'était couru. La place serait bientôt libre. La place serait bonne. La place ne demanderait qu'à être occupée par un homme, fidèle parmi les fidèles au promoteur.

Faisant fi des convenances, Pascal Chancel serra contre lui le promoteur que l'on fêtait comme un héros et s'exclama : « Monsieur !

Vous êtes un visionnaire. Un visionnaire et un patriote. Grâce à vous, je le sais désormais avec certitude, nous sauverons notre bout de France… »

Le lendemain de cette soirée – où le vote entérina à l'unanimité, moins une voix, la décision de démarrer au plus vite les travaux –, Charles Dutilleux recouvra l'énergie de ses vingt ans. Sur terre, il expédiait les affaires courantes et s'occupait lui-même de toute la paperasse administrative. Il n'était pas un perdreau de l'année. Il savait, par expérience, que même les affaires les plus sûres en apparence pouvaient capoter sur des détails, de simples fautes d'inattention. Il vérifiait donc chacun des courriers, la bonne conformité des polices d'assurance produites par les prestataires de services, appelait ses banques plusieurs fois par jour et passait un temps infini sur Internet, toujours en lien avec la préfecture, les maires des communes avoisinantes, la presse locale et nationale, sans oublier la gestion de ses propres affaires. Dans son bunker, ce fut alors un temps frénétique durant lequel les rendez-vous semblaient ne jamais devoir s'arrêter. Le séjour devint une salle d'attente. À toute heure, des conciliabules aux voix étouffées se tenaient dans le bureau du premier étage. Architectes, promoteurs associés, courtiers, agences de communication, professionnels du BTP, élus à l'urbanisme, au cadre de vie et à la voirie, chefs de service du cadastre, secrétaires ou commerciaux mandatés par des sociétés de mobilier urbain : Charles Dutilleux était sur tous les fronts, mangeant à peine, enregistrant des courriers sur son dictaphone, ne prenant même plus le temps de se doucher lorsqu'il changeait de chemise.

Sur mer, toute cette agitation cédait soudain le pas à l'attente. Dès qu'il le pouvait, l'homme d'affaires abandonnait son costume sombre et quittait le bunker. Au volant de l'une de ses voitures, il gagnait le port et, seul ou accompagné par Pascal Chancel, rejoignait la *Danaïs*. À peine avait-il posé les pieds sur le pont du *rock cutter* que son hyperactivité s'évanouissait comme par enchantement. Était-ce dû aux trépidations du moteur à gasoil qui vrombissait sous ses pieds ? Aux parfums conjugués des embruns et de l'huile carbonisée qui lui montaient à la tête ? Au fait de savoir que, bientôt, la colline où trônait Isla Negra s'affaisserait ? Toujours était-il que Charles Dutilleux éprouvait alors une jouissance sourde à constater que son plan se déroulait comme prévu. Qu'il pleuve ou qu'il vente, il savait que sa place était là. Aux premières loges. Il ne manquerait rien du spectacle. Son obsession de voir la falaise dunaire s'effacer de la carte allait être exaucée.

Penché sur le bastingage, le corps à moitié dans le vide, sourd aux mises en garde du capitaine et des matelots, le promoteur passait là des heures à tenter de repérer, dans les eaux troubles, la présence de la fraise. Masquée qu'elle était par les matériaux que son activité soulevait, il ne pouvait la voir mais il la sentait, de façon presque charnelle. Elle était là, tout au fond, qui travaillait à la réalisation de son grand œuvre. Avec méthode, obéissant aux ordres que lui fournissait l'ordinateur de bord couplé à un sonar, cette tête d'acier faisait sauter les croûtes de roche, les broyait, les réduisait à l'état de granulats informes, les aspirait et les refoulait par un réseau de tuyaux de plastique d'un éclatant jaune vif. Là-bas, sur le rivage, à quelques kilomètres à peine de la base d'Isla Negra, une dizaine d'ouvriers s'activaient sans relâche. À l'aide de pelleteuses et de bulldozers, de camions, de bennes et de trémies, ils récupéraient cette bouillie marine sur laquelle les mouettes et les goélands s'abattaient par vagues, trop heureux de l'aubaine. Avec la patience de fourmis, ces travailleurs casqués et équipés de lourdes bottes mettaient cette pâtée à sécher en monticules. Lorsque le temps des travaux de viabilisation viendrait, ces granulats fourniraient une matière première abondante et gratuite.

Un soir, alors que le soleil s'éteignait à bâbord et que ses derniers rayons s'accrochaient aux lignes coupantes du manoir, le capitaine de la *Danaïs* vint trouver Charles Dutilleux. Celui-ci enjambait le bastingage pour descendre dans la navette qui le ramènerait au port lorsqu'il fut retenu à la manche par la poigne du Hollandais au crâne rasé. Dans un anglais approximatif, lui indiquant le promontoire d'une main tatouée d'une rose des sables, le pacha batave souffla : « *House. On the mountain. Danger. Big danger…* »

Comme l'homme d'affaires faisait mine de ne pas comprendre et tentait d'échapper à la prise, le capitaine insista : « *Too much! Work, too much. Not enough sand. The house…* Badaboum ! »

Continuant à feindre de ne pas entendre l'avertissement, Charles Dutilleux s'ouvrit de son plus grand sourire et répliqua : « *Yes! Good night! Good work!* »

Il parvint enfin à se libérer de la poigne du marin et commença à descendre l'échelle qui menait à la navette. Au-dessus de lui, le Hollandais, circonspect, fourrageait de ses doigts dans sa barbe drue et sale. Puis, il regagna son cockpit dans un haussement d'épaules. Après tout, il n'était responsable de rien. Il ne faisait qu'obéir aux ordres de ce petit homme, ce commanditaire électrique qui n'entendait rien aux choses de la mer. La journée, comme les précédentes et celles à venir, avait apporté son lot de fatigue. L'équipage avait roulé des cigarettes et fumait comme un seul homme, qui du tabac, qui de l'herbe. Au final, le capitaine se foutait du tiers comme du quart que ce bizarre manoir, juché au sommet de sa dune, fasse la culbute ou pas. Ce n'était pas son histoire. Il avait d'autres chats à fouetter.

Dans le Zodiac à coque rigide qu'il avait appris à barrer de son mieux, Charles Dutilleux reprit le chemin de la côte. Ce grand échalas de Hollandais connaissait son affaire. Tout le limon et toute la roche que la *Danaïs* soustrayait aux fonds marins seraient très vite remplacés par le sable qui soutenait Isla Negra. Il n'était pas nécessaire d'avoir fait l'école des mines pour deviner les conséquences de ce travail de sape. Dans les bureaux de la DREAL, Grégoire Latour s'était bien fait un peu tirer l'oreille. Il s'était même emballé, avait prononcé les mots de crime écologique, de destruction des écosystèmes, de viol manifeste de la loi littoral. Grégoire Latour n'était pas un homme qui se laissait facilement corrompre ni acheter. Lui, non. Mais ses supérieurs n'avaient pas eu autant de scrupules. Dutilleux avait trouvé pour eux les mots justes, les arguments qui font mouche. Ces ronds-de-cuir lui avaient, au final, coûté cent fois moins cher que la seule location de la *Danaïs* et de son équipage. Ils avaient paraphé le dossier. Le chantier était en cours. Rien, désormais, ne pourrait l'arrêter.

À l'instant où l'homme d'affaires s'apprêtait à pénétrer dans son roadster, le visage piqueté d'éclats de sel et ses derniers cheveux en bataille, Gaïa sortit d'une poche d'ombre et l'apostropha soudain. En boitant encore plus bas que d'habitude, elle vint s'appuyer contre un réverbère du front de mer. Là, dans la flaque de lumière falote, elle tendit sa canne vers lui. La perruque prise dans un béret des années 1940, vêtue d'une longue robe de coton noir et épais, elle le vrilla de son regard charbonneux, brandissant son bout de bois devant elle comme un Don Quichotte dérisoire et pourtant menaçant.

Malgré le vent qui s'était mis à battre les branches des micocouliers frigorifiés, sa voix parvint aux oreilles de Dutilleux, inflexible, cassante : « Charles, il faut que je te parle. Tu ne pourras pas toujours m'éviter. Charles… »

Aussitôt, le promoteur sursauta. Puis, avant de refermer de façon précipitée la porte sur lui, il eut encore le temps d'entendre cette phrase : « Tu ne pourras pas toujours m'éviter, Charles. »

Quelques secondes plus tard, la silhouette de la vieille disparaissait dans le rétroviseur, grotesque, se dissolvant dans la nuit. À la place de ce corps flagellé par les vents, il n'y eut plus que le ruban noir et luisant de la route qui se déroulait sans heurt.

Dans l'esprit de Charles Dutilleux, pourtant, les derniers mots de la vieille résonnaient encore, douloureux : « Tu ne pourras pas toujours m'éviter… »

| 14 |

AU COURS DES QUELQUES SEMAINES de travaux de la *Danaïs*, Jonas Jonas ne demeura pas inactif. Bien au contraire. À compter du jour où il dévoila aux huissiers Whale & Whales ses rêves de bateau, le Vieux fut lui aussi saisi par une frénésie qui le ramena aux plus beaux moments de sa jeunesse. Loin des réunions et des discussions sans fin qui se tenaient en ville et entre les murs du bunker, à mille lieues des vapeurs crasseuses et mortifères de la drague marine, chaque journée s'écoulait dans une bonne odeur de bois fraîchement raboté, de colle et de mastic, de vernis ambré que venaient, parfois, illuminer de brefs éclats de rire. Après l'arrivée théâtrale de l'Africain et de ses grosses lèvres toutes pleines de « bateau du diable », Jonas avait raccompagné les deux huissiers à leur voiture. Pendant que le jeune Dylan, déjà assis à la place du mort, ne voyait plus le moment où il pourrait enfin quitter cette maison de fous, Honoré avait échangé quelques mots avec le Vieux.

Sa pochette de mises en demeure fermée et plaquée sur sa poitrine, il avait tenté, avec un sourire vaincu d'avance : « Je suppose qu'il ne sert à rien que je vous remette le document en main propre ?

– Vos mains ne sont pas plus propres ni plus sales que les miennes. C'est juste votre métier que je ne trouve pas bien beau. Mais ça, vous le savez déjà.

– Donc, je ne vous le remets pas.

– Non. Mais vous pouvez me dire pourquoi vous êtes venu. C'est la dernière notification. Ça, je l'avais compris. Mais après ? C'est sérieux toute cette histoire de police ? »

Les yeux au sol, l'officier de justice hésita un bref instant. Puis, sans conviction, il expliqua : « Très sérieux. Concernant les mesures d'expulsion, la police ne fait qu'obéir aux ordres du juge.

– Et mon Baïkal, c'est à moi qu'il obéit et à moi seul. Je les attends de pied ferme, vos guignols à képi.

– Ne plaisantez pas, monsieur Jonas. C'est sérieux. Il n'y a plus aucun recours. D'après ce que je sais, ils viendront la semaine prochaine. Dans dix jours, tout au plus. Dutilleux a le bras long. Il est pressé d'en finir.

– Dutilleux ? Je l'emmerde. Mais vous ? Vous ne pouvez rien faire ?

– Non.

– Alors, ce n'est pas la peine d'avoir un costume de ministre et de rouler dans une voiture qui doit coûter deux fois ma pension de retraite pour l'année. Mais puisque c'est la loi et que les dés sont jetés... Prévenez quand même la police que mon Baïkal est chargé avec de la chevrotine. Je n'ai encore jamais tiré sur personne, remarquez. Mais j'ai l'intuition que j'apprendrai vite.

– Vous plaisantez, j'espère ! Vous ne feriez pas ça ? »

Face au regard inquiet d'Honoré Whale, le Vieux bomba le torse avec fierté. Puis, à l'instant de fanfaronner une nouvelle fois, il finit par baisser la tête et avoua, dans un bougonnement tout juste compréhensible : « Ma foi... Deux ou trois coups de fusil en l'air, peut-être. Et encore. Je serais bien capable de me démettre une épaule ou de me casser un bras. Dans cette affaire, les flics n'auront pas grand-chose à craindre, allez… »

Avisant la longue silhouette de Georges qui, adossé à la face lézardée du manoir, fumait l'une de ses cigarettes filiformes, il ajouta : « Moi, je ne risque rien. Je m'en fous, même. À mon âge, ils ne vont pas me tirer comme un lapin de garenne, non ?

– Je ne pense pas, mais…

– Pour vous dire toute la vérité, c'est à cause de ce Gitan qui est là-bas que je m'inquiète. À cause de lui, mais aussi de ce grand benêt d'Africain.

– Pourquoi ?

– Ils sont aujourd'hui ma seule famille. Et j'y tiens. Le voleur de poules, c'est comme qui dirait mon frère. Quant à l'Hercule qui voit le diable partout, il pourrait être mon fils. Ou mon petit-fils.

– Et alors ?

– Et alors, il m'est avis qu'ils n'ont guère de papiers en bonne et due forme. À dire vrai, je ne pourrais même pas vous dire quel est le plus migrant ou le plus immigré des deux. Quoi qu'il en soit, ils n'ont pas de papiers. Et la police… »

Comme les derniers mots restaient en suspens, lourds de menaces, l'huissier murmura d'une voix amicale : « Il suffirait que ces deux-là ne soient pas chez vous quand la police arrivera. Dites-leur de partir avant que les gyrophares ne viennent se promener par chez vous et tout se passera bien. »

Aussitôt, le visage tanné de Jonas se rembrunit un peu plus. Avec un rire forcé, il répliqua : « Elle est bien bonne, celle-là ! Vous êtes sérieux ?

– Oui, pourquoi ?

– Je viens de vous dire que c'était comme ma famille, ces deux paumés. Si la police vient allumer ses lanternes et ses pin-pon dans le coin, ils seront avec moi. Ils ne me quitteront pas d'une semelle.

– Mais il ne faut pas ! Je viens de vous dire que c'était la...

– Que voulez-vous ? C'est ça, la famille. La vraie, celle qu'on se choisit. Je ne parle bien sûr pas de celle qui vous met au monde. Et ce ne sont pas que des mots, ce que je viens de vous dire. Avec tous vos papiers et malgré toutes vos lois, vous devriez savoir ça, quand même... »

Honoré Whale, qui n'avait de nouvelles de ses enfants que pour le premier janvier et son anniversaire, toujours par téléphone, encaissa le coup du mieux qu'il le put. Il réfléchit un instant et lança : « Si je trouve un moyen de repousser la date de l'expulsion, ça vous arrange ?

– D'après vous ? Je prendrai chaque seconde de rab avec un plaisir que vous n'imaginez pas. Ça ne me sauvera pas la vie, nous sommes bien d'accord sur ce point. Mais ça me donnera un peu plus de temps pour me retourner.

– Et ce délai vous permettrait-il de préparer vos amis et vous-même à l'inéluctable ?

– C'est possible.

– Alors, j'ai peut-être la solution... »

Cet Honoré Whale n'était décidément pas un huissier comme les autres. Après avoir ouvert la chemise contenant la notification d'expulsion, il l'avait rapidement consultée en fronçant les sourcils d'un air docte. Enfin, il avait annoncé la bonne nouvelle. Tout d'abord, ce serait bien le diable s'il ne parvenait pas à différer d'une semaine à dix jours le signalement du refus d'obtempérer du Vieux à la préfecture. De plus, il jurerait mordicus que l'état d'urgence qui motivait toute cette procédure était largement exagéré. La maison était fragile, certes. Mais contrairement à ce qui se colportait en ville, elle n'était pas à l'article de la mort. C'était de la pierre lourde. Ça ne risquait pas de s'effondrer du jour au lendemain. Les responsables préfectoraux le croiraient sur parole. L'on était mi-février. La trêve hivernale prendrait fin le 30 mars. Honoré Whale alléguerait qu'un peu de patience éviterait une levée de boucliers. Ainsi, les associations pour la défense des mal-logés seraient tenues à l'écart. La presse ne pourrait pas faire son miel d'un pauvre vieillard, expulsé de chez lui par la force publique. Bref, le coup était jouable.

Jonas avait alors demandé : « Vous diriez ça ?

– Oui.

– Et pourquoi ?

– Pour la même raison, je suppose, qui fait que vous avez eu, un jour, l'idée d'acheter un cotre à hunier pour le rénover dans votre cave. »

Sur cette réponse apparemment sibylline, l'officier de justice serra avec vigueur la main du Vieux et s'installa au volant. Alors que le véhicule accomplissait ses premiers tours de roues, il se pencha à la fenêtre et ajouta : « Vous avez jusqu'au 30 mars, monsieur Jonas. Pas un jour de plus. C'est tout ce que je peux faire.

– Merci.

– Avec plaisir. Ce ne sont que quarante jours. Mais on peut en faire, des choses, en quarante jours et quarante nuits. Le tout, c'est de faire les bonnes. »

Le jour même de la visite d'Honoré et de son associé, une fièvre inaccoutumée s'empara donc de la carcasse d'Isla Negra. Sans même se concerter, Jonas, Georges et l'Africain s'unirent dans un même effort afin de restaurer au plus vite le cotre à hunier dans le ventre froid de la cave du manoir. S'ils désiraient se mettre à trois pour redonner vie à cette embarcation, il fallait faire de la place. Les bras chargés de cartons, se donnant la main l'un l'autre pour déplacer les pièces les plus lourdes, ils se mirent à extraire le résultat de tout ce qu'une vie d'homme avait pu entasser, avec patience, dans le sous-sol d'une maison. Le Vieux accomplit sa part du travail sans une once de tristesse. Au contraire, il fut même le plus actif et, à chacune de ses remontées à l'air libre, il semblait rajeunir.

Lorsque la place fut nette, quand tous les objets qui avaient accompagné Jonas au fil de son existence se retrouvèrent dans le carré de jardin, leur propriétaire éprouva l'envie irrépressible de transformer ce monticule en un feu de joie crépitant. Georges, avec sa sagesse fataliste, interrompit le propriétaire des lieux à l'instant où celui-ci allumait son Zippo. Ça n'était pas la nostalgie qui l'étouffait, non. De façon plus prosaïque, un vent chafouin venait de se lever. Sur sa cheminée tordue, le coq rouillé couinait douloureusement, écartelé dans son impossibilité de désigner les quatre points cardinaux de manière simultanée.

Après un discret haussement d'épaules, l'Argentin de Carcassonne gronda : « C'est du mauvais vent. C'est le vent des fous. Ou le vent qui rend fou, c'est selon. Une étincelle, et tu jettes le feu dans toute la Province. »

À regret, le Vieux rengaina donc son Zippo.

« Alors, mes souvenirs vont pourrir dans le jardin. Les cadavres n'ont pas de poches, comme on dit. Quand on passe de l'autre côté du miroir, riche ou pauvre, on n'emporte jamais rien avec soi. »

À présent que la cave respirait à nouveau librement, Jonas distribua les rôles que chacun tiendrait dans cette aventure de quarante jours. Georges possédait des mains d'or, des mains d'artiste. Il veillerait au bon avancement des travaux et réaliserait les tâches nécessitant le plus de savoir-faire et de minutie. L'Africain, lui, était jeune et fort comme un troupeau de bœufs. Il serait l'homme de peine, le tâcheron. Sur les conseils du Gitan, il apprendrait le métier et, en retour, pourrait boire et manger tout son saoul. Quant au Vieux, il se contenterait de la place du grouillot boiteux, celui qui passe les outils, prépare les vernis, rince les pinceaux et, surtout, fait à manger. Après le passage de la tempête, la cuisine avait rendu les armes. Le piano s'était renversé, le réfrigérateur avait poussé son dernier soupir, le sol lézardé était jonché d'éclats de verre. Cela ne suffit pourtant pas à doucher l'enthousiasme de Jonas. Sans trop se plaindre, il réapprit à maîtriser le feu dans un barbecue extérieur qu'il protégea des rafales du mieux qu'il le put.

Le soir, Georges et l'Africain partirent au ravitaillement dans le supermarché d'entrée de ville. Ils ne rallièrent Isla Negra que deux heures plus tard, la Méhari débordant de victuailles et d'outils, de sacs de charbon de bois, de cubitainers de rouge et de rosé, de tabac à rouler, de papier gommé, de produits choisis avec soin dans un magasin spécialisé dans les articles de marine. Après un solide apéritif, ils dînèrent d'un poulet en crapaudine et, dans un silence religieux, sucèrent et rongèrent jusqu'aux os les plus fins. Puis, pendant que l'Africain s'éloignait sur le sentier d'un pas lourd retrouver sa resserre dans le parking de Dutilleux, Georges finit de rouler deux cigarettes. Il tendit au Vieux celle qui lui revenait et se mit à tirer sur la sienne à petites bouffées, chaque aspiration faisant sortir de l'obscurité les traits de son visage taillé à la serpe.

Lorsque le mégot s'éteignit de lui-même entre ses lèvres minces, il tira le bandonéon de l'étui qui se trouvait à ses pieds. Avant de plaquer le premier accord, il souffla : « Dis-moi ? Pourquoi tu ne m'as jamais parlé de toi ? »

Dans la nuit qui se chargeait d'une humidité salée, Jonas se crispa sur son pliant.

« Parce que ce n'est pas tes affaires. Et d'abord, tu as sorti ton crincrin. Je ne parle pas de moi en musique, espèce de romanichel d'opérette. »

L'Argentin de Carcassonne connaissait son *compadre* sur le bout des doigts. Aussi, il ne répliqua pas et se contenta de broder des variations aériennes sur *Tucumán*, un antique tango imaginé par Juan d'Arienzo. Jonas, de son côté, continua à marmonner des bouts de phrases inintelligibles. Peu à peu, ce grommellement céda le pas à un silence rythmé par le vent, les gémissements du coq rouillé et les notes fragiles du bandonéon. Buenos Aires se transporta sur la falaise dunaire, avec son tango et ses putains maquillées à outrance, ses maquereaux aux chaussures bicolores, ses touristes inquiets et l'odeur, entêtante, de la viande qui se désespère de brûler sur la braise.

Après avoir porté son verre de vin rouge à ses lèvres, en avoir avalé une gorgée et fait claquer de satisfaction sa langue contre son palais, le Vieux finit par grogner : « Et qu'est-ce que tu voudrais que je te dise de moi, voleur de poules ? Je ne sais pas qui est mon père. Je ne sais pas non plus qui est ma mère. Je suis orphelin, je suis de l'Assistance. Et j'emmerde le monde entier. Avec ça, tu en sais déjà mille fois trop sur moi et sur mon arbre généalogique. »

En réponse, une trille plaintive dessina dans l'espace un point d'interrogation sonore. Alors, Jonas poursuivit de sa voix monocorde : « Tu es curieux comme une vieille chatte. Tu n'en as pas assez de tout ce qu'ils racontent sur moi, en bas ? Il t'en faut encore ? »

D'autres notes, plus douces, encouragèrent le vieil homme à lâcher la bride à son monologue. Après s'être raclé la gorge, il s'exécuta : « C'est quoi qui te défrise ? C'est de ne pas savoir pourquoi je traîne ma guibole derrière moi ? C'est ça ? »

Seule une pause prolongée accueillit la question. Jonas prit cela pour un acquiescement et il plaisanta, avec une pointe de tristesse : « En ville, ils ont tout imaginé. Une maladie, un défaut de naissance, un accident, une bagarre. Et pourquoi pas une baleine qui m'aurait mâchonné, tant qu'on y est ? Mâchonné et recraché, parce que je ne suis pas très comestible, sans doute. Ce n'est pas idiot, vu sous cet angle. Un bout de fanon qui m'aurait sectionné le tendon. Pourquoi pas ? Mais la vérité, c'est plus simple et moins exotique que ça, tu peux me croire… »

Cette fois, ce fut le chant du coq rouillé qui, du sommet du toit, poussa le Vieux à continuer à se raconter. Après avoir rallumé son mégot, il grimaça :

« Un accident de baleine, ça pose son homme. On fait ce qu'on veut de son passé, tant que les autres ne viennent pas fourrer leurs gros nez dedans. C'est comme Isla Negra. Quand je l'ai achetée – et au comptant, cette fois, tu peux me croire –, ils ont tous cru que j'étais un sac cousu d'or. Mais non. Fanon de baleine ou pas, je n'ai jamais été riche. Ça m'aurait peut être plu, mais je n'ai jamais été doué avec les sous, en fait. Ça ne m'intéresse pas. Si j'ai acheté cette baraque, c'est parce qu'elle me plaisait et qu'elle n'était pas chère. J'avais un peu d'argent de côté. Alors, je me la suis payée. C'est aussi bête que ça, tu vois ? Il n'y a pas de sac d'or, à Isla Negra. Pas de cadavre non plus. Il y a juste un débris, un fêlé, comme ils disent. Et ce fêlé, il veut y finir ses jours. Avec toi et l'Africain, ça va de soi. Je ne veux plus rien avoir à faire avec tous les affreux, les nains du jour le jour. »

Ces derniers mots déclenchèrent dans le bandonéon une brusque succession de notes fraîches et acidulées, une quinte de rire en majeur et en septième. Amusé par cette saillie musicale, Jonas expliqua : « Toi, tu me connais, Gitan. Je suis un bon papa. Je n'ai pas d'histoire. En fait, j'en ai certainement une, mais comment savoir ? Avant d'arrêter de valser avec les pantins d'en bas et de me retirer ici, j'ai fait comme toi. J'ai vécu mille vies. Au moins mille. Mais comment savoir laquelle était la bonne ? J'ai voyagé, j'ai bu, je me suis battu sans toujours savoir contre qui ni contre quoi. Et sans jamais être sûr que ça en valait la peine. J'ai aimé, aussi. Beaucoup aimé. Trop. Ou pas assez. Mal. Ou bien. Qui le saura jamais ? J'ai fait tous les métiers du monde. Et je n'en ai jamais trouvé un seul qui vaille la peine qu'on sacrifie sa liberté pour lui. Travailler ? C'est la plus grande escroquerie qui soit. Et quand tu vois le nombre de gens qui se lèvent, tous les matins, pour faire un métier dont ils se foutent comme de leur première chemise, tu te dis que c'est peut-être eux qui ont raison. Va savoir... Se crever la paillasse, faire des enfants, les élever. Et mourir. Sans jamais rien avoir connu de la vie. Sans jamais avoir osé prendre le large, avoir mis le cap sur autre chose. Crois-moi : l'humanité est une bien belle friponnerie. »

Dans un synchronisme parfait, une grappe de notes s'accrocha à quelques étincelles que le vent venait d'arracher au barbecue agonisant. Durant une poignée de secondes, lumière et musique s'enlacèrent pour un tango dans la nuit. Puis, elles s'éteignirent, pour l'éternité des siècles.

« C'est pour ça que je ne sors plus d'Isla Negra. Pour ça et pour d'autres choses, aussi. Mais je les garderai pour moi. Comme disait Brassens, "mettre en plein soleil son cœur ou son cul, c'est pareil". Tu n'en sauras pas plus, crapule. »

Le tango tirait sur sa fin. Le lendemain, les trois hommes se lèveraient mais, pour eux, le voyage en vaudrait la peine. Quarante jours. L'on pouvait en bâtir, des choses, en quarante jours. Et l'on pouvait en faire, des rêves, en quarante nuits.

Avant de quitter son pliant, Jonas maugréa : « Quant à ce que je guette avec ma longue-vue marine, tous les matins et tous les après-midi, je sais que ça te tracasse toujours. Mais je vais te laisser là, avec tes questions. L'essentiel, crois-moi, ne se trouve pas dans la réponse que je pourrais te donner. Ce que l'on attend ou ce que l'on espère n'est que secondaire. Que ce soit l'amour, le loto gagnant, la place du calife ou le jour du grand départ. Tout ça, c'est des prétextes. L'essentiel, c'est d'attendre. Hélas, il n'y a plus grand monde qui attende de nos jours. Ils veulent tout, tout de suite. C'est idiot. C'est comme faire l'amour à la plus belle femme du monde sans avoir pris le soin de lui faire la cour. Ça soulage, mais ça ne comble rien. Alors, dis-toi bien que si je guette, c'est pour le plaisir de guetter et de garder l'espoir. L'espoir de quoi ? C'est à toi de trouver la réponse. »

Soudain, le craquement d'une branchette sèche mit un point final à la mélopée du bandonéon. Le Vieux saisit son Baïkal et, d'un coup de pouce, fit sauter le cran de sûreté.

S'adressant à l'immensité de la nuit, maintenant toute propre de nuages, il lança d'une voix forte : « Qui est là ? »

Dans le silence qui accueillit son cri, il gueula à nouveau : « Je vous préviens ! Mon fusil est chargé à la chevrotine. Avec ça, j'arrose large ! Alors, montrez-vous ou je tire ! Et ma gâchette…

– Votre gâchette est limée, monsieur Jonas. Vous me l'avez déjà fait remarquer. »

Apparaissant dans la lumière bleue de la lampe à gaz, Honoré Whale s'avança face aux deux hommes, les paumes des mains ouvertes et un sourire amical sur le visage. Cette fois, il avait abandonné le costume noir et la cravate pour un jeans, un polo d'un autre âge et des baskets. Sans se départir de son calme ni de sa bonhomie, il reprit : « Votre histoire de cotre à hunier m'a poursuivi toute la journée. Je ne sais pas pourquoi. Je ne suis pas homme à me laisser aller à ce genre d'enfantillages, vous savez ? Ce soir, j'ai essayé d'en parler à ma femme, et elle m'a traité de fou. Je suppose que je ne lui ai pas bien expliqué la chose. Ce doit être ça, peut-être. »

Sans avoir l'air d'y toucher, l'officier de justice progressa de quelques pas de plus.

« Bref, elle et moi, on a eu des mots. Comme avec mon associé. Du coup, je les ai quittés. Tous les deux. Et je me suis dit que vous ne seriez peut-être pas contre un petit coup de main. Je ne suis pas de la première jeunesse, mais j'ai deux bons bras qui sont encore, ma foi, assez vigoureux. Quarante jours passent vite. À quatre, on abattra plus d'ouvrage. Qu'est-ce que vous en dites ? »

Après un bref regard échangé entre Georges et Jonas, celui-ci finit par réenclencher le cran de sûreté et par abaisser le canon de son semi-automatique. Sans quitter l'huissier des yeux, il lâcha : « *Compadre* ! Sers donc un verre de rouge à la justice en marche. Et arrête un peu, avec tes mélodies de suicidé. Joue-nous plutôt une milonga ou la habanera de *Carmen*. Fais-nous danser les étoiles. Il en restera toujours quelque chose… »

| 15 |

SUR LE CHEMIN DU RETOUR, Honoré Whale n'avait pas jugé bon de parler du cotre à hunier avec son associé. Il n'aurait pas compris. Il aurait confondu la construction de ce rêve avec une poussée délirante de son homonyme sans « s ». Honoré avait donc gardé pour lui sa passion d'enfant, celle qui, tous les matins durant des années, l'avait jeté sur le port afin d'assister au départ des bateaux qui cinglaient vers le grand large. Pourquoi courait-il chaque jour, dératé en culottes courtes, le cartable battant sur le dos, à ce rendez-vous ? Il n'en savait rien lui-même. Mais il était toujours à l'heure. Planté sur un rocher, essoufflé, il se gavait du spectacle qu'offraient ces coquilles de noix ballottées par la houle. Mains dans les poches, il plissait les paupières et attendait comme un chiot, le nez au vent. Lorsque les barques et les chalutiers disparaissaient, engloutis par l'horizon de cette mer toute-puissante, il remontait le col de son caban, reniflait à deux ou trois reprises, puis reprenait le chemin de l'école avec, au cœur, un vide immense. Une plaie vive enrubannée de varech et d'écume.

Tout cela, Dylan Whales ne l'aurait pas compris.

En quelques mots, Honoré lui avait donc mis le marché en main. Il avait enrobé le tout de lassitude, de retraite à prendre. Il avait fait son temps, n'est-ce pas? Place aux jeunes, au jeunisme fringant, même! Alors si son associé obtenait l'ajournement de quarante jours qu'il désirait, il lui abandonnait ses parts dans la société. À un bon prix. Les parts, mais aussi le carnet d'adresses, les locaux de l'étude et le mobilier. Sans une once de scrupule ni la moindre curiosité, Dylan Whales s'était empressé d'accepter l'offre. Honoré, lui, s'était senti aussitôt plus libre qu'il ne l'avait jamais été.

Quant à sa femme, il n'avait pas été surpris par sa réaction. Elle ne lui avait parlé que de détails pratiques, de points retraite manquants, de trimestres échus, d'assurance-vie en cours. Jamais des raisons pour lesquelles, sur un coup de tête, il décidait de tout abandonner. Pire encore. Elle n'avait pas crié quand il lui avait dit qu'il allait passer plus d'un mois à aider Jonas à rénover son cotre à hunier. Elle lui avait seulement interdit de dépenser l'argent du ménage à cette fin. Elle s'était ensuite réfugiée dans la contemplation de l'écran de la télévision, étrangère à tout. Elle, elle avait mené sa propre barque à bon port. Elle avait vécu une vie raisonnable, avec des joies raisonnables et des peines du même tonneau. Elle avait fait sa part et attendait, maintenant que les enfants étaient partis, de vieillir et mourir de façon raisonnable. Entre deux langues de chat, un doigt de porto et des souffrances raisonnables. Tel était son chemin de vie. Et elle n'en bougerait pas.

En refermant derrière lui la porte du pavillon, Honoré Whale s'était de nouveau senti empli d'une liberté que seuls les bateaux en partance vers l'ailleurs avaient réussi à faire naître chez lui. Une bouffée de son passé vint le fouetter en pleine face. L'espace de quelques secondes, il se retrouva, souffle coupé, projeté dans son enfance. Il se revit à cette époque, quand son nez coulait, quand ses mollets malingres frissonnaient sous les coups de fouet d'un vent venu de l'autre côté du monde, là où le sable est d'or et où les singes, paraît-il, sont verts.

Durant les trente-neuf jours suivants grignotés sur la machine judiciaire, les quatre compères ne ménagèrent pas leurs efforts. Sitôt le café avalé, tous se remettaient à la tâche. De coups de maillet en vibrations de perceuse, du bourdonnement entêtant de la ponceuse aux parfums violents du vernis, chacun rabota, porta, assembla, fit, défit et refit, emboîta, déboîta, râla, pesta, jura, éclata de rire ou de fureur. Peu à peu, le *Phœnix* prit forme. Dans l'atmosphère appliquée de la cave, des mots s'envolaient parfois, papillons multicolores et exotiques. Bôme. Grand-voile à corne. Foc. Trinquette. Voile aurique. Bout-dehors. Ici, l'on redonnait la vie à un cotre à hunier, pas à un cat-boat, à un bateau à livarde, ni à une voile latine. Avec son mât de flèche, ça n'était pas un vulgaire tapecul qui renaissait. Au fil des jours, ça n'était d'ailleurs même plus une embarcation. C'était autre chose. Autre chose de plus beau et de plus grand. De plus essentiel, aussi.

Parfois, le ballet de ces mains poisseuses de colle ou de vernis s'interrompait soudain. Une détonation sourde venait de monter du ventre de la dune. Les quatre hommes évitaient de se regarder. Ils ne savaient que trop bien de quoi il retournait. Le travail de sape de la drague marine de Dutilleux portait ses fruits. Ils n'avaient qu'à s'aventurer sur le balcon du séjour pour la voir, là-bas, au large. Toute d'acier et d'obstination, elle grignotait à la façon d'un cancer sous-marin cette falaise que la nature avait mis des millénaires à bâtir.

Sur la *Danaïs* et sur la rive, les hommes du promoteur, eux aussi, mettaient les bouchées doubles. Le sable et les granulats dessinaient des buttes dégoulinantes à même la plage, toujours survolées et piquetées par les charognards des mers. Ces terrils d'un nouveau genre pointaient leurs seins vers le ciel, sans la moindre pudeur. Alignés côte à côte, ils figuraient des dents brunâtres, malsaines. À chaque détonation, Isla Negra glissait un peu plus bas dans la pente. Le temps filait à une allure folle. Alors, en réponse, les quatre hommes n'économisaient pas leurs efforts.

La seule pause dans cette lutte à distance intervenait lorsque les douze coups sonnaient au clocheton de la ville. Assis dans un coin depuis le matin, où il taillait sur mesure et cousait de son mieux hunier, grand-voile et perroquet, Jonas abandonnait son poste, repliait ses lunettes de myope et s'étirait. Puis, tout en claudiquant et en étouffant ses éternels jurons dans sa gorge, il remontait à l'air libre préparer le repas.

Un jour, alors qu'un temps de curé étamait une mer d'huile, il surprit une discussion entre Georges et l'Africain. Celui-ci, accroupi sur le sol face à l'immense portrait de Frida Kahlo – que tous les soins du Gitan n'avaient pas réussi à redresser –, se dandinait avec timidité d'une cuisse sur l'autre. Puis, il osa : « Monsieur Georges ? Pourquoi vous l'aimez tant, ce tableau ? »

Fidèle à ses habitudes, l'Argentin de Carcassonne prit le temps de la réflexion avant de répondre.

« Est-ce qu'on sait jamais pourquoi on aime une chose ?

– Moi, je sais.

– Qu'est-ce que tu sais ?

– Je sais pourquoi j'aime. Prenez la salade aux pois chiches de monsieur Jonas. Il sait que j'aime le poivre de Madagascar et les petits oignons blancs. Alors, il en met beaucoup. Et c'est pour ça que j'aime sa salade. »

Sans se départir de son sourire, le Gitan reprit : « Tu as raison. Pour les choses simples, en tout cas, tu as raison. Mais si je te demande pourquoi, toi, tu aimes Mérope ? Tu pourrais me répondre ? »

L'Africain frissonna, de la tête aux pieds. Il n'avait jamais avoué à qui que ce soit la nature des sentiments qu'il éprouvait pour la femme de son patron. Ces battements de cœur qui emplissaient sa large poitrine dès qu'il l'apercevait n'appartenaient qu'à lui. Quant aux raisons qui pouvaient expliquer cet amour, il en avait des tas. Des centaines. Peut-être même des milliers. Mais c'étaient des choses qui ne se disaient pas. Pas même à monsieur Georges qu'il tenait pourtant, avec monsieur Jonas, pour son seul ami.

Tout à son embarras, il fit mine de se lever, mais l'Argentin de Carcassonne le retint et expliqua : « Reste là, mon garçon. Ce n'était pas de la mauvaise curiosité. C'était juste pour te dire qu'il y a des questions qu'il vaut mieux ne pas poser. Soit parce qu'on a peur de la réponse, soit parce que ça touche des choses qui ne se disent pas avec des mots. Pour Frida et moi, c'est la seconde raison. »

À cet instant, une nouvelle détonation fit frémir et sursauter chaque objet dans le séjour, que le soleil tapissait de lumière. Le tableau se tordit un peu plus sur son axe. Georges posa alors sa longue main sèche sur l'avant-bras du géant. Puis, sans le regarder, il souffla : « On vit tous des rêves. Le tien se nomme Mérope. Il est beau comme le jour et mystérieux comme la nuit. Il te fait baisser les yeux, comme un enfant. Parce qu'il a le goût du péché et de la liberté. Et ça, ça te paraît inaccessible. Il a le parfum de l'interdit. Mon rêve à moi, je t'ai dit plusieurs fois que j'allais te le confier. D'ailleurs, je vais le faire maintenant, si tu en as toujours envie.

– D'accord, monsieur Georges.

– Il n'est pas bien gros, ça ne vaut pas la peine de se monter l'imagination pour ça. Il n'est pas méchant, non plus. Mais il est à moi. C'est juste un rêve de promeneur. De promeneur de l'inutile ou de voleur de poules, comme dirait ce satané croûton de Jonas… »

Dans l'encoignure de l'entrée où il se tenait coi, le Vieux marmonna pour lui-même quelques imprécations et tendit un peu plus l'oreille. La voix râpeuse comme une langue de chat du musicien reprit : « Mon rêve, ce serait…

– Ce serait quoi, monsieur Georges ?

– Mon rêve, ce serait de jouer du bandonéon dans un orchestre.

– Pourquoi vous ne le faites pas ? Vous êtes rudement fort, monsieur Georges. Les orchestres se battraient pour vous avoir. »

Après avoir tapoté affectueusement l'avant-bras de l'Africain, en guise de remerciement, le Gitan précisa : « Je ne te parle pas de l'orphéon ni de la fanfare municipale. Ni même de ceux qu'on voit au 14 juillet ou au 15 août.

– De quel orchestre vous parlez, alors ? »

Le regard maintenant plaqué sur le visage jaune et triste de *Frida la coja**, Georges raconta : « Je parle des grands orchestres. Ceux où les musiciens portent des costumes, des fracs, des queues-de-pie, des nœuds papillons.

– Ça fait jouer mieux, les nœuds papillons ? »

Ignorant la question, Georges insista : « Je parle des orchestres symphoniques, ceux que l'on ne va jamais écouter sans s'être habillé comme pour une fête. Dans ces orchestres-là, tu peux fouiller. Jamais tu ne trouveras de bandonéon. Tu trouveras des gros tambours qui n'ont pas d'histoire, des tambours de Blancs qui ne sont

* « Frida la boiteuse », conséquence d'une poliomyélite dont la peintre a été frappée à l'âge de six ans.

là que pour battre la mesure. Tu y croiseras aussi des triangles qui ne jouent que trois notes dans tout un concert. Tu y verras des cymbales, des grelots, des maracas et même des castagnettes. Mais des bandonéons, tu n'en trouveras jamais.

– C'est ça votre rêve, monsieur Georges ?

– Oui, mon garçon. Mon rêve, ce n'est que ça. Mon rêve, c'est tout ça. »

« Entre donc, grande asperge ! Entre, et ferme-moi cette porte. Il fait un froid de gueux. »

Comme Mérope, embarrassée par un cabas et un panier d'osier emplis jusqu'à la gueule, ne s'exécutait pas assez vite à son goût, Gaïa martela le sol avec sa canne.

« Tu en as mis un temps, aujourd'hui ! Si ça t'ennuie de venir me voir, tu peux rester dans ton nid de corbeau. Même mal foutue, je suis aussi bien toute seule que mal accompagnée... »

Sourde à la remarque, la jeune femme tira le vantail derrière elle et, sans un regard pour la vieille, elle passa en cuisine. Cela faisait un mois que, tous les jours, elle lui rendait visite. Outre la corvée de courses, elle s'était aussi résolue à nettoyer le capharnaüm dans lequel vivait la centenaire. À grands coups de brosse et de balai, de javel et d'eau savonneuse, elle s'était battue pied à pied contre la crasse qui enkystait chaque pièce. La lutte avait été âpre mais, aujourd'hui, elle pouvait être fière. La cuisine sentait le propre. La cafetière, détartrée, offrait désormais un jus acceptable. Les casseroles de cuivre avaient retrouvé leur lustre, les meubles et les poutres embaumaient la cire d'abeille ou quelque chose d'approchant.

Après avoir rangé les victuailles et les bouteilles dans les placards et le réfrigérateur, Mérope revint au salon. Avec le sérieux d'une enfant, elle portait un plateau chargé d'une carafe de vin blanc qui décantait, de deux verres à pied et d'une assiette couverte de tranches de saumon fumé, disposées sur des portions de pain de mie beurré d'abondance.

Lorsque la visiteuse déposa le tout sur la table basse, la vieille rajusta sur son crâne un chapeau cloche mauve des années 1920, légèrement trop petit pour elle et qui lui tenait lieu de perruque. Elle se mit à ricaner : « Du poisson de riche sur du pain d'Américains et de l'eau de boudin blanc. Tu me prends pour Crésus ou quoi ?

– C'est du saumon, madame Gaïa. Je l'ai acheté avec mes sous.

– Et ton jus de citerne ? Je parierais la retraite que je ne touche pas que c'est du picrate pour curés. Eux, ils s'y entendent pour s'arsouiller proprement.

– C'est du Lions de la Louvière. Je l'ai pris dans la cave personnelle de Chichou. Il dit que c'est un bordeaux rare qui ne se récolte que…

– Stop. C'est de l'amuse-gueule de rupin et de la bibine pour snob. C'est tout. Mais je vais me forcer quand même, puisqu'il n'y a que ça. »

Vingt minutes plus tard, l'estomac lesté et la carafe de cristal à moitié vidée, des miettes constellant le tour de ses lèvres et décorant sa poitrine, Gaïa se laissa aller en arrière dans son fauteuil. Pendant que Mérope lui tendait une cigarette allumée, elle l'interrogea : « Alors, ma fille ? Qu'est-ce qu'il se dit, en ville ? »

Avant de répondre, la jeune femme tira à plusieurs reprises sur le bas de sa jupe qui s'entêtait à remonter sur le haut de ses cuisses.

« Rien de plus que d'habitude.

– Et Isla Negra ? Ça en est où ?

– Ça continue.

– Qu'est-ce qui continue ? Tu t'es lavé les dents avec du chloroforme ou quoi ? Dis-moi un peu les choses ! »

Sous l'œil inquisiteur de la vieille, Mérope prit le temps d'avaler une bouffée de fumée et de la recracher avec lenteur dans le clair-obscur de la pièce. Deux jours auparavant, elle avait croisé Dylan Whales qui, poussé par la curiosité, était allé fouiner sur la falaise dunaire. Il avait été accueilli par un Jonas plus en forme que jamais qui, aussitôt, avait brandi son fusil dans sa direction, ne lui laissant d'autre option que la fuite. Mais l'huissier avait eu le temps de voir. Il était revenu en ville, surexcité, la bouche pleine de racontars, se répandant à discrétion dans les oreilles de toutes et de tous.

Trépignant sur son coussin, la vieille insista : « Eh bien ? Tu es devenue muette ?

– Isla Negra est toujours là. Mais elle descend.

– Comment ça, elle descend ?

– Elle n'est plus aussi haute qu'avant.

– C'est le vin qui te monte à la tête ?

– Non. C'est la drague de Chichou. Enfin, de mon mari. À force de creuser sous l'eau, le sable glisse. Alors, la maison descend.

– Qu'est-ce que tu me chantes là ?

– Rien. Juste la vérité.

– Et jusqu'où va-t-il la faire descendre, cet animal ?

– Ça, je ne sais pas. Jusqu'en bas, je suppose. »

Durant quelques secondes, l'on n'entendit plus que les gammes étouffées de l'orgue de l'église mitoyenne. À nouveau ratatinée dans son fauteuil, Gaïa s'essuya la bouche d'un revers de manche agacé.

Puis, elle cracha : « Mais il n'en a jamais assez, ce cochon-là ? Faire descendre les maisons des autres... Et la police est au courant ?

– Il m'a dit que c'était légal et...

– Mais on s'en fout que ce soit légal ou pas, ma pauvre fille ! Ce n'est pas la question ! La déportation des Juifs, à l'époque, c'était légal ! La traite des Nègres, c'était légal aussi ! Et c'était même encouragé par le pape et son armée de calottes ! Mais ce n'est pas parce que c'est légal que c'est bien ni que c'est juste ! »

Appuyée maintenant sur sa canne, le buste brusquement redressé dans son fauteuil, elle vitupéra encore : « Ma fille, ton Dutilleux n'est qu'un salopard ! Mieux : c'est un fils de pute. Exactement : un fils de pute... »

Comme Mérope la dévisageait avec des yeux ronds de surprise, elle se reprit et grogna, tout en enfonçant un peu plus son chapeau cloche sur sa tête : « Bon... Pas un fils de pute à proprement parler, non. Il est pire que tout, ce crapaud malfaisant. Mais ça ne va pas se passer comme ça, tu peux me croire. Moi vivante, il ne touchera pas à Isla Negra. Pas plus à Isla Negra qu'à Jonas ! »

Sur ce, la vieille se pencha en avant afin de se mettre debout. Hélas, à peine avait-elle soulevé son bassin qu'elle retomba de tout son poids sur le fauteuil. Un instant, elle sembla manquer d'air, roulant des yeux de noyée dans son masque blafard de maquillage. Comme la jeune femme se levait pour venir à son secours, elle l'en empêcha d'un geste autoritaire de sa canne.

Suffoquant, elle bredouilla :

« Je lui avais dit... Je lui avais dit, pourtant... Ne touche pas à Jonas...

– À qui avez-vous dit ça, madame Gaïa ? À Chichou ? Vous l'avez vu ? Mais pourquoi ? »

Alors qu'elle allait acquiescer, la centenaire se sentit partir dans une mauvaise quinte de toux qui la plia en deux durant de longues secondes. Lorsqu'elle put rouvrir les yeux, dissimulant dans son mouchoir des glaires rouges, ce fut pour voir Mérope qui composait sur son portable le numéro des urgences.

S'adressant au visage chaviré de la jeune femme, la vieille réussit à supplier : « Pose ça, ma fille. Pose ça tout de suite. C'est moi qui te le demande… »

Comme Mérope hésitait, elle ajouta : « Pas les docteurs. Ils vont vouloir me mettre à l'hôpital. Et c'est ici que je veux mourir. Chez moi. Je suis bien assez vieille pour mourir toute seule. Sans l'aide des médecins. Coupe-moi ton mouchard. Et apporte-moi plutôt la Ventoline, là, sur la commode. J'ai des choses à te dire… »

Dans la petite chambre qui jouxtait le salon, Gaïa reposait maintenant dans son lit, le corps recouvert jusqu'à la taille par un épais édredon couleur sang-de-bœuf. Le dos appuyé contre un oreiller, elle tenait entre ses doigts glacés et tordus par l'âge les longues mains blanches de Mérope. Débarrassée de son chapeau cloche, les rides de son visage accentuées par la lumière d'une veilleuse avare, elle racontait sans détour à sa visiteuse ce qu'elle savait de Charles Dutilleux, du grand et puissant Dutilleux.

Sa voix cassée s'accrochait sur certains mots, cependant le ton était pétri de rage et ne souffrait aucune faiblesse : « C'est une saloperie que tu as épousée, ma fille. Rien de plus, rien de moins. Une saloperie. Et je ne suis même pas désolée de te dire ça puisque c'est la vérité, nue et crue. Certains hommes sont des braves types. D'autres sont plus vicieux que des vipères, mais on peut s'en accommoder. Le tien, à toi, il est méchant et mauvais.

– Pourquoi dites-vous ça ?

– Parce que je le sais. Je sais beaucoup de choses sur lui. Quand il est revenu dans la Province, il a dit à tout le monde qu'il avait fait fortune dans l'immobilier. Et tout le monde l'a applaudi des deux mains. Les gens sont bêtes, que veux-tu ? Bêtes à manger du foin.

– C'était un mensonge ?

– Non. Ça, c'était vrai. Ce qu'il n'a pas dit, c'est la manière dont il a fait fortune.

– En faisant des affaires, non ?

– Ça, oui. Il en a fait, des affaires. Mais pas de celles qu'on t'apprend au catéchisme… »

D'une voix monocorde, la vieille Gaïa se laissa alors aller. Sous le regard extatique du Christ accroché au mur, elle dit de Charles Dutilleux ce qu'elle en savait. Sur son enfance, il n'avait pas menti. Jean-Gustave Dutilleux – notaire de son état – et Maryse Dutilleux – née Resse –, désespérés de ne pas réussir à avoir un enfant issu de leurs amours, l'avaient adopté, en bonne et due forme. Quant à son éducation, ils avaient fait de leur mieux. Hélas, malgré tous leurs bons soins, le garçon s'était très tôt révélé difficile. Capricieux, retors, colérique, il avait fait passer le carcan à ses parents. Dès qu'il avait obtenu son baccalauréat, comme si tout le diable et son train s'étaient lancés à ses trousses, il avait quitté la Province, direction Paris. En partant, il leur avait à peine adressé un regard. La fortune l'attendait.

« Tout cela, je le sais, madame Gaïa. Il me l'a raconté.

– Je m'en doute, ma fille. Jusque-là, il n'y a rien à cacher. Le provincial qui cherche à faire fortune à la capitale, c'est un classique. Mais attends la suite. Elle vaut son pesant de cacahuètes, tu vas voir… »

Incapable de se payer un studio dans les beaux quartiers, Charles Dutilleux avait fini par dégotter, dans le treizième arrondissement, une adresse borgne qu'une connaissance de passage lui avait indiquée. Rue Auguste-Blanqui, dans un immeuble qui ne tenait que par l'opération du Saint-Esprit – et grâce à tout un réseau complexe d'étais supposés renforcer la structure –, le propriétaire louait à la demande des chambres dont la crasse et la vétusté vous soulevaient le cœur. Là, à toute heure du jour ou de la nuit, des prostituées défilaient. Le verbe haut, souvent ravagées par l'alcool et la poudre, elles croisaient dans les escaliers des grappes d'immigrés, pour la plupart des Arabes fraîchement débarqués, qui faisaient les trois-huit dans les usines voisines, alors en pleine activité. Dans ce cloaque privé de ventilation, où les branchements électriques sauvages provoquaient régulièrement des départs d'incendies, la loi du plus fort régnait. Au-dessus, plus impérieuse et redoutée encore, prévalait celle du propriétaire. Lui, il régulait. Il jugeait et tranchait les litiges. Selon son bon vouloir. Appliquant ou pas le droit de cuissage et autres dimes des temps passés. Dans le quartier, tout le monde l'appelait avec mépris et dégoût le Marchand de sable. Tout le monde savait. Tout le monde déplorait. Mais tout le monde laissait faire.

« Une belle crevure, sans le moindre doute… »

Charles avait très vite compris l'intérêt qu'offrait cette exploitation de la misère et du désespoir humains. S'il lui fallait passer par là pour réussir, s'il devait lui aussi devenir un marchand de sable, il ne se gênerait pas. Son diplôme en poche, Charles Dutilleux s'était donc lancé dans l'aventure. Il avait repéré, rue de la Glacière, un bouge semblable à celui qu'il habitait. Le propriétaire, vieillissant et nostalgique de la terre de son enfance, voulait se débarrasser de ses deux caves. Le prix qu'il en demandait était ridiculement bas. Aussi, le jeune homme passa son seul costume et sa plus belle cravate et alla voir son conseiller clientèle. À l'époque, les banques prêtaient facilement des capitaux modestes. Il n'était pas inquiet.

Une semaine plus tard, les fonds étaient débloqués. Dans les dix jours qui suivirent, il devint le propriétaire légal de ces deux trous. Il passa lui-même un peu de chaux vive sur les murs et les mit en location. Malgré les prix prohibitifs qu'il exigeait, il n'eut aucun mal à trouver preneurs. Il n'était pas regardant sur les papiers. La pauvreté ne possédait pas de nation. Il acceptait tout le monde. En revanche, dès que les nouveaux venus ne pouvaient plus régler leur nuit, il les expulsait sans ménagement. D'autres attendaient leur tour. La France était à reconstruire. L'industrie tournait à plein. Chaque jour, des immigrants arrivaient à Paris et dans la France entière, par milliers. Pourquoi se gêner ? Si ça n'était pas lui qui en croquait, ce serait un autre.

« Il a été marchand de sommeil ? grimaça Mérope.

– Et pas qu'un peu, ma fille… »

Sou après sou, sans jamais rien dépenser qui ne fut vital, s'interdisant tout plaisir, Charles Dutilleux économisa l'argent des loyers. Un an plus tard, il acquit les deux autres caves de l'immeuble. Encore deux ans et il acheta un lot de trois pièces aveugles, sises rue de Croulebarbe. Son premier studio, éclairé par un vasistas, il le signa au bout de sa cinquième année à Paris. Sa revente, deux ans plus tard, lui permit de s'offrir un trois-pièces, rue des Tanneries, qui n'obéissait à aucune des règles de sécurité en vigueur dans le secteur immobilier. Au bout de dix ans, le bâtard adopté paraphait enfin l'acte d'achat de son premier immeuble, boulevard Arago. L'encre du contrat était à peine sèche que la mairie décida de requalifier l'ensemble du quartier. Pour Dutilleux, ce fut Byzance. Sans autorisation, il morcela ses appartements en studios. Dans cette vente à la découpe, il fit la culbute.

L'appétit du jeune homme devint insatiable. S'acoquinant avec des chefs de services employés par la mairie du quartier, fréquentant tous les vins d'honneur et apéritifs offerts par les élus de son arrondissement, il se bâtit un carnet d'adresses solide. Chaque fois qu'un immeuble était en vente, il en était le premier averti. Aussitôt, il le visitait, le jaugeait en commercial avisé. Si l'affaire lui semblait prometteuse, il l'achetait. À moindres frais, il le maquillait d'une couche de peinture, le divisait en plusieurs lots et, une fois sa mise remboursée, il le revendait, accroissant à chaque opération ses bénéfices dans des proportions qu'il n'aurait jamais imaginées.

« Voilà comment ton mari a fait fortune, ma fille. Dans l'immobilier, certes. Dit comme ça, c'est flatteur. Mais la réalité est un peu différente. Et si tu peux péter dans la soie, n'oublie jamais d'où elle vient.

– Comment savez-vous tout ça ? C'est grâce au Colibri ?

– Charles ? Au Colibri ? Tu n'y penses pas ! Il n'aime pas assez le sexe pour ça. Ou il aime trop l'argent pour le dépenser en galipettes. Ça lui couperait tout le plaisir. Puis, il était trop jeune pour avoir connu le Colibri. Mon cloaque, je l'ai fermé dans les années 1960, quand les féministes ont commencé à montrer les dents.

– Alors ? Qui est-ce qui vous a raconté tout ça ?

– Personne. Je le sais, c'est tout. Et j'ai mes raisons pour que tout ça, ça remonte à la surface. »

Avec une grimace, la vieille se coula un peu plus sous l'édredon. Avant de fermer les yeux, elle ajouta : « Maintenant, il faut que je dorme. L'asthme, ça fatigue. Mais il ne faut pas que Charles touche à Jonas. Ce serait terrible, s'il faisait ça. Il ne faut pas.

Demain, je ferai arrêter le bateau du diable qui détruit Isla Negra. Et j'aurai besoin de toi, ma fille… »

| 16 |

CETTE ANNÉE-LÀ, le 1er avril tomba un dimanche. Selon l'expression de Jonas, il faisait sur la Province un temps de cadavre ou de déterré, c'était selon. Toute la nuit, le ciel s'était chargé d'épais nuages d'étoupe, lourds de pluie, imbriqués les uns dans les autres au point de ne plus pouvoir bouger, malgré un vent qui caracolait du nord. Cette fois, les quatre hommes dormirent sur place, dans le séjour, veillés par le regard impénétrable de Frida Kahlo. Quarante jours et trente-neuf nuits s'étaient écoulés, à la vitesse de la lumière. Ils n'avaient pas lésiné sur leurs efforts. Leur travail avait porté ses fruits. Dans la cave, le *Phœnix* était revenu à la vie. Est-ce qu'il flotterait ? Tout portait à croire que oui. Le crâne bouillant à force de compulser des ouvrages dédiés à l'architecture navale, Georges avait vérifié à de multiples reprises chacun des calculs savants et complexes qu'ils avaient été obligés de faire. Selon toute probabilité, le *Phœnix* pourrait flotter. Mais remonter au vent ? Et tirer des bords ? Tiendrait-il le grand largue ? Ne gîterait-il pas trop ? Comment se comporterait-il en cas de pétole* ? Glisserait-il en gardant le bon cap ? Resterait-il cloué à la surface de la mer, comme un scarabée épinglé dans le cadre d'un naturaliste ?

* Absence totale de vent.

Pourrait-il mettre à la cape, en cas de gros temps, sans risquer de chavirer ?

À chaque fois qu'une question montait dans la cave, sur un ton amical mais toujours empreint d'inquiétude, le Gitan répondait de façon invariable par un seul mot, arabe : « *Mektoub** » – ce qui, en l'occurrence, ne signifiait rien de précis mais suffisait à calmer les craintes du Vieux et d'Honoré. Quant à l'Africain, il ne posait jamais de question. Il se contentait d'obéir aux ordres sans se plaindre de son sort. Lorsque les pièces les plus lourdes du *Phœnix* avaient fini par trouver leur place, Jonas l'avait réquisitionné pour une autre mission. Isla Negra glissait de plus en plus vite de son piédestal à chaque jour qui s'écoulait. La cave, dans son coffre de béton, tenait bon. En revanche, à cause des détonations, le premier étage se fissurait toujours un peu plus et geignait à fendre l'âme. Selon les caprices de la dune, torturée par les assauts de la drague marine, le manoir se tordait sur lui-même. Depuis longtemps, les crépitements des plâtres avaient cessé. Désormais, c'était la structure tout entière qui se lamentait, pleurait, sanglotait ou hurlait de douleur, en fonction des supplices que la falaise mouvante lui infligeait.

Un casque intégral d'un autre âge enfoncé sur le crâne, Jonas, suivi de près par l'Africain, était allé se rendre compte par lui-même de l'étendue des dégâts. Au second étage, la porte du bureau, qui ne s'ouvrait et ne se fermait jusqu'alors qu'au prix de patients efforts et de coups d'épaule répétés, s'était dégondée. Pliée par la pression, elle avait été éjectée de son encadrement et s'était fendue en deux, dans le sens de la hauteur.

« Commence par nous débarrasser de ça, avait grogné le propriétaire des lieux. Descends-la dans le jardin. Ça nous fera toujours du bois pour le barbecue. »

* Destin ou fatalité.

Lorsque l'Africain était remonté, ruisselant de sueur, le Vieux avait réussi à ouvrir le volet bleu et jetait par la fenêtre toutes les choses qu'il avait jusqu'alors conservées afin d'alléger le manoir qui menaçait de s'effondrer sur lui-même. Sous les yeux interloqués du géant, il envoya voler des rangées entières de livres, transforma des trente-trois tours en disques de ball-trap, fit naître des scintillements dans les azulejos, qui connurent ainsi leur dernier voyage. Comme cela semblait lui faire du bien, l'Africain laissa Jonas s'amputer de sa vie passée. Il intervint seulement quand le Vieux s'apprêtait à faire valser la Vierge Marie en bois bleu et blanc et la figurine du *Striding Man* signée Johnnie Walker. Sans un mot, il les retira des mains de leur propriétaire et les serra contre sa poitrine. Puis il alla s'asseoir sur la grosse malle de soldat datant de la guerre de 1914 et attendit.

Avec un haussement d'épaules, Jonas l'apostropha :

« Eh bien ? Qu'est-ce que tu fais, assis là comme une bûche ? Il faut qu'on se débarrasse de tout ce qu'il y a à l'étage. Après, on fera pareil avec la cuisine et le salon. Tu es déjà fatigué ?

– Non, monsieur Jonas. Je me pose des questions, c'est tout.

– Des questions ? La belle affaire ! Je m'en pose tous les jours, moi aussi. Mais dis-moi un peu, pour voir, ce qui te tracasse...

– Vous voulez vraiment savoir ?

– Puisque je te le demande, bourrique ! »

Le regard par en-dessous, le géant prit le temps de bien aligner dans le bon ordre tous les mots qui tournaient dans sa tête. Lorsqu'il jugea que ses phrases étaient prêtes, il finit par chuchoter : « Pour commencer, je vois que votre maison n'en a plus pour longtemps. Et je me rends compte que je ne sais même pas pourquoi elle s'appelle Isla Negra. »

Tout en remplissant son Zippo avec une fiole d'essence qu'il venait de retrouver dans un tiroir, le Vieux sourit : « Tu es le premier à me demander ça. Tu n'es pas banal comme Nègre, toi. C'est le moins qu'on puisse dire. Ça t'intéresse vraiment ?

– Oui, monsieur Jonas.

– Alors, je vais éclairer ta lanterne. Ça n'est pas bien compliqué, d'ailleurs. Figure-toi que, dans une vie un peu lointaine, j'ai été amoureux. »

Aussitôt, les yeux de l'Africain s'écarquillèrent un peu plus. Dans sa poitrine de fort des Halles battait un cœur de midinette. Berçant toujours dans ses bras ses deux statues, il demanda : « De qui, monsieur Jonas ?

– Pas de qui, mais de quoi. Nuance. Et nuance d'importance, comme tu vas le voir. À cette époque, j'étais jeune. Plus jeune que toi. Et j'ai eu un coup d'amour pour une fille. Un vrai. Un de ceux qui te secouent tout entier et qui t'abandonnent, finalement, idiot. Elle s'appelait Marina. Elle ne jurait que par la poésie. Et elle n'avait qu'un seul nom à la bouche : Neruda. Quand elle avait dit ça, elle avait tout dit. Neruda. Et Marina, comme par un fait exprès, c'était le prénom de la fille de Neruda. Ça, je ne l'ai su qu'après. Mais, avant toute chose, je vais un peu t'expliquer qui était ce Neru…

– Le poète ? Le Chilien qui a été assassiné par Pinochet ? »

Cette fois, Jonas se figea, la bouche entrouverte par la surprise. De son côté, l'Africain fronça les sourcils et maugréa : « Monsieur Jonas, si je ne parle pas souvent ce n'est pas parce que je ne sais rien. Ni parce que ma couleur de peau me rend plus bête que les autres. Ni parce que je n'ai rien à dire. C'est juste que j'ai compris une chose, depuis longtemps. Dans le monde des Blancs, le Nègre qui ne parle pas évite les ennuis un peu mieux que celui qui parle… Alors ? Isla Negra ? »

Désarçonné, le Vieux ne trouva rien à redire, se contentant de tirer de courtes bouffées sur sa cigarette. Les yeux toujours rivés sur son briquet, il grimaça et finit par répondre à la question : « Isla Negra, c'était le nom de la maison de Neruda, monsieur Je-sais-tout. C'est là qu'il est enterré, avec sa dernière femme. Je le sais à cause de cette fille, cette Marina de tous les malheurs. C'était une passionnée du Chilien de Parral, que veux-tu ? J'ai lu tout Neruda. De *Crepusculario* à *Valparaíso*. J'ai tout lu, je te dis. Ou presque. Mais ça n'a pas suffi pour qu'elle m'aime. Elle m'a bien aimé, mais elle ne m'a pas aimé tout court, si tu vois ce que je veux dire. »

Il fit danser avec lenteur sous son nez le Zippo qui débordait d'essence. Puis, les narines toutes excitées par les vapeurs, il ajouta, avec une note de nostalgie qu'il ne parvenait pas à masquer : « Alors, je me suis retrouvé seul. Tout seul, avec Neruda. Ses poèmes étaient beaux. Simples et beaux. Ils avaient le goût ou le parfum de l'évidence. Elle, j'ai fini par l'oublier. Je pensais que non, que ce ne serait pas possible, mais c'est pourtant bien ce qu'il s'est passé. Il faut dire que, à l'époque, je ne savais pas.

– Vous ne saviez pas quoi ?

– Que l'amour, pour vivre, il a besoin d'être nourri. Pas par un seul, mais bien par les deux. Sinon, il se recroqueville et il finit par mourir. Bref. C'est à cause de cet amour crevé, de ma solitude et de tous ces poèmes que j'avais lus que je me suis mis en tête d'écrire.

– Vous avez été écrivain ?

– Tout doux, l'ami ! J'ai surtout compris que je n'étais pas et que je ne serais jamais un écrivain.

– Pourquoi ? »

Le Vieux alluma son briquet et observa la mèche. Enfin, il lâcha sa réponse, un peu comme l'on fait basculer du tranchant de la main quelques miettes de pain, depuis le plateau de la table sur le sol : « Parce que je n'avais pas la source, mon garçon. Pour écrire, il faut avoir la source. Il faut écrire avec son ventre, pas avec sa tête. Et mon ventre à moi, il était sec comme une pierre des montagnes. Une pierre qui avait trempé dans les torrents de Neruda, bien sûr. Mais si la surface de la pierre était mouillée, le cœur en était sec. Et il l'est resté, malgré tous mes efforts. »

L'Africain serra un peu plus contre sa large poitrine la frêle statue de la Vierge Marie.

Puis, il se désola :

« Vous n'avez jamais rien écrit alors, monsieur Jonas ?

– Détrompe-toi, canaille. En tout, j'ai bien dû écrire deux ou trois cents poèmes. Tous plus mauvais les uns que les autres. Mais j'avais une excuse. J'avais été amoureux, j'avais aimé comme un fou et je me prenais pour Pablo Neruda. Si, à quinze ans, on ne rêve pas d'être un poète chilien assassiné ou l'héritier de Rimbaud, ça ne rime à rien d'avoir quinze ans, crois-moi. C'est un début de vie qui ne vaut pas plus qu'un pet de lapin.

– Qu'est-ce que vous avez fait de vos poésies ? Vous les avez rangées où ?

– À leur place. Sous tes fesses. »

Comme piqué par une guêpe, le géant se redressa d'un bond. Puis, tout en désignant la cantine avec la statuette de Johnny Walker, il s'inquiéta : « Vous allez jeter aussi ça, avec tout le reste ?

– Quoi : ça ?

– Ça. Votre œuvre.

– Laisse donc les grands mots à ceux qui ont de grandes gueules et qui ne savent rien faire d'autre que les ouvrir. Et descends-moi plutôt ce bazar dans le jardin. Ce soir, on va enfin savoir si les vocations ratées sont inflammables… »

« Chancel ? Vous avez tout vérifié ? Le dispositif est en place ?

– Oui, monsieur Dutilleux. La police et la gendarmerie sont prêtes à intervenir et à faire usage de la force, si nécessaire. L'intervention est prévue à quinze heures précises et…

– Je le sais. Ça fait assez longtemps que j'attends ce moment. Et j'espère que vos hommes ne molliront pas. S'ils doivent tirer, qu'ils tirent. Le préfet est un ami.

– Ce ne sont pas mes hommes, monsieur. Et je ne pense pas qu'il sera nécessaire pour eux de…

– Vous n'êtes pas là pour penser, mais pour agir.

– Bien, monsieur Dutilleux.

– Il y aura donc des hommes en armes, des bulldozers et des pelleteuses sur terre. La *Danaïs* au large. Et, entre les deux, sur sa falaise en ruine, ce fêlé de Jonas. Lui et deux ou trois traîne-savates, si mes sources sont bonnes. Tout est bien, Chancel. Tout est pour le mieux…

– Oui, monsieur Dutilleux… »

Sur la terrasse de son bunker, l'homme d'affaires jubilait. Encore deux heures. Dans cent-vingt minutes exactement, il exaucerait son rêve. Il récupérerait le terrain où trônait Isla Negra. À force de gratter, de concasser, d'aspirer, la drague marine avait créé une dépression sous les fondations du manoir. Dénudée, la bâtisse évoquait une araignée d'eau qui, arc-boutée sur ses pattes, ne faisait que frôler la surface du sable.

Dans les cartons de l'entrepreneur, tout était prêt. Plans, autorisations, certifications, permis, appels d'offres. À quinze heures, le manoir ne serait plus qu'un tas de ruines. Dans la foulée, son vaste programme immobilier pourrait débuter. La presse serait là pour rendre compte de la destruction totale d'Isla Negra mais, surtout, pour annoncer à tous qu'un nouveau quartier allait sortir de terre. Un bout de France, volé à l'immensité salée, allait émerger.

Une paire de jumelles plaquée sur les yeux, Charles Dutilleux se sentait pousser des ailes. Toutefois, cela ne l'empêcha pas de pester, une nouvelle fois : « Il n'y a que le temps qui ne soit pas de la partie. On ne voit pas grand-chose. Que des nuages. Ce ne sera pas bon pour les photos. Pas plus que pour les caméras. Satané temps de chien. Quoique... Le vent semble un peu forcir. Qu'en dites-vous, Chancel ?

– Je ne sais pas, monsieur Dutilleux.

– Vous êtes un enfant du pays, non ?

– Tout comme vous, monsieur. »

Avec une mimique méprisante, l'entrepreneur s'approcha de la rambarde. Fidèle à ses habitudes, il pencha le haut de son corps dans le vide. Aussitôt, le directeur général des services techniques ne put s'empêcher d'accourir auprès de son mentor pour le retenir. Sous les deux hommes, un à-pic vertigineux de plus de cinquante mètres s'ouvrait.

« Faites attention, monsieur ! Pour l'amour de Dieu ! »

Dutilleux se retourna, les poings faits et l'œil noir.

« Lâchez-moi ! Lâchez-moi tout de suite !

– Mais monsieur, vous pourriez...

– Je vous ai dit de me lâcher ! Je ne suis pas suicidaire que je sache ! Ni sénile !

– Mais je...

– Si vous souffrez de vertige, c'est votre problème. Pas le mien!

– Je suis désolé, monsieur. J'ai cru que… »

Pendant que Charles Dutilleux rajustait sa veste de costume, Pascal Chancel risqua un œil par-dessus la rambarde. La falaise calcaire plongeait en abîme sur un petit îlot d'habitations. Son flanc, hérissé de rochers acérés, émettait de brefs sifflements à chaque rafale de vent. L'élu, flageolant, effectua deux pas prudents en arrière et déglutit avec difficulté.

Devant lui, le promoteur reprit d'une voix doucereuse: « C'est oublié, allez. Venez boire le verre de l'amitié avec moi. C'est un grand jour aujourd'hui, n'est-ce pas? »

Immédiatement, l'élu retrouva son allant et acquiesça: « Oui, monsieur. Et votre épouse? Nous fera-t-elle le plaisir de se joindre à nous?

– Certainement pas. C'est une affaire d'hommes. Ma femme n'a rien à voir là-dedans. Et ça l'ennuierait au-delà du raisonnable, elle ne comprend rien à ces affaires. »

Tout en emplissant deux verres à gros culot d'une bonne dose de whisky, il reconnut: « Depuis l'arrivée de la *Danaïs*, je l'ai un peu délaissée. Mais que voulez-vous? Le travail avant tout. J'arrangerai ça avec des cadeaux. C'est une enfant. Elle se satisfait de peu.

– Une bien délicieuse enfant, si je peux me permettre.

– Vous pouvez, Chancel. Vous pouvez l'admirer à votre guise. J'y ai mis le prix. Mais l'on n'a rien sans rien. Et j'aime quand ça se voit. Aussi, comme disent nos amis italiens: *guardare ma non toccare**. Nous nous sommes bien compris? »

Comme Dutilleux, tout sourire, déposait des cubes de glace dans le liquide ambré, à l'aide d'une pince en acier nickelé, l'élu demanda: « Et votre employé, dites-moi? Pas de nouvelles?

* On regarde, mais on ne touche pas.

– Qui ça ? Le Nègre ?

– Oui, monsieur, l'Africain ?

– Nègre, Africain, Bamboula : ça ne lui changera pas la couleur de sa peau, à ce pauvre garçon. Mais la réponse est non. Plus de son, plus d'image. Il a disparu des radars. Ça doit bien faire un peu plus d'un mois. Et avec tout ce que j'ai eu à faire, ces derniers temps, vous vous doutez bien que je ne me suis pas occupé de cette histoire.

– Le petit Whales, Dylan Whales, de chez Whale & Whales, m'a dit qu'il avait élu domicile à Isla Negra.

– Grand bien lui fasse ! Un bamboula chez un vieux fou, le tableau est complet.

– Il n'a même pas réclamé son salaire avant de partir ? »

Un instant, Dutilleux demeura pensif. Cela faisait trois ans maintenant que cet Africain était sous ses ordres. Il l'avait rencontré un soir d'hiver, alors qu'il s'apprêtait à franchir le portail d'entrée de son bunker au volant de son coupé Mercedes. Le colosse était là, assis par terre, un simple tee-shirt sur le dos. Le promoteur avait immédiatement su à qui il avait affaire, il pouvait renifler à des kilomètres ces femmes et ces hommes déracinés, dépenaillés, qui avaient quitté leurs terres en espérant une existence meilleure loin de chez eux, au petit bonheur la chance. Ils avaient tous les mêmes yeux battus, le même regard vide, la même peur d'être refoulés aux frontières. Ces pauvres bougres sans feu ni lieu étaient prêts à tout et ils avaient toujours quelques sous bien cachés dans leurs nippes malodorantes. Ce soir-là, en veine d'humanité, Dutilleux avait donc quitté son bolide et entamé la conversation avec cet esseulé. Très vite, il lui avait mis en main un marché que le colosse ne pouvait pas refuser. S'il acceptait de travailler pour lui, il dormirait le soir même, au chaud, dans la petite pièce attenante au garage où il entreposait ses voitures de collection. Dès le lendemain, il serait son homme à tout faire et devrait s'occuper du jardin et des menus travaux manuels. Un mois à l'essai. Si le maître des lieux était satisfait, il lui glisserait un billet ou deux. En sous-main. Le géant avait accepté. Le mois était passé. L'on n'avait plus parlé de salaire. Le temporaire était devenu la règle.

Comme au sortir d'un rêve, Dutilleux se força à sourire et tendit son verre à Chancel. Au moment de trinquer, il lui demanda : « Et vous, en mairie ? Vous n'avez jamais rien su sur lui ? D'où il venait, s'il avait de la famille, ce genre de choses ?

– C'est le mystère le plus absolu. Mais monsieur Duchemin, le doyen de la faculté, m'a dit qu'il venait sans doute de la côte ouest de l'Afrique, de l'Angola. Ou, plus probablement, du Cameroun ou du Gabon, car il parle notre langue. Mal, d'après ce que l'on m'a rapporté car, pour ma part, je n'ai jamais croisé cet individu.

– Cameroun ou Gabon ? Il a deviné ça comme ça ?

– Il a dit que ça pouvait être l'un de ces deux pays à cause des petites scarifications qu'il porte sur ses pommettes et sur ses joues. Mais, de vous à moi, je pense que monsieur Duchemin n'a émis cette hypothèse que pour dire quelque chose. Les gens de la faculté ne savent pas se taire, même lorsqu'ils n'ont aucune réponse à apporter. »

Dans la lumière sale de la mi-journée, les deux verres de cristal tintèrent l'un contre l'autre dans un bel ensemble. Avant d'avaler la première gorgée, Charles Dutilleux poussa un profond soupir et concéda : « Ça n'est pas que ça m'ennuie d'avoir perdu cette grande bête. Mais vous savez ce que c'est, on s'attache. Je lui ai tendu la main comme tout bon chrétien l'aurait fait. Je n'ai rien à me reprocher.

– Parfaitement, monsieur.

– Finalement, qu'il ne soit plus là me soulage. Peut-être que c'était un migrant, un clandestin ou un repris de justice. Allez savoir. En plus, je trouve que, ces derniers temps, il regardait ma femme avec un peu trop d'insistance. C'en devenait gênant.

– Vous pensez qu'il avait des idées derrière la tête ?

– Derrière la tête, je ne sais pas. Mais dans le caleçon…

– Oh ! Comme vous y allez, monsieur !

– Vous savez comment sont ces gens-là. Vous leur donnez ça et ils vous avalent le bras entier. Croyez-moi, Chancel. C'est une bonne chose qu'il ait débarrassé le plancher. Il est parti sans dire au revoir, mais il ne faut jamais attendre d'un homme ce qu'il est incapable de vous donner. »

À ce moment-là, Charles Dutilleux entendit dans son dos le bruit des talons de Mérope claquant sur le marbre noir de la salle à manger. Il glissa à Chancel : « Surtout, pas un mot à mon épouse sur Bamboula. Ma femme est une petite nature. Et je crois qu'elle avait fini par apprécier l'animal. Vous savez comment sont les femmes, n'est-ce pas ? »

D'un regard entendu, l'élu assura le promoteur de son entière discrétion. Tous deux se tournèrent alors vers la baie vitrée qui s'ouvrait sur l'intérieur. Aussitôt, le visage de Charles Dutilleux blêmit. Face à lui se tenait Mérope, pieds écartés et mains sur les hanches. À ses côtés, plus voûtée encore qu'à l'ordinaire, entortillée dans une improbable tunique d'inspiration persane, appuyée sur sa canne, Gaïa le dévisageait, avec gravité.

Avant qu'il ne puisse prononcer le moindre mot, celle-ci grommela : « J'ai à te parler, Charles. Comme tu ne veux pas m'écouter, je suis venu chez toi.

– Mémé, qu'est-ce que tu fais avec cette…

– La petite n'y est pour rien, coupa la nouvelle venue, avec autorité.

– Madame ! Je vous prie de…

– Tais-toi ! C'est moi qui dois te parler. Pas l'inverse. Et je ne partirai pas d'ici avant de t'avoir dit ce que j'ai à te dire. Ensuite, tu pourras bien faire ce que tu voudras… »

| 17 |

EN CE 1ER AVRIL, pas la moindre goutte d'eau ne tomba sur la Province. Les nuages, plus gonflés et douloureux que jamais, forcirent, mais ils gardèrent pour eux leur pluie, patiemment puisée à la surface des mers et des océans. Au-dessus d'Isla Negra, une lumière sépia plaquait un filtre sur le paysage. C'était comme si les stratus et les cumulonimbus, figés dans leur course, avaient décidé d'attendre, aux premières loges, que se dénoue l'histoire. En quarante jours, la dune s'était affaissée et avait perdu une bonne partie de sa masse. Le manoir, lui, avait glissé tout au long de la pente, concédant chaque jour quelques mètres d'altitude. Dans son sillage crevassé disparaissaient déjà les souvenirs que Jonas avait jetés par les fenêtres. Ils flottaient sur le sable, dérisoires et inutiles.

Isla Negra avait vécu. Depuis dix jours, et pour des raisons de sécurité, les quatre hommes avaient balancé par-dessus bord tout ce qui menaçait de fragiliser davantage les fondations de la maison, et donc d'écraser la cave. À coups de masse, ils avaient fait sauter les tuiles et les solives, les poutres et les pièces de charpente, les cloisons et les portes. Plus l'édifice s'allégeait, plus il descendait, aérien, sur l'échine de la dune. Quant à eux, ils s'étaient réfugiés, chaque nuit, dans le château misérable et sans roues de l'Argentin de Carcassonne. Là, pressés comme des sardines, réchauffés par un brasero, ils avaient passé leurs nuits à boire, à fumer, à faire de la musique, à convoquer des souvenirs graves ou badins, selon l'humeur et les dessins que formaient les étoiles au-dessus de leurs têtes.

En surplomb d'Isla Negra, la maréchaussée venait de s'installer. Quelques gyrophares allumés et muets transperçaient l'atmosphère bistre d'éclairs bleu électrique. En rang d'oignons, trois bulldozers et deux pelleteuses, moteurs éteints, attendaient les ordres afin de passer à l'action. Il était 14 heures 30. La mise à mort ne tarderait plus.

Assis dans son fauteuil pliant, un sourire satisfait sur les lèvres, Jonas semblait se délecter de la tournure que les événements avaient pris. Près de lui, sur le sable, adossé à la cantine rescapée de la guerre de 1914, Georges fumait en silence. Au cours de son existence, le Gitan avait traversé des tempêtes et croupi sur des mers d'huile. Plus rien, ou presque, ne parvenait à le surprendre. Cependant, de voir Isla Negra réduite à un simple coffre de béton perché sur les poteaux de ses fondations l'emplissait d'une nostalgie qu'il avait du mal à s'expliquer. Quinze jours plus tôt, il avait joué une ultime fois de la perceuse, du tournevis et du marteau. Avec l'aide de l'Africain et d'Honoré, il avait fini d'arrimer le *Phœnix* dans la cave, le suspendant aux plafonds et aux murs, avec mille précautions. Protégé par les deux dalles et les quatre murs maîtres, flottant dans l'espace, l'embarcation ne risquait rien. La cave pouvait même rouler jusque sur la grève, le cotre à hunier serait sauf.

De sa voix grave mâtinée de corbières, de tabac blond, de mélancolie et de soleil du Sud-Ouest, Georges lâcha : « Dis-moi, *compadre* ? Ils en ont encore pour longtemps ?

– Qui ça ? Les flics ou nos deux bras cassés ?

– La police ne bougera pas tant que Dutilleux ne sera pas là.

– Alors, si tu parles de l'Africain et de l'huissier repenti, pas d'inquiétude. Avec la peine qu'ils se donnent, Isla Negra ne devrait plus tarder à accoucher. »

Du caisson de pierres et de béton que constituait la cave montait en effet le bruit sourd et cadencé que produisait la masse d'acier s'abattant sur le mur qui embrassait la mer. Sans doute torse nu, en nage, le colosse s'échinait. Avec méthode, dans les nuages âcres du granit écrasé, il faisait sauter les pierres, une à une. Près de lui, armé d'une barre à mine, Honoré Whale s'attaquait au mortier mélangé de béton qui jointait les pavés. Sans précipitation inutile, il lui préparait le terrain. S'ils voulaient libérer le *Phœnix*, il leur faudrait crever le ventre du manoir. Pour cette césarienne d'un nouveau genre, la puissance du géant faisait merveille. À l'extérieur, des gravats s'amoncelaient sur le sable, expulsés par les efforts conjoints des deux hommes. À certains moments, le Vieux pouvait apercevoir les étincelles entre l'acier et la pierre. L'instant où il faudrait trancher les courroies et les liens patiemment noués par l'Argentin de Carcassonne ne tarderait pas. La mer était là, toute proche. Ils n'auraient plus qu'à pousser le cotre, à positionner le mât et à hisser les trois voiles.

Enfin, le voyage pourrait commencer.

Toujours immobile, Georges demanda : « Et ce bateau ? Il va servir à quoi ?

– À flotter, beau masque.

– Je m'en doute. Je l'espère, en tout cas. Mais il va nous emmener où ?

– Je te l'ai dit. C'est une surprise.

– Tu sais naviguer ?

– Non. Et toi non plus. Mais ce n'est pas grave puisque l'Africain et Honoré viendront flotter avec nous. L'huissier m'a dit qu'il savait barrer. On va bien voir.

– Mais pour aller où ? »

Un sourire en coin, Jonas considéra l'Argentin de Carcassonne avec tendresse.

« Tu le verras quand tu y seras, vieil emmerdeur. »

Puis, se frappant le front du bout de l'index, il crut bon d'ajouter : « N'oublie pas qu'il y en a, là-dedans. Il y en a. Et du meilleur. »

Avant même que le Gitan puisse répliquer, il fit dévier la discussion sur une autre voie : « Je ne l'aurais jamais cru, mais ça sert d'avoir un huissier dans ses relations. Pour Isla Negra, Honoré a bien réfléchi. Il a fait les choses dans les règles. Il m'a écrit les lettres qu'il fallait et j'ai récupéré les huit cent mille euros de la conciliation.

– Eh beh ! Et je peux savoir ce que tu en as fait ?

– Tu le sauras vite, ne t'inquiète pas. Ils ont été bien employés. Et je dirais même, sans me vanter, qu'on n'aurait pas pu mieux les employer que je l'ai fait.

– Alors je m'attends au pire.

– Tais-toi et va plutôt un peu les aider, feignasse. Moi, je vous surveille… »

Sur la terrasse du bunker, le whisky avait déposé sur la langue de Charles Dutilleux un goût saumâtre. Mérope et Chancel s'étaient éclipsés à l'intérieur. Indifférente aux rafales du vent d'orage, Gaïa avait pris ses aises dans un vaste fauteuil de rotin qui se donnait de faux airs d'Emmanuelle. Recouvrant de bleu indigo les accoudoirs et le dossier, sa tunique persane dépassait mais, son *ushanka** de mouton noir bien calée sur le crâne, les deux mains jointes sur le pommeau de sa canne plantée entre ses pieds, la vieille ne bronchait pas, sévère, comme échappée d'un roman de Remy de Gourmont. Face à elle, debout, tête baissée et bras croisés sur la poitrine, Charles Dutilleux réfléchissait sur la meilleure attitude à adopter. Il était chez lui, tout de même ! L'idée que Mérope ait ouvert la porte à cette furie lui était insupportable. Si seulement ce grand corniaud d'Africain avait été là, il l'aurait jetée à la rue, mais le...

« Eh bien ? Qu'est-ce que tu fais ? Tu comptes tes pieds ou tu n'as pas le courage de me regarder dans les yeux ? »

Le promoteur caressa un instant la possibilité de faire appel à la police. Mais de quoi aurait-il eu l'air ? Et sous quel motif ? Parce qu'une centenaire aliénée avait franchi le pas de sa porte ?

« Puisque tu veux jouer au muet, à ta guise. Mais, moi, j'ai à te parler. »

Excédé, Dutilleux redressa enfin la tête et commença ses sempiternels allers-retours sous la boue du ciel.

« Puisque vous êtes venue ici pour ça, allez-y. Mais faites vite. J'ai des affaires autrement plus urgentes à régler.

– Tiens donc ?

– Parfaitement. À l'heure où je vous parle, Isla Negra est sur le point d'être détruite. Je sais que vous faites des pieds et des mains pour que cela ne se produise pas. Mais il est trop tard. Les officiels et la presse sont en route et il ne...

– Ils attendront.

– Pardon ?

* Chapeau traditionnel russe, connu aussi sous le nom de « chapka ».

– Tes pantins en cravate et tes journaleux attendront. Voilà ce que j'ai dit. »

Se figeant soudain, une mimique incrédule sur le visage, le promoteur tenta de s'insurger : « Mais vous semblez ignorer que, au-delà d'Isla Negra, il s'agit du lancement d'un ambitieux programme de...

– Je n'ignore rien de ce qui se passe dans cette ville ! »

En même temps que la voix avait cinglé, impérieuse, le bout ferré de la canne avait claqué sur le carrelage. Alors que Dutilleux reprenait sa marche, le même timbre inflexible reprit.

« Comme tu vas t'en rendre compte, je sais tout de cette ville. Et toi, malgré tes sous et tes grosses voitures, tu n'es qu'un ignorant.

– Je ne vous permets pas !

– Et dis-toi bien que tu n'es rien pour m'interdire ou me permettre quoi que ce soit ! Cette ville, j'en connais tous les recoins, tous les trous les plus crasseux et les secrets les plus minables. Tu veux en faire un nid à touristes ? Une station balnéaire, comme tu dis ? Sache que ton programme immobilier restera dans ses cartons. Et, si tu le construis quand même, ce sera sur du sable, et du sable pas bien propre, encore. »

Charles Dutilleux, à cet instant, s'assit dans une chaise disposée face au fauteuil de rotin. Après avoir croisé ses courtes jambes l'une sur l'autre, il tenta de se montrer plus conciliant : « Finissons-en. Je vous accorde cinq minutes, pas une de plus.

– Il y aura au moins trois minutes de trop, crois-moi.

– Et je vous demanderai de ne pas me tutoyer.

– Pourquoi ?

– Parce que nous ne nous connaissons pas.

– Moi, je te connais. Je te connais bien, même. Et il me semble tout à fait naturel que je te tutoie puisque je t'ai vu naître, non ? »

Après avoir laissé s'écouler quelques secondes de silence, elle crut bon de préciser : « Je t'ai vu naître, Charles. Tu es un fils du Colibri… »

Dans le crâne de Charles Dutilleux, cette ultime phrase provoqua une déflagration qui fut à deux doigts de lui faire perdre connaissance. Durant un temps qui lui parut infini, il demeura pétrifié sur sa chaise. Le mobilier, la terrasse, le bunker, le ciel en souffrance et jusqu'à la mer qui ourlait ses vagues aveuglantes d'écume, tout cela lui sembla irréel et lointain.

Après avoir allumé une cigarette, la vieille poursuivit, sur ce même ton détaché et empreint de sarcasme : « Je savais que ça te ferait un choc. Mais je devais te le dire avant de mourir. Tu es né le 3 mai 1949 et tu es bien un fils du Colibri. Ta mère se prénommait Amanda. Son nom, elle ne l'a jamais donné. Pas même à moi. Quand on fait le métier de putain, on ne s'embarrasse pas avec l'état civil.

– Amanda ?

– Parfaitement. Quant à ton père, ne me demande ni qui c'est ni où il est. C'était un client de passage. »

À son corps défendant, l'homme d'affaires sentit ses lèvres qui articulaient : « Un client ?

– Oui. Au Colibri, ta mère était très demandée. C'était une bonne gagneuse. Jamais d'embrouille, jamais malade. »

Prise d'un doute subit, elle l'interrogea : « Tu connais le Colibri, n'est-ce pas ? Tu en as entendu parler ?

– Non. Enfin, oui…

– Ta mère était une prostituée. Moi-même, j'étais une pute. Une péripatéticienne, un tapin, une poufiasse, une tapineuse de salon, une fille de joie. Appelle ça comme tu voudras, mais c'est bien ce que nous étions. Des putes. Et des fameuses, encore.

– Mais quel rapport avec… Ça ne me… Et pourquoi vous venez me dire ça ?

– Parce que c'est nécessaire. Parce que c'est ça qui te fera arrêter ton projet de détruire Isla Negra. »

Les yeux dans le vide, Dutilleux balbutia : « Mais pourquoi ? Quel rapport y a-t-il entre… Je ne comprends pas.

– Tu vas comprendre. C'est très simple. Si tu détruis Isla Negra, Jonas ne va pas se laisser faire. Il est têtu comme une vieille mule. Il préférera se faire tuer sur place plutôt que de déguerpir.

– Jonas ?

– Oui, Jonas.

– Mais… Quel rapport ? »

Gaïa tira une profonde bouffée sur sa cigarette. Puis, elle se résolut à lâcher le morceau : « Le rapport n'est pas compliqué. En 1948, ta mère Amanda est tombée grosse. Ce sont les risques du métier. Elle était prête à te garder, remarque. Je peux le jurer sur tout ce que j'ai de plus sacré. Elle voulait te garder.

– Ne jurez pas, je vous prie.

– Comme tu voudras. Bref. Quand le terme est venu, le docteur est arrivé pour la faire accoucher. Elle souffrait comme une damnée. Moi, je me disais que c'était normal, que tu étais le premier. En un sens, j'avais raison. Tu étais bien le premier.

– Pardon ?

– Oui. Parce que, après toi, il en est venu un autre. Tu poussais à peine ton premier cri que l'autre, déjà, sortait. Mais il ne sortait pas du ventre de ta mère. La pauvre, elle en avait bien assez comme ça. L'autre, il ne venait pas de ses entrailles.

– L'autre ?

– L'autre enfant, oui. Toi. Elle t'a appelé Charles. Comme Trenet qui venait de lancer *La Mer*. Les filles en étaient folles.

– Et l'autre ? »

Profitant d'écraser sa cigarette dans le cendrier posé sur la table basse, Gaïa inclina la tête pour la première fois. Puis, tout en s'acharnant à éteindre les derniers feux de la braise, elle lâcha dans un soupir : « L'autre, c'est Jonas. Et c'est moi qui ai choisi de le baptiser comme ça. Parce qu'il ne sortait pas du ventre d'Amanda, celui-là. Il sortait du mien.

– Jonas ?

– Oui. J'ai accouché en même temps que ta mère. Il n'y a pas de lien de sang entre vous deux, bien sûr. Mais Jonas, tu peux le considérer comme ton frère. Ton frère jumeau. Et c'est pour ça qu'il ne faut pas détruire Isla Negra. C'est pour ça qu'il ne faut pas non plus faire de mal à ton frère. »

À partir de cet instant précis, le temps accéléra sa course sur l'ensemble de la Province. Alors que trois heures n'allaient plus tarder à sonner au clocher de l'église, Jonas se leva de son fauteuil pliant. Là-haut, sur la crête, les bulldozers et les pelleteuses avaient mis leurs moteurs à ronfler. Les gyrophares semblaient plus nombreux à lacérer le ciel. Quant à Isla Negra, dans un formidable et dernier coup de massue, elle avait cédé et s'était ouverte en deux, sans pudeur, à la façon d'un fruit trop mûr. L'Africain et Honoré, couverts de poussière de la tête aux pieds, avaient rempli leur mission sans mollir. Désormais, la paroi qui donnait sur le grand large, ce mur qui interdisait jusqu'alors au bateau de rêver, ce rempart que l'on aurait pu penser infranchissable avait été complètement pulvérisé par les coups de fonte rageurs de l'Hercule.

À pas lents, le Vieux alla rejoindre les trois hommes. Puis, s'adressant au Gitan, il grommela : « C'est l'heure, *compadre*.

– On le sort maintenant ?

– Pourquoi ? Tu veux attendre la police ? Tu crois qu'ils vont nous donner la main ?

– Non, mais je…

– Qu'il soit bon ou mauvais, quand le vin est tiré, il faut le boire. Il est plus que temps de foutre le camp de ce pays, crois-moi. »

Joignant le geste à la parole, il tira de l'étui de cuir qu'il portait à la hanche une machette. Dans la clarté métallique, celle-ci accrocha sur son fil quelques éclats de lumière. Jonas, sans un mot superflu, pénétra alors dans la plaie ouverte et, d'un coup sec, il trancha la première courroie, la première amarre.

Un quart d'heure plus tard, les quatre hommes ne boudaient pas leur bonheur. Là-haut, près du sentier, les forces de l'ordre s'étaient montrées compréhensives. Préférant éviter l'affrontement, elles avaient laissé les quatre contrevenants tirer l'embarcation jusque dans les premières vagues. Non seulement le *Phœnix* flottait, mais il offrait de plus une fière allure. Les paquets de mer venaient battre contre ses flancs sans occasionner la moindre voie d'eau, ses voiles se gonflaient et, à chaque seconde, il traçait un peu plus sa route vers le grand large. À la barre, en tee-shirt sale et dans un jeans plus crasseux encore, Honoré Whale maintenait le cap, plus fier que s'il avait été le fils d'un roi ou d'un empereur. Au pied du mât, les mains pleines de drisses qui commandaient à la grand-voile, au perroquet et au hunier, l'Africain affichait un sourire paisible. Les embruns avaient creusé dans la poussière qui maculait son visage des rigoles profondes qui remplaçaient ses scarifications. Il ignorait tout de l'art d'étarquer ou d'affaler les voiles mais, à cet instant précis, cela n'avait pas la moindre espèce d'importance. Il naviguait. Il obéissait aux ordres lancés par Honoré. Le reste ne comptait pas.

Sans le regarder, l'huissier défroqué l'interpella : « Eh bien, jeune homme ? Ça te fait quoi de voguer sur un bateau que tu as construit de tes propres mains ? C'est grisant, n'est-ce pas ? »

Comme le colosse se contentait d'estimer entre ses battoirs la bonne tension des bouts, l'autre reprit, sur le même air enthousiaste : « Je ne sais pas où nous allons, mais nous y allons bien ! Si nous continuons à cette allure, nous serons bientôt en vue des côtes de l'Afrique ! »

Le géant ne réagit pas. L'Afrique ? Qu'est-ce que c'était que l'Afrique ? Il ne l'avait jamais vue, jamais approchée. Il était né vingt-deux ans plus tôt, dans les faubourgs ouvriers de Paris, dans le 93. D'un père sénégalais qui turbinait à l'usine et d'une mère gabonaise qui faisait des ménages. Quant à lui, il n'avait sur son compte aucune histoire à raconter. Les autres s'en étaient chargés. En ville et dans toute la Province, l'on avait fait de lui un réfugié tombé d'un bateau. Un déraciné climatique ou politique, peu importait. Lui, il n'avait jamais démenti. Pas par goût du mystère ni de la fanfaronnade, non. S'il n'avait rien dit, c'était simplement parce qu'il ne voyait pas l'intérêt de détromper cette population si prompte à s'enflammer à bon compte sur le dos des autres. Ils le voulaient migrant et miséreux ? Il le serait. Il l'avait été. Et il le serait encore, si cela s'avérait nécessaire.

Dans son dos, la voix bienveillante d'Honoré claqua une nouvelle fois : « L'Afrique, mon ami ! L'Afrique ! »

Lorsqu'il avait échoué en ville, trois ans plus tôt, le géant taciturne avait décidé de faire table rase de son passé. Il avait brûlé sa carte d'identité. Puis le bout de ses dix doigts, un à un. Plus d'empreinte digitale, plus d'histoire. Il avait choisi d'émigrer des barres du 93 afin de voir si, loin de la zone et du béton, l'humanité était plus accueillante. Il avait désormais sa réponse. Et c'était tout.

Assis à tribord, près du Vieux, le Gitan flatta une nouvelle fois le bastingage du plat de sa main calleuse. Il pouvait être fier de lui. Le *Phœnix* ne gîtait pas et embrassait les vagues bien plus qu'il ne les fendait. Il avait bien travaillé. Comme l'avait dit Jonas, il était temps de foutre le camp. Tout allait donc pour le mieux et, pourtant, à la façon d'un caillou dans la chaussure, un détail le gênait qui l'empêchait d'apprécier pleinement son bonheur. Durant de longues minutes, il réfléchit au meilleur moyen de se débarrasser de ce gravier. Son *compadre* comprendrait, c'était couru. Il ne lui en tiendrait pas rigueur. Mais comment lui dire ? Comment trouver les bons mots, ceux qui ne trahissaient pas la pensée ? Comment lui avouer qu'il n'avait jamais mis les pieds en Argentine, au Brésil, ni même à Carcassonne ? Que son grand-père n'était pas le Duque ? Qu'il n'avait appris à jouer du bandonéon que parce qu'un après-midi, dans le foyer où il avait été admis, le cours de guitare était complet ? Ce jour-là, il ne restait plus qu'un ancêtre, un monsieur vêtu avec une élégance surannée et qui, lui, peut-être, avait vu Buenos Aires de ses yeux. Le vieillard en gilet, costume et chaussures bicolores avait apporté son bandonéon avec lui. Il avait pianoté quelques notes. Et Georges avait plongé dans le grand bain du tango. Sans comprendre ni pourquoi, ni comment. Cette musique possédait pour lui le parfum de la passion immédiate contre laquelle l'on ne peut rien.

Raconter tout ça à son *compadre* n'aurait eu aucun sens. Et aucun intérêt.

Sur sa gauche, Jonas décolla sa longue-vue de son œil. La vendeuse aveugle ne lui avait décidément pas menti. L'instrument était bien fait pour observer de l'autre côté de la mer. Et pas les étoiles, ni la terre. Et encore moins une falaise dunaire en voie de disparition. Ou alors, peut-être que l'instrument avait toujours été déréglé ? Qui pouvait savoir ?

Après avoir replié la longue-vue, le Vieux se fia à ses propres yeux pour scruter la côte. Puis, satisfait par son examen, il décréta, péremptoire : « La rousse est partie. Il n'y a plus de gyrophare. Ils ont plié les gaules.

– Et les engins de chantier ?

– Eux aussi. De toute façon, qu'est-ce que tu voulais qu'ils fassent ? Il n'y a plus rien à détruire. »

Alors, il murmura, à l'attention de Georges : « Quant au fait que tu sois d'Amérique latine, de Carcassonne, d'ici ou d'ailleurs, sache que je m'en fous.

– Pardon ?

– Je t'ai dit que je m'en fous. Tu deviens sourd ou quoi ?

– Non, mais…

– Dans la vie, chacun fait ce qu'il peut. Pas ce qu'il veut. Et il se trouve que je t'aime bien en Argentin de Carcassonne. En Brésilien aussi. Donc, tout est pour le mieux.

– Et Isla Negra ?

– Quoi : Isla Negra ?

– Ça ne te fait rien de la quitter ? »

Le Vieux tira une cigarette tordue de son paquet de blondes.

« Isla Negra ? On s'est connus. On s'est aimés. On s'est quittés. Fin de l'histoire.

– C'est tout ?

– On n'est que de passage, espèce de romanichel. Tu devrais savoir ça, non ? On naît, on vit, on meurt. On aime aussi, pour les plus chanceux. Et on passe à autre chose. »

Avant de faire sauter d'un coup de pouce le clapet de son Zippo, il ajouta, l'œil à nouveau brillant : « Et ouvre-moi un peu cette cantine, qu'on voie ce qu'elle a dans le ventre. »

Obéissant à l'injonction, le Gitan s'exécuta. À l'instant où il souleva le couvercle de la malle vert-de-gris, un timide rayon de soleil se glissa entre les nuages et vint frapper le contenu du coffre. Côte à côte, parfaitement protégées des effets du roulis par une couverture, trois bouteilles de Grote di Sole 2004 et trois de Vega Sicilia se mirent à luire. Près d'elles, emmitouflé dans un chandail, le coq de fer rouillé, lui aussi, était du voyage.

Sur un ton subitement guilleret, Jonas s'exclama : « Avec ça, on est parés ! On peut aller jusqu'au bout du monde ! »

À la barre, Honoré interpella d'une voix forte les deux amis :

« Monsieur Jonas, où allons-nous exactement ?

– Encore une question d'huissier ! Aucune importance ! Droit devant ! L'essentiel n'est jamais le but du voyage, mais bien le voyage lui-même, toujours. Partir ? Voilà le secret. Il n'y a que ça qui vaille la peine. Tout le reste n'est que littérature ! »

| Épilogue |

Comme cela se produisait parfois dans la Province en cette période de l'année, la pluie avait choisi son camp. Ce n'étaient encore que quelques gouttes, çà et là, inoffensives. Sur la ville et dans l'intérieur des terres, chacun pouvait sentir que le déluge ne tarderait pas. Une électricité douloureuse courait à fleur de peau. Sous peu, les éclairs embraseraient l'espace et l'eau dégringolerait comme au jour du jugement dernier. Au large, en revanche, le soleil s'était mis à briller de tous ses rayons. La mer avait passé sa robe de vif-argent et on l'eût crue faite de mercure.

Appuyée sur sa canne, Gaïa descendait à pas prudents la sente qui menait du bunker au centre-ville. Elle avait dit à Charles Dutilleux ce qu'elle avait à lui apprendre. Elle avait rempli sa mission. Bien sûr, elle aurait aimé que le fils d'Amanda, les larmes aux yeux et les mains ouvertes, se jetât dans ses bras pour une étreinte de retrouvailles. Elle l'avait tout de même élevé, avec son Jonas, pendant plus de dix mois. Comme la mère de Charles n'avait pas de lait, elle lui avait donné le sien. Les deux nouveau-nés s'étaient partagés les mêmes seins. Puis, la vie avait repris ses droits. Amanda, un beau matin, avait déserté le Colibri. Sans avertir quiconque, elle s'était volatilisée et n'avait jamais plus donné de nouvelles. Quant à elle, avec deux bébés sur les bras et un claque sur le dos, elle ne s'était pas senti la force de les élever. Deux enfants dans un lupanar, ça n'avait aucun sens. Cela, elle l'avait compris, un jour de relâche. Les deux petits s'amusaient à babiller sur le tapis de sa chambre. Près d'eux traînaient des sous-vêtements en soie et en satin, des cendriers pleins et des bouteilles vidées, des olisbos, un tube de crème lubrifiante, des étuis de préservatifs. Dans les reliefs de l'orgie qui avait eu lieu, la nuit précédente, les deux bambins faisaient songer à deux lys blancs qui auraient poussé sur l'échine crasseuse d'un tas de fumier. Elle s'était mise à pleurer à chaudes larmes. Le soir même, lorsque le Colibri ouvrit ses portes, Charles et Jonas n'étaient plus là. Emmaillotés dans des linges, elle les avait abandonnés aux bons soins de l'Assistance publique.

Sous ses airs de louve décatie, la vieille possédait le cœur ingénu d'une grisette. En revanche, le promoteur, lui, n'était qu'un homme d'affaires. Une fois le coup encaissé, il était monté sur ses grands chevaux. Il ne l'avait pas insultée, non. Pas avec des mots, en tout cas. Le bras tremblant d'indignation et de colère, il s'était contenté de lui indiquer la porte. Il ne voulait pas d'Amanda et encore moins de Gaïa pour mère. Il ne voulait pas de Jonas pour frère, pas même de lait. Il ne désirait rien, ni personne. Son seul objectif était de jeter à bas Isla Negra et rien ne pourrait l'arrêter.

Immobile dans son fauteuil, la vieille avait – sans grande illusion – sorti son arsenal de menaces. Si Charles n'interrompait pas la procédure d'expulsion de Jonas, elle enverrait le soir même à toutes les rédactions des fac-similés de son carnet de comptabilité et des photos. Aussitôt, le petit coq s'était dressé sur ses ergots et avait éclaté d'un rire sardonique. Qu'elle le fasse ! Lui, il n'avait rien à se reprocher ! Il n'avait jamais fréquenté le Colibri, lui ! Quant aux notables qui s'étaient essayés à tous les jeux interdits de l'amour, il s'en moquait comme de sa première chemise. Et la presse aussi. Bien sûr, les réseaux sociaux feraient leurs choux gras de cette affaire malodorante. Mais une information chassait l'autre. À cette affaire de mœurs au demeurant bien banale succéderaient dans l'heure un massacre au Sahel, des détournements de fonds à Washington, la photo d'un ours polaire crevant de faim sur son glaçon arctique, le cul d'une quelconque bimbo ou l'annonce d'une météorite se dirigeant vers la Terre. Tout était ramené au même niveau. Plus rien n'avait d'importance.

Dans sa marche de héron blessé, Gaïa sentit monter sur ses lèvres quelques paroles d'une chanson qui lui serrèrent le cœur :

« Les hommes avaient perdu le goût
De vivre et se foutaient de tout
Leurs mères, leurs frangins, leurs nanas
Pour eux, c'était du cinéma
Le ciel redevenait sauvage... »

Charles l'avait mise à la porte. Et alors ? Qu'espérait-elle en venant lui rendre visite ? Des embrassades et des sanglots sans fin ? Elle n'avait été qu'une putain, une tenancière de bordel. La longue silhouette de Mérope apparut soudain dans le clair-obscur. Soutenue par sa canne, Gaïa la considéra en silence de longues secondes. Puis, elle finit par gronder : « Qu'est-ce que tu fais là, toi ? Tu es venue me dire au revoir ? »

Comme la jeune femme ne répondait pas, encore tout essoufflée d'avoir couru, Gaïa persifla : « Comment tu t'es attifée ? Regarde-toi, un peu : tu ressembles à une cloche !

– C'est possible. Mais ça me plaît. Comme ça, je suis moi.

– Et qui es-tu ? »

Une nouvelle fois, la vieille observa Mérope d'un air circonspect. Celle-ci ne portait plus ni robe courte, ni talons hauts. En jeans délavé, sa poitrine dissimulée au mieux sous un chandail trop large, les pieds chaussés de baskets d'un jaune criard, elle souriait sous la pluie qui commençait à s'abattre avec vigueur.

Après avoir ouvert un parapluie au-dessus de leurs têtes, la jeune femme répondit par une question : « Vous n'êtes pas trop déçue ?

– Déçue de quoi ? De la météo ?

– Ne faites pas votre sale bête. Vous savez très bien de quoi je parle.

– Et tu me traites de sale bête ? Mais pour qui tu te…

– Taisez-vous. Ça vaudra mieux. »

Pour la première fois depuis des décennies, quelqu'un venait de couper la chique à la terrible harpie. Sur le coup, celle-ci se contenta de froncer les sourcils et de grommeler, tandis que Mérope reprenait : « Je ne veux pas vous manquer de respect, madame. Mais j'ai entendu la fin de votre conversation avec Chichou.

– Ah… Et tu en penses quoi ?

– J'en pense qu'il était temps pour moi de quitter cette maison.

– Tu en es sûre ?

– Je ne suis sûre de rien. Sauf qu'il vous a mal parlé. Et qu'il n'est pas votre enfant. »

À ces mots, la vieille se mit derechef à bougonner pour elle-même un sabir incompréhensible. Elle s'en voulait. Comment avait-elle pu être aussi bête ? Comment avait-elle pu imaginer que, avec toutes ces vieilles photos, elle aurait pu infléchir la décision de Charles ? Le promoteur avait le cœur sec. Il n'avait jamais aimé et n'aimerait jamais personne. Toute son existence, il la passerait comme ces renards qui, une patte prise dans les mâchoires d'un piège, rongent leur propre chair afin de recouvrer leur liberté. Malgré sa révélation, malgré tout le lait qu'elle lui avait donné, malgré les dix mois d'amour qu'elle lui avait prodigués, elle avait échoué. Et de la plus lamentable des façons. Il était écrit qu'elle demeurerait une vieille pute asthmatique. Que Charles perdrait sa vie à la gagner. Quant à Jonas, elle lui parlerait peut-être, un jour. S'il n'avait pas, d'ici là, mis les voiles en direction d'une terre où l'humanité est moins cruelle.

Tête baissée vers la rigole où l'eau emportait avec elle une poussière lourde qui se transformait en boue, la vieille expliqua: « Je ne peux même pas lui en vouloir. Apprendre qu'on a une pute pour mère, ça peut passer. Si tu regardes bien, il y en a une par famille. Mais devoir sa vie au lait d'une mère maquerelle? C'est pire qu'une malédiction. C'est la fin du monde. »

Comme Mérope se gardait bien de répondre, elle poursuivit, inquiète: « Mais toi, ma fille? Tu pars comme ça? Sans rien?

– Comment voulez-vous que je parte? Je suis arrivée sans rien, je repars sans rien. C'est honnête. Il y a juste ces deux énormes seins qui ne sont pas à moi, mais je n'y peux rien.

– Et tu n'as même pas une valise?

– Vous avez la vue qui baisse, madame Gaïa. Ou c'est à cause des nuages? »

D'un geste, elle tendit devant elle un carton à chaussures qu'elle avait pris soin de fermer à l'aide d'un ruban adhésif.

« C'est tout? s'étonna la vieille.

– Je n'ai pris que ce qui était à moi.

– Qu'est-ce que tu as mis, là-dedans?

– Des souvenirs.

– Des souvenirs? Ou des souvenirs à toi?

– Un peu des deux.

– Je vois. Beaucoup de Chinoises de Tahiti et de palmiers royaux du Brésil. Et pas grand-chose d'autre, sans doute. Mais rassure-toi, ma fille. Tu as le temps. Des souvenirs, tu vas t'en construire. Et des beaux, des qui seront à toi. Fais confiance à la vieille bête que je suis. Quand on a ton châssis et ta caboche, on n'a pas le droit de s'inquiéter pour l'avenir. Elle va être belle, ta vie. Et, si elle n'est pas belle, elle sera au moins différente de celle des autres.

– Vous le pensez vraiment ? »

Avec un sourire, Gaïa prit le bras de Mérope et le serra contre ses vieilles côtes. Pendant qu'elles dérivaient lentement vers la ville, déjà éclairée par les lumières des lampadaires, la vieille demanda : « Mais dis-moi un peu ? Où vas-tu habiter ?

– Chez vous.

– Mais qui t'a dit que je…

– Taisez-vous un peu, et avancez. On sera bien, vous et moi. Vous verrez, on sera bien… »

En moins de deux heures, les six bouteilles de vin étaient passées de vie à trépas. Allongé de tout son long, l'Africain dormait d'un sommeil d'enfant, la bouche ouverte sur les étoiles naissantes. Honoré, lui, ne lâchait pas la barre, cabotant de son mieux le long des côtes sablonneuses. À l'horizon, le soleil avait tiré son ultime révérence dans des camaïeux de rouges, de jaunes et de bleus. Le Gitan, toujours posté à tribord, fumait et pianotait en sourdine un tango lent de Piazzolla.

Profitant d'une pause entre deux mouvements, l'Argentin de Carcassonne s'amusa, taquin : « Vieux fou… Tu n'es vraiment qu'un vieux fou. »

Les lèvres encore frémissantes des baisers donnés par le vin, Jonas grogna dans sa lippe : « C'est moi que tu traites de vieux fou ?

– Et qui d'autre ? »

Pendant que le Gitan taquinait de nouveau les touches de nacre, Jonas grogna pour lui-même : « Se faire entendre dire ça par un rempailleur de chaises... On va bien voir la tête qu'il fera, dans deux jours. C'est un Grand Large qui nous attend au port. Un navire, oui monsieur ! Et un fameux ! Quinze mètres. Et tout le confort... Vieux fou ? Avec ça, on va pouvoir en faire, des voyages. On va en voir, du pays...

– Qu'est-ce que tu baragouines ?

– Rien !

– Et où il nous emmène, notre *Phœnix* ?

– Vers un autre bateau, macaque. Et celui qui nous attend, il nous conduira où on voudra. L'Africain en Afrique. Honoré où ça lui chantera. Et toi, ce sera l'Argentine et le Brésil.

– Et toi ? »

Dans la mélodie qui se mariait à la perfection avec le rythme de la mer et la course immobile des étoiles dans le ciel, le Vieux alluma une blonde. Mais plutôt que de la fumer, il se ravisa et la ficha entre les lèvres du Gitan.

« Moi ? Ça n'a aucune importance, pirate. Je n'ai plus qu'un seul rêve, aujourd'hui. Et ce rêve, je vais le réaliser.

– Qu'est-ce que c'est ?

– Vivre ! Vivre libre et mourir debout, flibustier ! »

Conception graphique et réalisation
Anne-Marie Bourgeois/m87design
assistée de Cinthia Lupoli

Achevé d'imprimer
sur Roto-Page
par l'Imprimerie Floch
à Mayenne,
en janvier 2022

Dépôt légal
mars 2022
Numéro d'imprimeur
99809

Édition n°1

Imprimé en France